KB237507

향적사를 찾아가다

過香積寺

향적사 어딘지 알지 못하여

구름 봉우리 속으로 몇 리나 들어간다

고목 우거져 사람 다니는 길 없건만

깊은 산 속 어딘가의 종소리

샘물 소리 가파른 바위에서 흐느끼고

햇살은 푸른 소나무를 차갑게 비치고 있네

해질녘 고요한 연못 굽이에 앉아

편안히 참선하며 잡념을 걷어 낸다네

不知香積寺　數里入雲峰

古木無人徑　深山何處鍾

泉聲咽危石　日色冷青松

薄暮空潭曲　安禪制毒龍

우화등선

羽化登仙

Fantastic Oriental Heroes

촌부 新무협 판타지 소설

우화등선 7
촌부 新무협 판타지소설

초판 1쇄 찍은 날 § 2006년 9월 18일
초판 1쇄 펴낸 날 § 2006년 9월 25일

지은이 § 촌부
펴낸이 § 서경석

편집장 § 문혜영
편집책임 § 이재권
편집 § 유경화

펴낸곳 § 도서출판 청어람
등록번호 § 제1081-1-89호
등록일자 § 1999. 5. 31
어람번호 § 제2-1009호

주소 § 경기도 부천시 원미구 심곡1동 350-1 남성B/D 3F (우) 420-011
전화 § 032-656-4452 팩스 § 032-656-4453
http://www.chungeoram.com
E-mail § eoram99@chollian.net

ⓒ 촌부, 2006

ISBN 89-251-0314-1 04810
ISBN 89-5831-954-2 (세트)

7 완결

신선지정(神仙之情)

우화등선

끝나는 羽化仙

Fantastic Oriental Heroes

촌부 新무협 판타지 소설

도서출판 처녀람

목차

7장

제2화 폭풍 전야(暴風前夜)

사천(四川)은 찬란한 문화와 유구한 역사에도 불구하고 구주(九州)의 변방이라 불리는 불운의 도시였다.

그곳에 살고 있는 사람도 한족이고, 문화와 역사도 중원의 그것을 가지고 있지만 지리적인 요건이 변두리에 속하니 어쩔 수 없는 일이다. 사천은 아래로는 운남의 밀림, 위로는 서장과 맞닿아 있는 중원의 끄트머리인 것이다.

그러나 당금 강호의 중심지를 말하라면 누가 뭐래도 사천이 될 것이다.

마교의 발호(跋扈)!

운남성에 위치한 마교가 미륵현세 광명천하를 외치며 중원으로 진입했기 때문이다. 결국 이십오 년 전에 대혈전이 있었던 바로 그곳, 생사평(生死平)까지 마교도들의 소굴이 되고 말았다.

일패(一覇) 마교의 발호를 저지하기 위해 구파일방과 무림세가, 그리고 군소 방파들이 사천에 찾아들었지만, 현재로서는 그 누구도 승리를 점칠 수 없는 팽팽한 상태만이 유지되고 있을 뿐이었다.

일촉즉발.

작은 피 한 방울이 혈해를 불러오리라.

당가보는 본래 당씨들이 사는 작은 마을을 뜻하는 말이었다.

당가보는 장가촌(張家村)이니, 왕가촌(王家村)이니 하는 씨족들의 마을과 다를 바가 없는 조그마한 마을이었는데, 한 명의 걸출한 무림인이 탄생하면서 본격적으로 무림세가의 길을 걷게 되었다.

당대의 천하제일인이자 사천당가의 초대가주 암천독(暗天毒) 당비현은 자신의 절기를 아들에게 전수했고, 그 아들은 자신의 가족들에게 독과 암기를 사용하는 법을 가르쳤다.

당비현 사후 이백 년 뒤.

당가보는 크게 변화했다. 당씨 일족들은 여전히 그곳에서 마을을 이루며 살고 있었지만, 언젠가부터 당가보는 마을이라고 불리지 않았다.

사천당가.

독과 암기의 조종이라 불리는 거대 가문의 탄생이었다.

당가보의 귀령관(鬼靈館).

강호의 운명을 결정짓게 될 대혈전을 대비하여 무림지사들이 회의에 회의를 거듭하고 있었다.

무림을 이끌어 나가는 거대한 축인 무림맹의 맹주와 더불어 구파일방의 장문인들과 강호세가의 세가주들이 갑론을박을 벌이느라 정신이 없었다.

맹주는 탐스럽게 자란 미염을 쓰다듬었다. 곁에서 본다면 회의를 경청하고 있는 듯 보이지만 실상 그는 다른 생각을 염두에 두고 있었다.

'천선을 죽이지 말았어야 했다.'

그의 계획에 가장 큰 방해가 되는 것이 바로 천선이었다. 그가 없다면 그의 계획은 한 치의 차질 없이 완벽하게 진행될 것이 분명했다. 그 목표를 이루었음에도 불구하고 마선은 오히려 그를 죽인 것을 후회하고 있었다.

'무위가 아닌 인위로 그를 다스렸구나.'

마선의 후회는 바로 이것이었다.

물론 그의 계획을 위해서 천선은 반드시 죽음을 맞아야만 했다. 하지만 자신의 손에 죽어서는 아니 되었다. 천선은 다른 인간의 손에 죽었어야 했다.

그랬다면 자신은 아무런 거리낌이 없었을 것이다. 하지만 자신이 개입하여 그를 죽임으로써 무위가 아닌 인위로 그를 다스린 셈이 되어버렸다. 세상과 그의 인연(因緣)이 아직 끝나지 않았는데 자신이 나서서 그를 끝내 버린 셈이다.

계획이 망가지는 한이 있더라도 천명(天命)이 자신에게 있음을 보였어야 했었다.

"맹주! 맹주!"

자신을 부르는 소리에 마선은 천천히 눈을 떴다. 그의 얼굴이 인자한 맹주의 얼굴로 변했다.

"음? 무어라 하시었소?"

"선공(先攻)의 필요성을 익히 알고 있지 않느냐고 물었소이다."

우렁찬 목소리로 소요 상인이 말했다.

생사평에 있는 마교도들과의 일전은 피할 수 없는 숙명이었다. 만약 이곳이 아니라도 무림맹과 마교는 세불양립, 언젠가 반드시 부딪치게 될 것이다. 그렇다면 먼저 손을 쓰는 것이 승리할 수 있는 바탕이 된다.

그러나 그렇게 주장하는 그의 눈에는 녹색 광채가 비치고 있었다. 사실 그는 무림맹의 승리를 위해서가 아닌 형산파의 복수를 위해 선공을 주장하고 있었다.

"저들이 사천으로 모인 이유를 생각해 보시오! 중원을 집어삼키려는 수작이 뻔하지 않소이까! 그런 그들을 가만히 두고 본다면 천하 강호의 비웃음을 사고 말 것이오!"

화산파 장문인 권재후는 소요 상인의 말을 자세히 듣지도 않고 고개를 저었다.

"하나 적의 목적을 알기도 전에 덤벼들 수는 없소."

"목적이야 당연히 중원을 삼키는 것이 아니겠소이까!"

소요 상인이 흥분한 기색으로 외쳤다.

"나는 맹주의 생각이 더 궁금하오이다."

소요 상인의 말을 듣는 둥 마는 둥 무시해 버린 권재후가 차가운 얼굴로 맹주를 바라보았다. 맹주는 인자한 미소를 지은 채 그를 지켜보고 있었다.

"얼마든지 하문하시오. 대답해 드리리다."

"첫째로 장세협으로 향했던 선봉대에 관해 묻고 싶소. 본래대로라면 장세협에 다녀온 직후 물었어야 했으나, 본 파의 일이 중하여 이제야 물어보게 되는구려."

"말하시오."

잠시 머뭇거리던 권재후는 한숨을 깊게 내쉬고는 마침내 입을 떼었다.

"말하기에 앞서 먼저 아셔야 할 것은 장세협에 있던 마교도가 한두 명이 아니었다는 사실이오. 마교의 네 개 당이 그곳에 있었지요."

"으으음……."

장내에 신음 소리가 감돌았다. 아미파와 화산파가 장세협에서 어떤 고전을 겪었는지는 익히 들어 알고 있었다.

하지만 당사자의 입으로 들으니 색다른 기분이 든다.

"우리는 그들과 맞붙어볼 엄두도 내지 못했소. 본 파와 아미파는 평교도를 대적하는 것만으로도 고전을 면치 못했지요. 본래대로라면 우습지 않게 제압했을 것이나, 장강에는 폭풍이 몰아닥쳤고 마교도들은 광혈단을 먹고 날뛰었소."

맹주는 느긋한 웃음을 지으며 반문했다.

"그런데?"

"마교의 네 개 당이 있는 곳에 고작 화산파와 아미파만을 선발하여 보낸 이유가 무엇이오?"

"신선이 있지 않았소이까."

느긋한 맹주의 모습에 위압감을 느끼고 있던 권재후가 더 이상 참지 못하고 소리를 질렀다.

"신선은 장강의 폭풍을 막으셔야 했었소! 전투에는 참여할 수 없었단 말이오!"

"폭풍이 일어날 줄은 몰랐소이다, 장문인. 그러니 신선을 믿고 기다릴 수 있었지요."

확실히 장세협의 용권풍은 자연재해일 뿐, 인간이 불러낸 것이 아니었다. 즉, 맹주를 탓해봐야 아무런 대답도 얻지 못한다는 소리다.

권재후는 말이 막히는 것을 깨닫고 앓는 소리를 냈다.

"끄으응."

맹주는 근엄한 목소리로 말을 이어나갔다.

"화산 장문인의 고견은 잘 들었소이다. 하나, 본 맹주는 그저 신선의 능력을 믿고 화산파와 아미파만으로 선봉대를 구성했을 뿐, 그런 폭풍이 있으리라고는 예상하지 못했소. 선봉대가 참패를 했으나, 그것을 폭풍이 아닌 본 맹주의 탓으로 돌린다면 더 이상 할 말이 없소이다. 질문이 더 있소?"

권재후는 무엇인가 미심쩍다고 생각했다. 하지만 막상 말하려다 보니 자신만 바보가 되는 느낌이었다.

잠시 생각을 정리한 권재후가 다시 물었다.

"그럼, 그 후의 행보는?"

"…무슨 말이오?"

"그때 마교도들의 절반 이상이 장세협에 모여 있었소. 즉, 중원의 한가운데 똬리를 튼 셈이지. 그 상태로 준동했더라면 구주는 그야말로 바람 앞의 촛불이었을 것이오."

"한데?"

"그러나 마교도들은 오히려 사천으로 돌아왔소. 그것은 돌아왔다기보다는 철수했다고 봐야 할 것이오."

이번에는 장내의 모두가 맹주를 바라보았다. 권재후의 말이 정확했던 것이다. 마교도들의 움직임에는 이해할 수 없는 무엇인가가 있었다.

암습으로 적을 죽일 수 있는데, 굳이 돌아가 정면 승부를 취하는 이
유가 도대체 무엇이란 말인가!

"본 맹의 비조(秘鳥)도 그 목적은 알아내지 못했소. 본 맹주의 능력
이 부족한 탓에 마교도들의 움직임은 간파할 수 없었소이다."

"믿을 수 없소이다!"

권재후가 고개를 저었다. 그는 타는 듯한 시선으로 맹주를 바라보며
고함을 질렀다.

"이십오 년 전의 비조는 파월천마의 일거수일투족을 관찰할 만큼 뛰
어났었소! 비록 세월이 지났으나 비조의 성세가 단숨에 쇠락할 만큼은
아니외다!"

탁―!

맹주가 탁자를 부드럽게 내려쳤다. 맑은 소리가 장내를 울렸다.

권재후의 주장을 듣고 공감하던 정도의 무림지사들은 문득 정신을
차린 듯 맹주를 바라보았다.

"비조의 능력 부족은 본 맹주의 책임이오! 깊이 통감하오이다만 화
산의 장문인께서는 그것만으로는 모자라신가 보구려!"

"그렇소이다! 현재 무림맹은 정사대전을 주도한다기보다 마교에 끌
려가고 있소! 마교가 중원의 심장부인 하남성까지 진입했을 때 맹주는
그저 두고 보기만 했소! 고작 두 개 문파의 일대제자만 보냈을 뿐이지!
그리고 마교도가 스스로 물러나 사천에 오자 그때서야 전 정도무림을
사천으로 모았소! 이것이 마교의 계획에 질질 끌려 다니는 것이 아니
고 무엇이겠소!"

권재후의 목소리에는 기묘한 기운이 숨어 있었다. 그것은 자신의 말
을 확신하는 자의 목소리였다.

맹주는 입을 한일자로 굳게 다물었다.

"좋소. 더 이상은 끌려 다니지 않겠소이다!"

그가 각오한 듯 외쳤다.

권재후의 의도와는 다른 결론이 나려 하고 있었다. 그는 맹주의 속셈을 알아내려는 목적으로 말했을 뿐인데 맹주는 답변을 교묘히 피해 차후의 계획으로 화제를 옮겼다.

당황한 권재후가 무어라 입을 열려고 했지만 그보다 먼저 맹주가 외쳤다.

"본 맹주는 화산 장문인과 소요 상인의 의견에 동감하오. 현재 마교도들은 사천을 집어삼키고 마침내 중원으로 향하려 하고 있소. 사천을 마교에게 내어준다면 곧 중원 전체를 내어주어야 할 것. 사천에서 그들을 막아냄이 지당하오. 즉, 마교와의 일전은 피할 수 없다오."

"그렇소이다!"

소요 상인이 크게 외쳤다. 맹주는 크게 고개를 끄덕이고는 우렁차게 외쳤다.

"어차피 적과 쟁투를 벌여야 한다면 선수필승의 이치를 왜 적용하지 못하겠소! 적이 생사평에 있으니 본 맹주는 미고(美姑)에 별동대를 보내어 적을 유인하겠소! 그리하여 마교도들이 생사평 밖으로 나온 후에는……."

맹주가 선언하듯 외쳤다.

"전면전이오!"

회의는 결국 그렇게 끝나고 말았다. 무림맹은 마교에 대한 일전을 불사하기로 했으며 그 방법은 선수필승, 선공을 취하기로 했다.

오늘 내에 마교를 생사평 밖으로 유인할 별동대가 조직되어 내일쯤 출발하게 될 것이다.

회의를 마친 당가의 소가주 당유성은 천천히 걸음을 옮겨 소빈관(召賓館)으로 향했다.

네 명의 노선배는 영빈관에 모셔도 모자랄 사람들이었지만 이미 은거한 사람들이라며 그것을 반대했다. 결국 당가를 찾는 상인이나 양민이 묵는 작은 관사에 그들을 모시고 말았다.

소빈관에 도착한 소가주는 그나마 그중에서 가장 큰 방의 문을 열고 들어섰다.

방 안에는 네 명의 노인이 앉아 있었는데 이미 상황을 짐작한 듯 어두운 얼굴로 자신을 바라보고 있었다.

"다녀왔습니다, 노선배."

당유성은 포권을 취해 예를 보이고는 자리에 가 앉았다. 그리고는 한숨을 내쉬며 앞에 앉은 작고 쭈글쭈글한 노인을 바라보았다.

"아직도 선인을 발견하지 못했습니까?"

"그렇다네."

당유성의 앞에 앉아 있던 작고 쪼글쪼글한 노인이 우울한 얼굴로 고개를 끄덕였다.

"정말 맛있는 것에 혼이 팔려 늦으시나 보구먼."

경추추가 농담을 꺼내보았지만 분위기는 밝아지지 않았다. 당유성도, 그리고 곽여휘와 양태승도 웃지 않았다.

경추추가 침울한 얼굴로 중얼거렸다.

"교주가 생사평에 도착했더군."

"알고 있습니다."

"정도무림맹주도 당가에 계시고 말일세."

경추추는 혼잣말처럼 중얼거렸다. 그는 머리를 굴려 자신이 할 수 있는 일을 찾아보려 애썼다. 하지만 선인이 없이는 어떤 것도 이루어지지 않는다.

"이제 준비는 모두 끝났네. 남은 것은 누가 먼저 시작하느냐 뿐이야. 아주 작은 사건 하나가 대혈전의 서막이 될 걸세. 지금 우리가 누리고 있는 잠깐의 평화가 폭풍 전야인 셈인데……."

"무림맹에서 먼저 시작하려 하더군요."

"음?"

당유성은 한숨을 내쉬며 사정을 설명했다. 당가에 모인 구파일방과 강호세가의 회의가 어떻게 끝나게 되었는지 말해준 것이다.

회의의 결과를 전해 들은 경추추의 입에서 한숨이 새어 나왔다.

"이런……."

"무당과 합류함은 어떻습니까?"

당유성이 경추추에게 질문했다. 만약 신선이 돌아온다면 반드시 무당파와 합류할 것. 무당파가 당가에 들지 않은 이유는 모르겠지만 여하튼 따로 행동을 하고 있으니 그와 합류하는 것이 옳다.

"무당에서 마음을 열지 않아."

조용히 듣고 있던 양태승이 고개를 저었다.

무당과 접촉을 해보려 했지만 무당은 반 봉문 상태나 다름없었다.

무림맹주가 마선임을 알고 있는 무당으로서는 누구를 믿고 누구를 믿지 말아야 하는지 가늠할 수 없었던 것이다.

때문에 무당파는 다가오는 모두를 경계하고 있었다. 그 대상 중에는 사 장로와 당유성도 포함되었다.

"하나 선인께서 돌아오시면 무당과 합류하지 않겠습니까?"

"다행히 무당은 선경루에 묵고 있다네. 그것으로 한 가지 끈은 만들어둔 셈이야. 선인께서 오시면 무당도 마음을 열겠지. 당가 내 분위기는 어떠한가?"

양태승이 질문했다.

당유성은 턱을 긁적거리며 생각에 빠져들었다.

"정도무림인들은 천선께서 사천에 오시는 것은 당연하게 생각하고 있습니다. 그리고 그가 반드시 무림맹을 도울 것이라 예상하고 있지요. 하나 그들은 천선께 의지하는 것처럼 보이지는 않습니다. 정도는 마교와의 결전을 자신들의 힘으로 해결하려 합니다. 출행일과 방도가 결정되었으니 지금쯤 맹주와 함께 마교도를 물리칠 계(計)를 짜는 데 정신이 없겠지요."

"그들은 마선의 정체를 모르니 그리할 수밖에."

"마선의 정체를 모르기는 우리도 마찬가지입니다."

맹주가 마선이라는 것을 까맣게 모르는 당유성이 말했다. 그는 머릿속이 점점 복잡해지는 것을 느꼈다.

"맹주에게 세류소선과 마선이 존재하고 있다는 이야기를 꺼내어본 적이 있습니다만……."

"무시당했겠지?"

당연히 무시당했다.

맹주는 모든 진실을 알면서도 정색을 하고 소가주를 돌려보냈던 것이다.

"예. 그들은 귀가 있어도 듣지 못하는 모양입니다."

경추추는 혀를 차듯 웃었다.

"끌끌, 어찌할 수 없는 게야. 그들은 그들이 최고인 줄 알고 있으니 말일세."

어딘가 조소하는 듯한 경추추의 말을 끝으로 잠시 침묵이 이어졌다. 다들 한 가지 상념을 떠올리고 있었다.

청명 선인에 대한 상념이었다.

침묵이 끝날 때 즈음 경추추가 입을 열었다.

"일단은 선인을 찾는 데 주력하세. 기왕이면 백련교와 무림맹이 부딪치기 전에 선인을 찾아야 하네."

그 말을 끝으로 다시 침묵이 이어졌다.

사천의 성도는 고요했다. 무림인들의 쟁투가 벌어질 것이라는 소문이 돌자 양민들이 몸을 피하기 시작한 것이다.

관가에서 양민들을 단속하긴 했지만 본래 관과 무림은 물과 기름처럼 섞이지 않는 관계. 그들의 단속이 있다고 해도 양민들의 동요는 가라앉지 않았다.

선경루라 불리는 성도의 객잔 이층에 앉아 있던 무당의 장문인은 창밖으로 보이는 고요를 바라보며 한숨을 내쉬었다.

"허어……."

현평 진인은 관도에서 시선을 떼어 찬위에 놓인 찻잔을 주시했다. 고요한 거리에서 느껴지는 생경한 불안감이 그의 머릿속을 잠식했다.

그 앞에 마주 앉아 있던 현성 진인은 아무런 말도 하지 못한 채 그를 주시하기만 했다.

한동안 앉아 있던 현평 진인이 손을 모아 깍지를 끼고는 턱 아래에 가져다 대었다.

"으흠……."

생각에 빠져든 탓에 차가 다 식었다. 현성 진인이 장문인의 찻잔을 보고는 씁쓸한 미소를 지었다.

"차가 식었습니다, 사형."

"제자들이 돌아오려면 멀었느냐?"

차가 식었다는 말은 귀에 들어오지도 않는다. 현평 진인은 식어버린 찻잔에는 시선 한 번 주지 않고 임무를 받고 출행한 제자들을 먼저 찾았다.

현성 진인이 고개를 저었다.

"아직 돌아오지 않았습니다. 곧 돌아올 테지요."

"청명 사숙을 찾았을지 의문이로구먼."

"그거야 모를 일이지요."

얄미울 정도로 여유로운 얼굴을 한 현성 진인이 호르륵, 차를 들이켰다.

현평 진인의 미간이 살포시 구겨졌다.

"벌써 오 일의 시간이 흘렀네, 사제. 그동안 사천을 샅샅이 뒤졌건만 청명 사숙이 보이지 않네. 그런데 어찌 우리가 태평할 수 있단 말인가!"

"사천에 사숙이 계시다고 말씀하신 것은 사형이십니다."

"아니, 그 말씀을 해주신 분은 청허 사부님이셨네."

현성 진인은 흘끗 시선을 돌려 장문 사형을 바라보았다. 장문 사형이 못마땅하다는 듯 자신을 바라보고 있다.

왠지 모르게 웃고 싶은 기분을 느끼며 현성 진인이 시선을 떼었다.

"사부님께서 그리 말씀하셨으면 틀림없을 겝니다. 여유롭게 기다리시지요."

"지금 여유롭게 기다릴 때는 아니지 않나! 사숙께 변고라도 있다면 사천이 어찌 되겠나."

"사숙님은 신선이시지 않습니까."

현성 진인이 여유로울 수 있었던 까닭은 바로 이것이었다. 사숙께서는 선계에 오르신 신선이시다.

장문인이 그것을 바로 반박했다.

"하지만 마선도 신선이지."

"……."

현성 진인의 입이 다물어졌다. 생각해 보면 자신이 생각하고 있는 것은 근거없는 낙관론에 불과했다. 그저 사숙께서 살아 있으리라는 맹목적인 믿음뿐이다.

현평 진인이 한숨을 내쉬며 의자 깊숙이 몸을 묻었다.

"물론 사숙께 위해가 왔다고 생각하고 있진 않네. 다만……."

"다만?"

"채 막을 시간도 없이 생사평이 열리려 하고 있지 않나."

생사평에서 대혈전이 벌어지리라는 것은 공공연한 비밀이었다. 마교도들이 택한 방식이 워낙에 무식하기 때문에 강호의 이름난 지자(智者)가 아니라도 마교도들의 행보를 추측할 수 있었다.

본래대로라면 마교는 중원에 교도들을 보내어 각 문파를 습격했을 것이다. 한 문파를 멸문시키면 그 이후에 새로운 먹잇감을 찾거나 본진과 합류하여 보다 더 큰 적과 맞붙는다.

하지만 이번엔 아니었다. 마치 정면 승부를 노리는 듯 모든 마교도들이 집결하여 사천을 공격하려 하고 있다. 사천에서 승리하면 그 위로, 그 위로 올라와 마침내 전 중원을 집어삼키려 하는 것이다.

과거 정면 승부가 없던 것은 아니니 이해는 된다. 하지만 그 방법은 도무지 이해가 가지 않았다. 만약 정면 승부를 노렸다면 적의 병력이 모이기 전에 미리 사천을 공격했어야 했을 텐데 마교는 정도무림이 모두 모일 때까지 아무런 움직임도 보이지 않고 기다려 주었다.

"복잡하군요, 사형."

이런저런 생각이 꼬리를 물자 현성 진인이 저도 모르게 중얼거렸다.

"혼란스럽지만 의외로 간단하네."

현평 진인이 계속 입을 열었다.

"운향 사질의 말에 따르면 마교와 무림맹 모두 마선의 손아귀에 놀아나고 있다네. 그 결과 마교와 정도무림의 모든 것이 한군데서 맞부딪치게 되었지."

"……."

"한쪽이 이기거나, 아니면……."

나지막한 목소리로 중얼거리며 현평 진인이 찻잔을 들어올렸다. 현성 진인이 장문 사형이 하지 못한 말을 끝맺었다.

"동귀어진(同歸於盡)."

생각을 이어나가 보아도 원점으로 돌아온다. 천하가 혈란에 잠겨드는 이때야말로 청명 사숙이 필요하다. 마선을 막긴 막아야 하는데 무림맹과도, 그렇다고 마교와도 함께할 수 없으니 그야말로 진퇴양난인 것이다.

"이때에 사숙께서 아니 계시니 어찌 걱정하지 않을 수 있겠나."

"다 잘될 겝니다. 아이들이 돌아오는 모양이니 사형께서는 감정을 수습하시지요."

제자들의 기척을 읽은 현성 진인이 말했다.

"으음."

제자들 앞에서 얼굴을 굳히고 있을 수는 없는 노릇, 현평 진인은 씁쓸한 얼굴을 억지로 폈다. 마음을 놓을 수 있는 것도 사제의 앞에 있을 때뿐이다.

곧 선경루의 일층이 시끌벅적해졌다. 규율이 엄격하기로 소문난 도가(道家) 무당파의 제자들인지라 세속적인 시끄러움은 아니었다. 다만 일을 마치고 돌아온 피로가 객잔에 묻어날 뿐이다.

소란스러움 속에서 누군가가 뚜벅뚜벅 걸어 올라오는 소리가 들렸다.

"어라? 사부, 늙으면 잠이 없어진다더니 아직도 안 주무시고 계셨습니까? 어이쿠, 장문인도 계시구나!"

사부만 계신 줄 알고 마음 편히 농담을 꺼내던 운향자 허진무가 황급히 말을 돌렸다.

현성 진인의 얼굴이 만년 두통에 시달리는 사람의 그것으로 변했다. 덕택에 현평 진인은 잠시나마 웃음을 지을 수 있었다.

"그래, 장문인도 계시다, 이 녀석아. 넌 지금 그 앞에서 사부의 얼굴에 먹칠을 했고."

"걱정하지 마십시오, 사부. 제 제자들이 사부님을 대신해 제 얼굴에 먹칠을 해주고 있으니까요. 제자 운향이 장문인을 뵈옵니다."

사부의 타박을 능숙하게 받아친 운향자 허진무가 현평 진인에게 머리를 숙였다. 현평 진인은 고개를 끄덕여 운향자의 예를 받고는 재빨리 본론을 꺼내었다.

"그래, 찾았더냐?"

"제자가 불민하여……."

송구스럽다는 듯 허진무가 머리를 숙였다. 현평 진인의 입에서 앓는 소리가 튀어나왔다.

"끄으응."

"사천의 성도를 이 잡듯 뒤졌으나 찾아내지 못하였습니다."

마음을 최대한 수습했음에도 얼굴이 어두워진다. 시커매진 얼굴의 현평 진인이 고개를 끄덕이며 말했다.

"어쩌면 생사평에 나가 계실지도 모르겠구나."

'내일까지 성도를 뒤져 보고 그래도 찾아낼 수 없거든 성도를 벗어나야겠다.'

현평 진인이 그렇게 생각할 때였다.

"하나 다행히 한 가지 단초를 찾았습니다."

현평 진인의 눈썹이 슬쩍 꿈틀댔다. 그는 물에 빠졌다가 지푸라기를 잡은 사람의 얼굴로 운향자 허진무를 바라보았다.

"말해보거라."

"저잣거리에 있던 어떤 여도우께서 몹시 차가운 남자를 만난 적이 있다 하더이다. 예전에 선경루의 점소이였다는 그 사내는 얼굴 표정이 경직되어 있어 감정이 없는 것처럼 보이는 자인데……."

"운풍!"

현평 진인의 눈이 크게 떠어졌다. 그런 사람이라면 아주 잘 알고 있다. 바로 자신의 제자 운풍이 그런 꼴을 하고 다닌다.

허진무가 고개를 끄덕이며 옅은 미소를 지었다. 그간 무당을 떠나 있어 잘 몰랐는데 운풍 녀석은 그동안에도 냉기를 펄펄 풍기며 돌아다녔나 보다.

"하핫, 제자가 생각하기에도 운풍인 듯하여 몇 가지를 질문했습니다. 일행이 몇이었냐는 질문에는 아무도 없이 혼자 왔을 뿐이라 하였으나, 구리 몇 문을 주고 구입해 간 식료품의 양은 가히 다섯 명은 먹을 양이었다고 하였습니다."

"…으흠."

현평 진인이 눈을 가늘게 떴다.

예전 선경루의 점소이였던 자. 차가운 얼굴을 했으며 다섯 명이 먹을 식료품을 구입한 자.

어쩌면 그 사내는 운풍자일지도 모른다.

설사 운풍자가 아니라고 해도, 지금은 작은 단서 하나도 놓아서는 아니 될 때다.

"그래서?"

현평 진인이 슬쩍 웃으며 말했다. 자신이 짐작하는 것을 똑똑한 사질이 짐작하지 못할 리가 없다. 필시 그 소녀에게 몇 가지 안배를 해두었을 터.

아니나 다를까, 허진무가 입을 열었다.

"제자 운풍이 무당을 버릴 리는 없습니다. 지금 무당을 보고도 찾아오지 못하는 것은 그럴 만한 사정이 있기 때문이겠지요. 혹여 그 소저가 운풍을 다시 만나거든 이야기나 나눠보라고 운형과 황우를 소녀의 곁에 붙여두었습니다."

"잘했구나."

현평 진인이 머리를 굴렸다. 사숙님이 사천에 계신 것이 맞다면 성도에 계실 것이 분명하다. 마교도들 사이에 잠입하기엔 걸끄러운 것이 한두 가지가 아니니 아마 생사평으로는 가지 않으셨을 것이다. 생사평에는 마교도들뿐만이 아니라 교주까지 있으니 더 더욱 그렇다.

현평 진인의 생각이 깊어질 듯하자 현성 진인이 대신하여 축객령을 내렸다.

"운향은 이만 나가보거라. 제자들에게 편히 쉬라 이르고."

"제자 운향이 뜻을 받드옵니다."

운향자 허진무가 짧게 목례한 다음 뒷걸음질쳐 장내를 빠져나갔다. 현평 진인은 그것도 모른 채 생각에 빠져들어 있었다.

'성도에 계시다면 왜 숨어계신단 말인가.'

사숙님이 숨어계셔야 할 이유가 없다. 무당을 만났으니 응당 합류해야 할 터인데 사숙께서는 왜 모습을 보이지 않으신단 말인가!

"으음……."

현평 진인의 입에서 침음성이 튀어나왔다.

*　　　*　　　*

사천의 성도에는 방통(房通)이라 불리는 곳이 있다. 빈민들이 사는 하촌(下村)에서 오 리 정도 떨어진 곳에 위치한 이 주거지는 양민들이 사는 공간이었다.

방통의 중앙에는 버려진 장원이 하나 있었다. 방통 자체가 성도의 외진 곳에 있거니와 이곳은 귀신이 나오는 흉가라 하여 접근하는 자가 없는 황량한 곳이었다.

이곳에 온기가 어린 것은 사흘 전이었다. 몇몇의 무림인들이 찾아든 것이다.

밖에는 잘 드러나지 않고 있었지만 불빛이 어른거리는 것을 보면 그들은 아직도 떠나지 않았나 보다.

장원의 중앙에 피워둔 자그마한 불을 바라보던 무표정한 얼굴의 사내가 시선을 돌려 옆에 앉은 소년을 바라보았다.

"춥지는 않으신지요."

"네."

소년이 부드러운 미소를 지었다. 하지만 소년의 입술은 파리하게 질려 있었다. 여름이 가까워 오는데도 한기가 몸에 어리기라도 했는지 소년은 몸을 애처롭게 떨었다.

"소손이 모포를 올리겠습니다."

소년을 보다 못한 사내가 몸을 일으켜 짐을 풀었다.

식은땀을 뻘뻘 흘리고 있던 소년이 씁쓸한 미소를 지었다. 참아내려 했지만 미간도 찌푸려져 있다. 사실 소년은 감당하지 못할 고통을 참아내고 있었다.

무표정한 사내가 모포를 가져다가 소년의 어깨에 둘러주었다. 그제야 추위가 가시는지, 소년의 얼굴이 한결 편안해졌다.

소년의 곁에 서 있던 아름다운 소녀가 걱정스러운 얼굴로 소년에게로 걸어왔다. 그리고 흔들리는 눈으로 그의 얼굴을 살폈다.

"괜찮아요, 사조님? 많이… 아프시죠?"

"나는 괜찮아요, 운혜 사손."

소년의 정체는 령보에서 마선의 손에 단전을 꿰뚫린 청명이었다.

청명은 축 늘어진 손을 들어 운혜의 얼굴로 가져갔다. 그리고 운혜의 얼굴을 부드럽게 쓸었다.

그가 어떻게 살아 있는 것일까?

단전에 검이 꽂히고 호흡이 정지했으며 심장이 멈추었던 사람이 다시 살아나는 괴사(怪事)가 또 어디에 있단 말인가!

"조금만 참으세요. 벌써 많이 나으셨대요."

"그럴게요, 운혜 사손."

청명의 기운없는 어조에 소녀, 운혜의 마음이 아파왔다.

뒤에서 추걸개가 껄껄 웃으며 청명에게로 다가왔다.

"으하핫, 죽었다 깨어나셨으니 아픈 것이야 당연한 일일 테지요. 잠시 몸을 살피겠습니다, 선인."

"흐음."

기묘한 신음성이 들려왔다. 멀찍이서 청명을 관찰하던 귀곡자가 내뱉은 신음이었다. 그는 장죽을 꺼내어 담배를 채워 넣고는 불을 당기고 있었는데, 그러면서도 걱정스러워하는 시선으로 청명을 바라보고 있었다.

"그럼, 잠시만 실례하오리다."

늙은 거지는 청명의 맥문을 쥐었다. 청명은 조용히 눈을 감고는 호흡을 골랐다.

잠시의 시간이 흘렀다.

청명의 몸 상태를 살핀 추걸개가 맥문을 놓고는 떨리는 손으로 수염을 쓰다듬었다.

"이제 거의 완치되었구려, 선인."

"그런가요?"

……개는 무겁게 고개를 끄덕였다. 청명 선인의 신체를 볼 때마다 그가 인간이 아니라는 것을 느끼곤 한다. 단전을 꿰뚫리고 심장 움직임이 일순간이나마 멎었는데도 불구하고 오 일의 시간이 지나 정상인만큼 회복이 되었다. 이제는 약을 취할 필요도 없으리라.

“일반인, 아니, 무림인보다도 빠른 속도로 회복되고 있습니다. 이 속도대로라면 내일이면 통증이 사라지고 정상적으로 운신이 가능할 겝니다.”

“예.”

청명은 기운없이 웃었다. 하지만 그 얼굴에서 희망이 느껴지지는 않았다. 육신이야 머지않아 완전히 회복되겠지만 양신이 입은 상처는 쉬이 낫지 않는다.

단전을 훼손당한 것뿐이라면 내공도 없는 청명으로서는 아쉬울 것도 없다. 하지만 그곳에 검이 꿰뚫릴 때에 마선의 사기가 깃들어 양신에 큰 상처를 입게 되었다.

양신에 상처를 입고도 살아 있는 것은 청명의 미약한 선기(仙氣)가 사기(死氣)와 힘겨운 싸움을 벌이고 있기 때문이었다.

청명은 걱정스러운 얼굴로 운혜를 바라보았다. 죽을 뻔했을 때의 일을 생각해 보니 운혜 사손이 너무 걱정된다.

“운혜 사손.”

“네?”

“그때처럼 사람을 미워하면 안 돼요.”

운혜의 눈에서 눈물이 차올랐다. 지금 자신의 몸이 어떤 상태인데 누구를 걱정한단 말인가!

청명은 순수하게 운혜를 걱정하고 있었다.

"사람을 미워하면 자신도 미워하게 돼요. 그러니 사람을 미워하면
안 돼요."

"…네."

운혜는 자신없는 어조로 중얼거렸다. 마음속에 그렇게 많은 살의가
있는지, 그렇게 많은 증오가 있는 줄 몰랐다. 어쩌면 자신은 정도가 아
니라 사도에 가까운 인물일지도 모른다.

오 일 전.

추걸개는 저도 모르게 무릎을 꿇은 채 멍하니 청명의 시체를 바라보
고 있었다. 부들부들 떨리는 수염 사이로 침음성이 새어 나왔다.

"선인이… 선인이 죽었어……."

"……."

운혜는 넋이 나간 얼굴로 청명의 시체를 주시했다. 멍한 눈으로 청
명의 시체를 바라보던 운혜는 부들부들 떨리는 손을 들어 청명의 단전
에 꽂힌 검을 뽑아 들었다.

쑤욱―

검이 빠지는 섬뜩한 느낌과 동시에 선홍색 피가 울컥울컥 솟아올랐
다. 운혜의 입술이 파르르 떨리게 된 것도 그때쯤이었다. 그녀는 마침
내 청명의 죽음을 인정한 것이다.

"흑흑."

운혜의 어깨가 들썩였다. 피가 잔뜩 묻어 있는 손이 운혜의 고운 얼
굴을 감쌌다. 운혜는 양손 사이로 얼굴을 묻고 눈물을 흘렸다. 고요한
울음은 통곡보다도 슬픈 감정을 품고 있었다.

미동 한 점 없이 운혜는 울었다.

“…….”

얼마나 울었을까? 운혜의 울음이 멈추었다. 들썩거리던 어깨가 멎을 즈음, 운혜는 아무런 말 없이 몸을 일으켰다. 기운이 하나도 없는지 몸이 잠시 비틀거렸다.

균형을 찾은 운혜가 잠시 청명의 시체를 주시했다. 그리고는 몸을 돌려 터벅터벅 걸음을 옮겼다. 멍하니 풀린 눈이 맹주의 육신을 주시했다. 운혜의 손에는 검이 들려 있었다.

“죽일 거야.”

아무렇게나 늘어뜨린 검이 바닥에 질질 끌렸다. 운혜는 마선, 아니, 맹주의 육신으로 느릿느릿 걸어가고 있었다.

“죽여 버릴 거야.”

“운혜 도고.”

운혜가 무릎을 꿇은 추걸개의 옆을 지날 때였다. 추걸개가 운혜의 어깨를 쥐었다. 충격을 해소하지 못해 부르르 떨리던 손이 어깨에 가 닿았다. 초점 없는 흐린 눈이 추걸개를 바라보았다.

시선 속에 숨은 냉기를 느끼며 추걸개는 고개를 저었다.

“조금 전에는 마선이었으나 지금은 마선이 아니야. 아니… 되네.”

운혜는 대답하지 않고 추걸개의 눈에서 시선을 떼었다. 그녀는 어깨에 올려진 추걸개의 손을 뿌리치고 걸음을 옮겼다.

차가운 한마디만을 남겨놓은 채.

“닥쳐!”

“…운혜 도고!”

잠시 당혹감에 젖었던 추걸개가 고함을 질렀다. 평소에는 말괄량이 소녀 같을 뿐인 운혜 도고였지만 그녀 역시 엄연한 강호의 여자였다.

그녀는 자신의 검으로 복수를 하려는 것이다.

"지금은 마선이 아니라 맹주일세!"

"시끄러워!"

운혜가 차갑게 중얼거렸다. 그녀는 천천히 맹주에게로 걸어갔다.

"아니 되네!"

추걸개의 외침은 더 이상 들리지도 않는다. 활활 타오르는 눈으로 그녀는 맹주의 육신을 주시했다.

그때였다. 조그마한 기침 소리가 들려왔다.

"쿠, 쿨럭……."

추걸개의 머리가 황급히 뒤로 돌아갔다. 시선을 돌린 곳에는 청명의 시체가 바르르 떨고 있었다. 기침 소리가 들린 곳은 그곳이 분명했다.

"선인?"

"사조님?"

추걸개와 운혜는 믿을 수 없다는 듯 청명을 바라보았다. 혹시 잘못 본 것은 아닐까. 착각이 아닐까. 그가 살아 있기를 바라는 마음에 환상을 본 것이 아닐까.

청명이 다시 한 번 쿨럭일 때까지 추걸개와 운혜는 움직이지 못했다.

"쿨럭! 쿨럭!"

청명의 몸이 꿈틀거렸다. 새우처럼 몸을 말고 누워 있던 청명의 육신이 크게 꿈틀거렸다. 가슴속에 있는 무엇인가를 토해내려는 듯한 몸짓이었다.

"사조님!"

운혜가 가장 빨랐다. 가까이 있던 추걸개보다도 먼저 운혜가 청명에게 도착했다. 운혜는 검을 내팽개치고 청명의 육신을 끌어안았다.

"사조님, 사조님! 괜찮으세요? 사조님!"

"쿨럭, 우, 운혜… 사, 사람을… 미워하지……."

청명이 피투성이 얼굴로 운혜의 얼굴을 바라보았다. 정말로 청명이 살아 있다는 것을 깨달은 운혜가 다급히 외쳤다.

"말하지 말아요! 말하지 마요!"

운혜는 고개를 세차게 저었다. 하지만 청명은 계속해서 말을 이어나 갔다.

"미워하지 마……."

"알았어, 알았으니까 말하지 마요!"

운혜가 비명처럼 외치고는 청명의 옷섶을 풀어헤쳤다. 죽었다면 모르되, 살아 있는 것이 분명하다면 재빨리 상처를 수습해야 한다. 청명의 앞섶을 헤치고 단전을 바라본 운혜는 헛바람을 들이켜고 말았다.

"흡!"

단전이 아물고 있었다. 길고 흉측한 구멍이 조금씩 메워지는 것이 보였다. 육신의 상처가 조금씩 치유되고 있는 것이다.

운혜는 몰랐지만, 청명을 살린 것은 바로 그녀였다.

마선은 청명의 단전에 그냥 검만 꽂은 것은 아니었다. 검과 함께 사기도 밀어 넣었다. 마선의 선기와 부딪쳐 자신의 선기를 사용하지 못했던 청명은 사기를 막아낼 힘이 없었기에 꼼짝없이 죽음을 맞을 수밖에 없었다.

기적은 운혜가 청명의 단전에 꽂힌 검을 뽑을 때 일어났다. 검이 뽑히자 사기가 한순간이나마 옅어진 것이다.

회생하기엔 그것으로도 충분했다. 원시천존께 받은 육신은 저 스스로 조금씩 치유를 시작했으며 잠시의 시간이 지나자 마침내 울혈을 뻴어낼 수 있었다.

운혜가 황급히 추걸개에게 외쳤다.

"추, 추걸개 노선배! 어떻게 좀 해봐요!"

"비켜보게!"

추걸개가 황급히 다가와 청명의 상처를 바라보았다. 그리고는 이를 악물고 청명의 옷자락을 찢었다.

찢어진 옷자락은 붕대로 사용되었다.

"빨리 단전을 감아!"

옷자락을 운혜에게 던진 추걸개가 청명의 맥문을 쥐고 눈을 감았다. 맥이 조금씩 읽혔다. 평범한 사람이라면 생명이 위험할 만큼 약한 맥이었다. 하지만 조금씩, 아주 조금씩 맥이 살아나고 있었다.

추걸개는 눈을 크게 떴다.

"최대한 빨리 의원을 찾아야 하네, 운혜 도고! 선인을 모시게! 나는 다른 일행을 수습하겠네!"

지금부터는 시간의 문제다. 선인을 모시고 최대한 빨리 상처를 치료할 수 있는 곳으로 가야 한다. 그리고 운풍자와 귀곡자의 상처도 치유해야 한다.

추걸개의 몸이 빠르게 움직였다. 그때부터 추걸개의 희생이 빛을 발했다.

추걸개는 귀곡자를 허리에 끼고 운풍자를 어깨에 들쳐 업고 사천으로 향해 달렸다.

다행히 광원(廣元)으로 가는 길목에 있는 조그마한 촌락에서 의원을 만날 수 있었기에 망정이지, 아니었다면 의원을 찾아 헤맬 뻔했다.

하지만 의원은 의외로 별 필요가 없었다. 청명의 몸이 스스로 치유되고 있었기 때문이다. 그저 상처를 치료하는 데 도움이 될 만한 약초 몇 뿌리를 얻는 것 외에는 할 일이 없었다.

문제는 운풍자와 귀곡자였다. 외상은 물론이고 심각할 정도의 내상을 입은 운풍자와 귀곡자였기에 치료는 거의 불가능한 듯 보였다.

그들을 치료한 것은 청명이었다.

"사람을 미워하면 안 돼요."

멍하니 상념에 빠져 있던 운혜의 귓가에 청명의 목소리가 들려왔다. 운혜는 화들짝 정신을 차리고는 청명을 바라보았다.

'바보같이······.'

단전에서 흘러나오는 피를 겨우 수습한 주제에, 사조님은 운풍 사형과 귀곡자 노선배에게 다가갔다. 그리고는 그들의 손을 잡고 눈을 감는가 싶더니 피를 한 사발이나 토해냈다.

그 결과로 운풍 사형과 귀곡자 노선배는 살아났지만 청명 사조님의 몸은 더욱 쇠락하고 말았다.

사조님께서 어눌한 시선으로 바라보는 것이 느껴지자 운혜는 얼른 고개를 끄덕였다.

"미워하지 않을게요."

"꼭이에요? 약속해야 해요?"

"네. 약속할게요."

운혜는 부드러운 미소를 품은 채 청명을 바라보았다. 순진하게 느껴지는 똘망똘망한 눈동자가 자신을 주시하는 것이 보인다.

"그러나저러나 언제까지 이렇게 피해 있어야 하는 겐가?"

멀찍이서 청명과 운혜를 관찰하던 추걸개가 빙그레 웃으며 시선을 돌렸다. 그리고는 운풍자에게 질문을 던졌다.

"아직 잘 모르겠습니다."

운풍자가 차가운 목소리로 대답했다.

"이 멍청한 녀석아. 마선의 눈을 피해야 할 것이 아니냐. 천선은 물론이거니와 저 짐짝도 숨겨야 하잖아."

고죽을 입에 물고 있던 귀곡자가 운풍자 대신 입술을 비죽거리며 말했다. 예전엔 거지의 지혜가 제법 뛰어난 줄 알았는데, 알고 보니 멍청하기 짝이 없다.

추걸개가 떨떠름한 얼굴로 귀곡자를 바라보았다.

"…짐짝이라니."

"저게 짐짝이 아니면 무언가. 그냥 짐짝도 아니지. 신선을 죽일 뻔한 대단한 짐짝이야."

귀곡자가 담배 연기를 뻐끔거리며 운혜의 뒤편에 누워 있는 시체 같은 노인을 가리켰다. 시체 같은 노인은 숨을 쉬는지 안 쉬는지 꼼짝도 하지 않고 있었는데 간헐적으로 꿈틀꿈틀거리는 것을 보니 죽지는 않았나 보다.

"그때는 마선이었으나 지금은 맹주일 뿐이야. 그가 하지 않은 일로 그를 욕하지 말게."

"비록 몰랐다고는 하지만……. 에잉!"

귀곡자는 말을 말자는 듯 고개를 홱 돌려 버리고는 곰방대를 잘근잘근 씹었다.

사실 걱정거리는 한두 가지가 아니다.

제일 먼저 믿었던 천선이 힘을 못쓰고 누워 있다.

가장 건강할 때에 마선과 맞부딪쳐도 모자랄 판에 저렇듯 많은 손해를 보았으니 어찌 걱정이 되지 않으랴! 신선을 탓하고 싶진 않지만, 하나뿐인 손녀딸을 생각하면 걱정만 늘 뿐이다.

"이보게, 운풍. 운혜 도고를 무당으로 보냄은 어떠한가?"

담배 연기를 내뿜은 귀곡자가 중얼거렸다.

"불가합니다. 현재는 저희 일행의 누구도 모습을 드러내서는 아니 됩니다."

"하면, 사천이 아니라 호북으로 돌려보내면?"

"그 또한 불가합니다. 천하가 준동하고 있으니 혹시라도 마교도의 눈에 띈다면 문제가 커질 것입니다."

"미치겠구만."

운혜를 흘끗 바라본 귀곡자가 마음에 안 든다는 듯 고개를 도리도리 저었다. 어떻게 되든 자신의 외손녀는 살려야 한다. 서희를 지키지 못한 것만으로 충분하다. 서희의 딸은 꼭 살려야만 한다.

"일단 정보가 필요합니다."

조그마한 모닥불을 바라보던 운풍자가 무거운 얼굴로 말했다. 최대한 빠르게 사천에 당도한 것은 좋으나 막상 도착하고 보니 어떻게 움직여야 할지 짐작도 가지 않는다.

추걸개는 수염을 긁적거렸다.

"내가 밖으로 나가기만 한다면 정보를 알아챌 수 있겠는데 마선의 시선이 두렵구먼. 그가 사천에 당도했을까? 마교주는? 정사대전을 막으려면 뭐라도 알아야 할 터인데 이건 뭐 감도 잡히질 않으니."

"……."

운풍자는 차가운 눈으로 객잔 밖을 주시했다. 그 역시 정보의 필요성을 느끼고 있었다. 어떻게든 나가서 사천의 분위기를 파악해야 한다.

"쿨럭, 쿨럭……!"

"사조님, 괜찮으세요?"

"쿨럭, 네……."

청명이 기운없는 어조로 대답했다. 볼이 통통하고 발그레한 것이 건강한 얼굴 그 자체인데, 내부는 생기와 사기의 격렬한 전투로 인해 망가져 가고 있는 것이다. 청명의 육신은 망가지고 회복되고를 반복하고 있었다.

"운풍 사손."

"예?"

청명이 기운없는 얼굴로 말했다.

"많은 피가 흐를 거예요. 머지않아… 그러니까 앞으로 삼 일. 삼 일 정도의 시간밖에 없어요."

"삼 일?"

추걸개가 얼굴 가득 궁금증을 품고 청명을 바라보았다.

"쿨럭, 네. 삼 일이요. 삼 일 후, 커다란 평원에서 백련교의 교도들과 정도무림맹의 무인들이 서로 마주하게 될 거예요. 그리고……."

청명이 차마 말하기 힘든 말을 꺼내는 듯 눈을 감았다.

귀곡자는 빨아들이던 담배 연기를 천천히 내뿜었다. 추걸개와 운혜, 운풍자는 미동도 없이 청명을 바라보았다.

청명이 마침내 입 밖으로 꺼내기 어려운 말을 꺼냈다.

"마선이 그들 모두를 죽일 거예요."

"으으음."

불길한 신음이 터져 나왔다. 사실이 아니길 바랐지만 불길한 짐작은 이미 하고 있었다.

마선이 마도와 정도를 모두 생사평으로 부른 목적.

목적이 있다면 아마도 무림의 말살일 것이다.

사천에 모인 모든 무인들을 제거한다. 장세협에서 불렀던 용권풍만 다시 불러내도 충분히 성공할 수 있을 것이다.

물론 사천에 모인 무림인들을 죽인다고 정도무림이 끝장나는 것은 아니다. 각 문파에는 문파를 지키는 제자들이 남아 있을 것이고, 그들의 기예와 도가 적힌 비급들도 남아 있을 것이다.

하지만 무림의 모든 것을 제거한 마선이 그들 문파를 하나하나 방문하면 어떻게 될까? 짐작하건대, 힘도 쓰지 못하고 몰살당하고 말 것이다.

마교는 말할 것도 없다. 사천에 나와 있는 마교도들이 죽으면 구두로만 전해지는 호교무공의 팔 할이 사라진다.

말인즉슨, 전 무림이 끝장난다는 소리다.

"하면, 맹주의 탈을 쓴 마선을 처치해야 한단 소리인데 선인께서는 가능하시겠소?"

걱정스러운 얼굴을 한 추걸개가 청명을 바라보았다. 청명 선인께서는 선기를 사용하실 수 있긴 하지만 마선에게 입은 상처로 인해 예전처럼 자유롭게 사용하진 못한다.

"해야 해요."

청명의 입술이 한일자로 굳게 다물어졌다. 막아야 한다. 설혹 자신이 다시 죽게 되더라도 막아야 한다.

운혜의 얼굴이 어두워졌다. 얼마 전에 있었던 마선과 사조님의 결전은 이미 마선의 승리로 끝났다. 그로 인해 입게 된 손해까지 감수하고 과연 마선을 제거할 수 있을까?

어쩌면 불가능할지도 모른다.

그러나 말릴 수가 없다. 말렸다가는 천하가 어찌 될지 짐작하는 탓이다. 천하가 피바다에 잠길 것이다.

사조님은 반드시 그것을 막으려 할 것이다. 설혹 당신이 다시 죽게 되더라도.

운혜는 이를 악물었다.

'사조님이 돌아가시면……'

만약 사조님이 돌아가시면… 마선의 음모를 막을 힘이 자신에게 있다면 복수를 해보겠지만, 마선의 능력을 추측해 보건대 그것은 불가능하다. 만약 사조님께서 돌아가시면…….

"……."

"그러지 말아요."

마음을 읽지도 않았는데 운혜 사손의 마음이 선연히 눈에 읽힌다. 우울한 어조로 청명이 말했다.

갑자기 운혜의 눈이 차가워졌다. 하지만 얼굴은 미소로 가득 채웠다. 오직 눈만이 웃지 않은 채로 그녀는 청명을 바라보았다.

"그러지 않을 거예요."

"거짓말."

청명의 볼이 부풀었다. 청명은 화가 난 듯 고개를 홱 돌려 버렸다. 운혜는 씁쓸한 얼굴로 그 모습을 바라보며 고개를 저었다.

귀곡자의 얼굴이 진중하게 변해갔다.

"삼 일? 삼 일 안에 무엇을 할 수 있단 말인가?"

"그거야 나도 모르지. 희대의 전략가가 있어도 방편을 짜내지 못할 판이 아니냐! 삼 일 안에 마선, 즉 인간이 아닌 신선을 죽일 수 있는 방법을 천하의 누가 있어 생각해 낼 수 있겠느냐."

귀곡자의 중얼거림에 추걸개가 한탄했다. 둘의 대화를 조용히 듣던 운풍자의 얼굴이 차가워졌다.

"방법이 없지는 않습니다."

"음?"

운풍자의 서늘한 눈이 추걸개를 향했다.

"첫 번째 방도는 우리가 모시고 있는 맹주님입니다. 맹주님을 증거로 들어 마선의 정체를 드러낼 수 있을 겁니다."

"맹주는 정신을 차리고 있지 못하잖은가?"

운풍자는 고개를 저었다.

"사조님께서 말씀하시길, 이제 곧 자리에서 깨어날 것이라 하셨습니다. 그렇게 된다면 증거가 확실해지지요."

"그래서? 마선의 정체를 드러내면?"

"그렇게 되면 마교와 무림맹을 떼어놓을 수 있게 됩니다. 혈전을 막을 수 있지요. 마선의 목표는 마교와 무림맹을 한군데에 묶는 것. 그것을 막으면 반절의 성공이 됩니다."

"첫 번째라는 것을 보니 두 번째도 있겠구만. 두 번째는 무엇인가?"

귀곡자가 물었다. 운풍자가 답했다.

"도가에서는 신선을 천선과 지선으로 나눕니다. 자신의 육신을 고스란히 지니고 선계에 오른 천선과 육신을 땅에 둔 시해선, 지선입니다."

"그런데?"

“천선의 경우는 인간의 한계를 초월했으니 감히 인간의 힘으로 그를 상케 할 수 없습니다. 지선도 마찬가지입니다. 육신을 버렸으니 그 도(道)는 짐작할 수 없지요.”

“그게 무슨 방법인가! 두 번째 방법을 설명한다더니 불가능하단 소리뿐이로군!”

추걸개의 얼굴이 붉으락푸르락해졌다. 방법이 있다더니 불가능하단 소리만 늘어놓고 있다. 흥분한 추걸개가 마침내 화를 낼 시점이었다.

운풍자가 마지막 말을 내뱉었다.

“하지만 마선은 반선입니다.”

“……!”

추걸개의 눈이 커졌다. 무엇인가를 깨달은 귀곡자가 곰방대에서 입을 떼었다.

“그, 그렇지. 청명 선인의 경우를 보면 인간에 가까울 때가 많았어. 그래, 분명히 인간과 같았네… 아직 미숙하지만 희로애락을 느끼며 허기를 느끼고, 요기를 느끼며 수면을 취하지. 우리가 천선이라 부르고는 있지만 사실 그는 반선일 게야. 하면 마선도……?”

“그럴 것이라 추측합니다. 두 번째 방법은 이것입니다. 육신을 그에게서 벗기는 것. 그렇게 된다면 완전한 성공이 됩니다.”

반선이라는 것은 기괴한 것이다. 신선은 아니지만 인간도 아니며, 역으로 신선이면서 동시에 인간이다.

살아서는 신선과 같은 능력을 지닐 수 있으나 진짜 신선은 아니기에 죽음을 맞게 되면 인간사에 개입할 수 없는 것이다.

“양신은? 그가 육신을 벗고 덤빈다면?”

귀곡자의 질문에 멀찍이서 조용히 이야기를 듣던 청명이 고개를 저었다.

“마찬가지예요. 육신이 없이 양신만으로는 인간사에 개입할 수 없어요.”

청명은 힘겹게 몸을 일으켰다.

“아아아…….”

신음 소리를 내며 억지로 몸을 일으킨 청명이 일행을 바라보며 말했다.

“마선은 벌써 사천에 있어요.”

“…….”

청명은 일행을 바라보며 무어라 말하려는 듯 입술을 오물거렸다.

잠시 뒤. 청명은 어설프게 웃으며 말했다.

“막아야 하는데… 어떻게 막지요?”

7장

제3화 천명(天命)은 어디에 있는가!

청명의 일행이 묵고 있는 장원은 허름했다. 낡은 장원에는 먼지가 가득 끼어 있었고, 거미집만도 열댓 개는 족히 넘게 있다. 그런 곳에 사조님을 누이기는 싫었지만 지금은 별수가 없었다.

운혜는 바닥에 깔린 모포에 청명을 조심스레 뉘어놓고는 빙긋 웃었다.

"좀 편하세요?"

"나는 이제 다 나았는데."

청명이 볼을 부풀렸다. 몸은 이제 거의 다 나았다. 아직 마선의 사기를 훑어내지 못했기 때문에 선기를 사용하지는 못하지만 일반인처럼 운신하기에는 모자람이 없다. 그런데 운혜 사손은 마치 아기를 다루듯 이것도 해주고, 저것도 해주려 한다.

"다 나았어도 아직 아프시잖아요."

"그래도요."

운혜는 싱긋 웃어주었다. 그리고는 청명이 누운 자리의 앞에 앉아 한숨을 내쉬었다. 청명은 눈을 또르르 굴려 운혜를 바라보았다.

"전 사조님이 평생 아프지 않으실 줄 알았어요."

"네? 왜요?"

"그야, 신선이시니까요."

청명은 얼른 입을 뗴었다. 운혜 사손에게 도에 대해 설명해 주려는 것이다.

"하지만요, 삶도 도고 죽음도 도예요. 무릇 살아가는 것은 모두 죽음을 맞게 되는 것이거든요. 도를 이룬다는 것은 죽음을 피하는 것만은 아니에요."

"그래도요."

"게다가 저는 인간세상을 알아야 하기 때문에 인간의 몸을 가지게 되었는걸요. 저는 신선이지만 인간이에요. 인간지도는 모르지만요."

"……."

운혜는 안쓰러운 얼굴로 청명을 바라보았다.

인간지도가 도대체 무엇이길래 사조님이 이렇게 고민하는 것일까? 도가 하나가 아니라는 것도 처음 알았다.

청명은 청명 나름대로 머릿속이 복잡해져 얼굴이 우울해졌다.

생각에 빠진 청명의 얼굴을 조심스레 관찰하던 운혜가 피식, 웃음을 지었다. 문득 바라보니 사조님을 처음 만났을 때가 떠오른다.

"처음 만났을 때가 기억나요."

"처음 만났을 때요?"

입술을 오물거리며 눈을 밝히던 청명이 모포를 살포시 쥐었다.

"네. 땅따먹기를 같이 했잖아요."

"아……."

먼 과거도 아닌데, 꼭 먼 과거처럼 느껴진다. 그래서일까? 운혜의 눈길은 아련한 무엇인가를 떠올리는 듯 변했다.

"운현궁 뒤에서 자고 있을 때 사조님이 나타나셨어요. 처음에는 저랑 같은 또래인 줄 알고 얼마나 놀랐는지 아세요?"

"……."

청명은 이불을 끌어 올려 얼굴을 감추었다. 그리고 눈만 내어놓고 데굴데굴 굴렸다. 부끄러울 일도 아닌데 괜히 창피해지는 기분이 들었다.

"그때만 해도 이렇게 될 줄은 몰랐어요."

그래, 정말 몰랐었다.

물론 자그마한 사조님이 사부님과 자신을 구해줄 때는 감사의 마음을 느꼈었다. 함께 세상을 여행할 때는 즐거움도 느꼈다.

그러나 사조님을 마음에 크게 담아두진 않았었다.

그저 작은 마음들이었던 것이 커지고 커져 급기야 자신의 마음에 담을 수도 없을 정도로 성장해 버렸다. 이제 마음속에는 온통 청명 사조님뿐이다.

"운혜 사손."

"네?"

"무당산으로 돌아가요."

청명은 이불에서 손을 내뻗었다. 그리고 운혜의 머리를 살포시 쓰다듬었다. 고운 머릿결이 손에 잡히는 듯한 느낌이 들었다.

머리를 두어 번 쓰다듬던 청명이 다시 말을 이어나갔다.

"하늘의 그물은 성기어 보여도 놓치는 것이 없어요. 사필귀정이라 했으니 마선은 내게 대적하지 못해요."

"……"

"그러니까 운혜 사손은 무당산에서 기다려 줘요."

청명이 애처롭게 말했다. 그 말이 자신감에 가득 차 있었다면 고개를 끄덕였을지도 모른다. 하지만 기운없는 어조로, 자신을 걱정하는 어조로 말했기에 운혜는 고개를 끄덕일 수 없었다.

운혜는 청명의 손을 잡고 아래로 내렸다.

"싫어요."

"…하지만."

청명은 그 자리에 운혜 사손이 오는 것이 싫었다. 운풍 사손도, 추걸개도, 귀곡자가 오는 것도 싫었다.

운혜 사손이 온다면 크게 아파하거나 어쩌면 목숨을 잃을지도 모른다.

잠시 머리를 굴리던 청명의 머릿속에 좋은 생각이 떠올랐다. 자신은 무당파의 장로이니 운혜 사손에게 명령을 내릴 수 있다. 분명히 그런 식으로 장문인께서 말씀하신 적이 있다.

"무당파의 장로 청명 진인이 명을 내리면요?"

"그래도 싫어요."

운혜의 곧은 눈은 바뀌지 않았다. 그녀는 바른 눈으로 청명을 주시한 채 말했다.

"본래 저는 말괄량이라고요. 저는 존장의 명을 어겨본 것이 수도 없이 많으니 거기에 하나 더 포함시켜도 문제가 되지 않아요."

청명의 얼굴이 기운없이 변해갔다.

“못됐어요. 나는 사부님 말씀을 잘 들었는데.”

“사조님은 착하셔서 그런 거고요, 저는 사조님 말씀대로 못됐거든
요.”

“흥!”

청명은 볼을 부풀렸다. 반대로 운혜는 미소를 지었다.

감히 누구를 떼어놓으려고.

본래 바늘 가는 데 실 가는 법이다. 마음속에 자리한 사람이 어려운
길을 가는데 자신이 빠질 수야 없는 노릇이다.

‘나도 갈 거야. 청명 사조님이 가니까.’

생각이 크고 마음이 크다 보니 흘러나오는 마음이 많아졌다.

저도 모르게 흘러나온 운혜의 마음 한구석을 읽은 청명의 얼굴이 홍
시처럼 붉어졌다.

“아…….”

“왜 그러세요? 어디 아프세요?”

예전 운혜 사손과 약속한 대로 마음을 읽지 않았다. 그저 새어 나온
한줄기 마음만을 읽었을 뿐이다.

자기가 가기 때문에 운혜 사손도 온단다.

부끄럽지만 기분이 좋다.

청명은 자신의 마음 변화를 확인하고는 멋쩍은 듯 얼굴을 붉혔다.

‘왜 이러지?’

도를 깨달아 신선일지도 모르나, 인간의 감정에는 아이와도 같이 무
지한 청명은 자신의 마음의 떨림을 바라보며 당혹에 젖었다.

‘왜 이러는 걸까?’

하지만 아무리 생각해 보아도 답이 보이지 않는다. 청명은 혼란스러

움이 가중되는 것을 느끼며 입을 다물었다.

운혜는 그것을 그만 통증으로 착각하고는 걱정스럽게 청명을 바라보았다. 청명이 눈을 감고 사색에 빠져들자 운혜는 천천히 몸을 일으켰다.

"많이 피곤해 보이셔요. 저 먼저 일어나 볼게요, 사조님."

"네."

청명은 고개를 끄덕였다. 붉어진 얼굴을 이불로 가린 채 눈만 데구루루 굴려 운혜의 얼굴을 살피고 있었다.

운혜는 그것을 보지 못한 채 객실을 나섰다.

청명을 안에 두고 나온 운혜는 방문 밖에서 떨리는 마음을 진정시켜야 했다. 운혜는 조금 전 사조님이 왜 부끄러워하셨는가를 짐작할 수 있었던 것이다.

예전에 말씀하시길 마음이 크면 읽지 않아도 볼 수 있다고 하셨다.

자신의 마음이 결코 작지 않으니, 아마도 사조님은 자신의 마음을 읽고 부끄러워하는 것 같다.

'이제 인정할 거야.'

운혜는 아무도 없는 곳에서 고개를 끄덕였다. 이제 인정하리라. 자신이 사조님께 연모의 감정을 품고 있음을 인정하리라.

물론 사조님은 신선이시고 나이도 백오십 세나 되셨지만 마음이 끌리는 것을 막을 수 없었다.

이제 인정해야 될 때가 왔다.

"호호."

마음을 정하고 나니 한결 편해지는 것이 느껴졌다.

그동안의 강호행에서 사조님께 끌리는 자신을 발견하고 얼마나 당황했던가!

마음을 다잡아보려 수십 번도 넘게 노력했지만 종내에는 이렇게 되고 말았다.

그럴 거면 차라리 인정해 버릴 것을.

운혜는 한결 가벼워진 발걸음으로 걸음을 옮기려 했다.

"운혜 사매."

무거운 목소리가 들려오자 운혜는 고개를 돌렸다. 운풍 사형이 자신을 바라보고 있었다.

운혜는 어설픈 웃음을 지으며 뒷머리를 긁적였다.

"잠시 할 말이 있다."

"예?"

"후원으로 가자."

"예……."

무슨 말을 하려고 저러는 것일까?

운혜는 운풍자의 마음을 추측하지 못해 머리를 굴렸다. 가장 먼저 떠오르는 것은 혹시 자신이 규율을 어겼는가, 하는 걱정이었다.

운혜의 추측은 완벽히 틀렸다. 운혜와 함께 후원으로 향하는 운풍자의 마음은 그것보다 훨씬 복잡했다.

운풍자는 흘끗 운혜를 바라보았다. 그리고 마음 한구석이 다시 아려 오는 것을 느꼈다.

"……."

운혜 사매가 마음에 걸렸다. 예전과는 달리 마음속 깊이 그녀가 자리 잡았다.

최근 몇 주야간, 운풍자는 거의 매 순간마다 휘몰아치는 감정의 폭풍을 견뎌야 했다. 그는 자신의 마음을 빨리 직시했던 것이다.

사매가 자꾸 생각난다.

사조님과 함께 있는 운혜 사매를 볼 때 마음 한구석이 아프고 시렸다.

그녀를 품에 안고 싶고 머리를 쓰다듬어 주고 싶다.

사조님을 모시고 객실로 사라진 운혜를 바라볼 때, 운풍자는 자신의 마음을 확실히 깨달을 수 있었다.

그제야 예전에 했던 행동이 이해가 갔다.

'평촌에서 나는 왜 옥가락지를 샀던 것일까?

이제는 답을 안다.

후원에 도착한 운혜는 맑은 공기를 들이마시고는 얼굴을 발갛게 물들였다.

"시원하네요."

"그렇구나."

"꼭 무당산 같아!"

운혜는 바람을 즐기며 한 발자국 앞으로 껑충 뛰었다. 운풍자의 시선이 그녀의 뒤를 쫓았다.

"저는요, 이 일이 끝나면 무당산으로 돌아갈 거예요."

"……."

운풍자는 무표정한 얼굴로 운혜를 바라보았다.

"처음 떠나왔던 것처럼 사형하고… 그리고 사조님하고."

마음 한구석이 아파왔다. 사형을 말할 때와 사조님을 말할 때의 사매는 분명히 차이가 있었다.

"그렇게 돌아갈 거예요. 그리고 강호에 나오지 않을 거예요."

운혜는 더 이상 강호의 여협이 되겠다는 꿈을 꾸지 않았다. 그녀는 무당산의 소소한 생활을 그리워할 뿐이었다.

지금 이야기 속의 여협처럼 신선과 함께하고 악당을 상대하고 있지만, 온통 고생뿐이지 않은가! 생각해 보면 이야기는 그저 이야기일 뿐이다.

잠시 생각에 젖어들었던 운혜는 운풍 사형이 자신에게 무언가를 말하려고 한다는 것을 깨닫고 또다시 뒷머리를 긁적였다.

"아참! 사형, 하실 말씀이 있다고 하셨지요?"

"…그래. 네게 이걸 주고 싶었다."

운풍자는 무어라 말해야 될지 몰랐다. 그는 무언가를 말하느니 소매 속에서 자그마한 옥가락지를 꺼내 운혜에게 주는 길을 택했다.

"와, 옥가락지네? 그때 평촌에서 봤던 거 아니에요?"

운혜가 옥가락지를 기억하고는 까르르 웃었다. 운풍자의 얼굴에 미소가 어렸다. 그는 속으로 얼굴이 붉어지지 않았나 고민했다.

물론 붉어지지 않았다.

"저 주시는 거예요?"

운혜가 맑은 눈으로 운풍자를 주시했다. 운풍자는 평소와 다를 바 없는 무표정한 얼굴로 운혜를 마주 바라보았다. 운혜는 신이 나서 웃다가 무언가 이상한 것을 발견했다.

"…주시는 거… 군요."

운풍 사형의 눈 속에서 기묘한 기운이 느껴진다. 그것은 어떤 열망 같은 것이었다. 오랫동안 운풍자를 봐오지 않았다면 모를, 사소한 변화를 운혜는 알아챘다. 그 열망이 무엇인지까지도.

"왜… 왜 주시는 거지요?"

"……."

운풍자는 아무런 말도 하지 못했다. 내심 당황했던 것이다. 운혜는 그 당황마저 읽어냈다.

그리고 무심결에 사조님이 하셨던 말씀을 떠올렸다.

'마음이 너무 크면 굳이 읽지 않아도 보인다고 하셨지.'

운혜는 쓸쓸한 얼굴로 미소를 지었다. 그리고 아까운 얼굴로 옥가락지를 한 번 바라보고는 시선을 떼었다.

"받을 수 없어요."

"……."

운풍자의 눈이 차갑게 물들었다. 운혜는 그것이 차가움이 아니라 슬픔임을 깨달았다.

"운풍 사형의 마, 아니, 옥가락지이기 때문이에요."

하마터면 마음이라고 할 뻔했다.

운혜는 자신의 마음이 정해진 이상 흔들려서는 안 된다고 생각했고 딱 잘라 거절해야 한다고 생각했다.

운혜가 그를 읽는 것처럼 그 역시 운혜를 읽을 수 있었다.

"그래."

운풍자는 손을 내밀었다. 운혜는 그 옥가락지를 운풍자의 손에 올려놓았다. 살짝 손가락이 마주쳤다. 운풍자는 마음속에 미련이 남는 것을 느꼈다.

"이만 돌아가지. 사매도 얼른 들어오너라."

그간의 마음 수련이 이토록 헛된 것이었나! 그는 겨우 평상시와 똑같이 말할 수 있었다. 중간중간 살짝 떨리긴 했지만 이 정도면 잘해낸 셈이다.

운풍자는 이 마음을 진정시키는 데 제법 오랜 시간이 필요할 것이라는 걸 깨달았다.

"……."

그는 차갑게 몸을 돌린 다음 잠시 그대로 정지했다. 무엇인가를 생각하던 운풍자는 후원의 바닥에 옥가락지를 내려놓았다.

"사형으로서 사매에게 주는 선물이다."

운풍자는 그렇게 말하고는 뒤도 돌아보지 않고 앞으로 걸어갔다. 운풍자의 뒤에 남겨진 옥가락지가 별빛에 반짝였다.

운혜는 그 뒷모습을 슬픈 눈으로 바라보다가 후원 귀퉁이에 주저앉았다.

"미안해요, 사형."

어쩌면 저것이 자신의 모습이 될 수도 있었다.

사조님은 신선이시니까. 신선이 되어 오욕칠정을 끊으신 분이니까.

운혜가 객실 밖으로 나선 뒤로도 청명은 잠을 이루지 못했다. 억지로라도 잠을 청해보려 했지만 이런저런 생각에 잠을 이룰 수가 없었다.

인간, 인간지도, 혈란(血亂), 마선. 그리고 운혜 사손.

청명은 억지로 감았던 눈을 뜨고는 고개를 도리도리 저었다. 생각을 밖으로 쫓아내 보려는 것이다. 하지만 그래도 머릿속에 가득 찬 상념들은 떠나지 않았다.

청명은 거의 완치되었지만 아직은 뻣뻣한 몸을 힘겹게 일으켰다.

"응차!"

그리고 낡은 장원의 후원 쪽으로 걸음을 옮겼다. 몇 걸음 걷지 않아 후원에 도착한 청명이 탄성을 내뱉었다.

"우와—"

후원은 낡아 하나도 관리되지 않고 있었지만 그 덕에 오히려 자연의 싱그러움이 잘 살아나 있었다. 아무렇게나 자라 버린 나무 위에는 달이 밝게 비치고 있었고, 길게 자라난 수풀에는 이름 모를 벌레가 찌르찌르 울고 있었다.

아름다운 보름달을 보며 싱긋 웃은 청명은 수풀이 아무렇게나 난 후원에 털썩 앉았다.

"휴우—"

한숨이 절로 새어 나왔다. 잠시 하늘을 보며 웃음 짓던 청명은 보름달을 바라보며 또다시 상념에 잠겼다.

'원시천존님께서는 왜 나를 인간세상으로 돌려보냈을까?

답은 익히 알고 있는 것이었다.

'인간지도를 깨달으라 명하셨지.'

하지만 인간지도를 깨닫기도 전에 커다란 문제를 만났다.

마선. 그를 막지 못하면 자연지도고 인간지도고 아무 소용이 없어진다.

상념을 지우려 나온 청명은 또 다른 상념에 빠져 들어갔다.

"……."

청명은 우울한 얼굴로 고개를 숙였다. 마선의 도(道)와 자신의 도는 다르지 않지만, 마선이 행하는 것과 자신이 행하는 것은 다르다.

자신의 뜻은 천리를 거스르는 것일까? 아니면 마선의 뜻이 천리를 거스르는 것일까?

도에 닿았으니 인연이 끊어져야 하건만, 반선이 되어 인연이 이어지는 바람에 그는 본의 아니게 하계에 큰 영향을 끼치는 사람이 되었다.

나는 어떻게 행동해야 할까?

"……."

밝은 달을 주시하며 청명이 입술을 비죽였다.

*　　　*　　　*

마선도 하늘을 올려다보고 있었다. 감정이라고는 전혀 느껴지지 않는 차가운 눈이 하늘에 동그라니 떠 있는 달을 주시했다.

달은 어둠을 흩는 선연한 빛을 뿜어내어 대지를 찬란히 감쌌다.

"마음에 들지 않는구려, 원시천존."

마선은 하늘을 바라보았다. 아니, 노려보았다. 밝게 빛을 뿌리는 달이 마음에 들지 않는 탓이었다.

본래대로라면 태양이 탄식하고 달이 어둠에 묻혀야 할 터.

천선의 죽음을 슬퍼하고 그로 인해 닥칠 혈란을 슬퍼해야 할 달이 제자리에서 밝은 빛을 뿌리고 있다.

"천명(天命)이 내게 없음을 말하고 싶은 게요?"

누구에게 질문하는 것일까.

마선은 홀로 고고하게 서 하늘에 질문했다. 대답은 들려오지 않았다.

"속인들은 그대가 인간사를 관장한다 여기고 그대를 섬기지. 하나 나는 알고 있소. 인간은 오롯이 서서 세상을 일궈 나갈 뿐이지, 그대의 관리를 필요로 하지 않소."

비록 신선이 아닌 반선의 경지에 올랐을 뿐이지만 그렇다고 신선의 능력을 모르는 것은 아니었다. 그는 신선이 되기를 거부하고 땅에 남았을 뿐, 선계에 오를 능력이 없는 것은 아니었다.

즉, 그도 도(道)를 보았고, 자신만의 깨달음이 있는 것이다. 그는 인위가 무엇인지 알고 무위가 무엇인지 안다.

하지만 그의 입에서 나오는 말은 정반대였다.

"도(道)? 사실은 모두 무용한 것이오. 빛이 없다면 어둠도 없듯, 인위가 없다면 무위도 없소. 인위가 옳다, 그르다를 말하려는 것이 아니오. 단지 인위라는 것이 존재한다는 것이오."

검은 구름이 하늘을 천천히 뒤덮었다. 찬란한 달로 다가간 검은 구름은 조금씩 달을 베어 삼켰다.

빛이 사라지고 어둠이 땅에 내려앉았다.

"물론 무위로 인위를 다스릴 수 있겠지. 내가 하려는 것이 그것이오. 그대와 같은 길을 가고자 하니 방해하지 마시오."

마선은 갈등하고 있었다.

그는 분명히 천선을 죽였다. 천선의 육신을 멸했고 그의 양신에 사기(死氣)를 넣어 혼백을 흩었다.

시도를 하는 자신으로서도 가능할 것이라 생각하지 않았다. 그것이 불가능하다 여겼기에 늘 불안했다.

상념에 빠진 마선의 얼굴에 다시 빛이 어렸다. 구름 속에 숨겨진 달이 다시 떠오른 것이다.

끈질기게 다시 나타나 빛을 뿌리는 달을 본 마선이 저도 모르게 분노하여 하늘을 바라보며 외쳤다, 활활 타오르는 듯한 눈이 다시 떠오른 달을 바라보며.

"그는 죽었소!"

천선과 자신의 싸움은 단순한 결전이 아니었다. 천명이 누구에게 있느냐를 하늘에 묻는 질문이었고, 하늘은 대답했다.

천선이 목숨을 잃었으니 천명은 자신에게 있다. 아니, 있어야만 한다.

검은 구름이 다시 달을 베어 삼키는 것을 바라본 마선이 고개를 돌렸다.

"내 실수라고는 하지만 그는 죽었단 말이외다."

마선은 고개를 저었다. 천명이 어디에 있는지 논하기도 전에 신선을 죽인 것이 그의 실수다. 그래서는 아니 되었다. 인위적으로 그를 죽이는 것이 아니었다. 그가 자신의 손이 아니라 다른 사람의 손에 죽게 만들었어야 했다.

하지만 어쩌랴! 벌써 일은 그르친 것을.

"……."

그는 차가운 얼굴로 걸음을 옮겨 당가보의 귀원각으로 향했다.

어둠이 깔린 하늘이 그의 뒤편을 비추었다.

"천명은 내게 있소."

*　　　*　　　*

조금 전만 해도 밝게 떠 있던 달이 검은 구름에 묻혀 버렸다. 밝은 보름달을 바라보던 청명은 어둠이 짙게 드리운 하늘 아래에서 한숨을 내쉬었다.

"에휴—"

"웬 한숨이세요? 복 달아나게."

언제부터 거기 있었던 것일까? 마치 오래된 나무처럼 정원에 서서 청명을 구경하던 운혜가 말했다. 운혜는 후원을 서성거리다가 청명이 잠을 자지 못하고 후원으로 나오는 것을 모두 바라본 것이다.

운혜는 사조님이 혹시 아픈 것이 아닐까, 하는 생각을 억지로 지우며 스스럼없이 웃었다.

"뭐 안 좋은 꿈이라도 꾸셨나요?"

청명은 운혜를 바라보며 또다시 도에 관하여 이야기하려 했다.

"하늘의 복은 한숨을 쉰다고 달아나지 않……."

"네, 네. 그렇겠죠."

운혜는 대수롭지 않게 청명의 말을 넘긴 다음 조심스럽게 청명에게로 걸어갔다.

한 발자국을 떼고 두 번째 발자국을 떼더니 운혜는 제자리에 멈춰 서서는 조심스럽게 청명을 바라보았다.

"저 거기 앉아도 돼요?"

"네? 그럼요."

청명은 고개를 끄덕이며 옆 자리를 톡톡 두드렸다. 운혜가 혀를 살짝 빼물어 웃고는 청명의 옆 자리에 살포시 앉았다.

부드러운 미소를 지은 채 옆에 앉은 운혜의 옆얼굴을 바라본 청명이 시선을 떼어 하늘을 바라보았다.

운혜가 의아함이 섞인 얼굴로 청명을 바라보았다.

"그런데 왜 한숨을 쉬었어요?"

"왜 한숨을 쉬었냐면요……."

청명은 다시 하늘을 바라보았다. 검은 구름에 묻힌 달은 꼼짝도 하지 않았다.

"달이 보이지 않아서 그랬어요."

"네?"

운혜는 고운 눈을 떼어 하늘을 올려다보았다.

과연 달이 보이지 않는다. 하늘은 암흑으로 뒤덮여 있을 뿐이다.

"으흠, 날이 안 좋네. 비가 오려나?"

손바닥을 하늘로 펼쳐 본 운혜는 비가 오지 않는다는 것을 확인하고는 눈을 가늘게 뜨고 청명을 바라보았다.

"비가 올 것 같진 않은데요?"

청명은 고개를 저었다. 자신이 말하는 것은 그것이 아니다.

"저는 비 때문에 걱정하는 것이 아니에요."

"그림요?"

운혜가 재차 질문했다. 청명은 운혜의 얼굴을 멍하니 바라보았다. 운혜 사손에게는 무엇이든 말해줄 수 있지만 만약 말해주었다가는 운혜 사손이 크게 걱정을 하고 말 것이다.

괜히 마음고생 시키고 싶지 않다.

"말해주지 않을 거예요."

"말해봐요."

"싫어요."

운혜는 눈을 가늘게 뜨고 청명을 흘겨보았다.

"그럼 저는 화를 낼 거예요."

청명은 서운한 듯 운혜를 바라보았다. 그리고 운혜의 눈을 바라보며 잠시 침묵했다.

어느새 곧게 뜬 운혜의 눈동자에는 한 점의 흔들림이 없었다. 어둠에 사로잡힌 깊은 밤 속에서도 눈에 흐르는 총기는 똑똑히 눈에 들어왔다.

그 눈에 어린 진심에 청명은 더 이상 싫다는 말을 하지 못했다.

"말해봐요."

운혜가 재촉했다.

청명은 운혜의 눈에서 시선을 떼어 고개를 푹 숙였다. 그리고 다리를 모아 쪼그려 앉고는 다리 사이로 얼굴을 묻었다.

"나는 신선이에요."

"그런데요?"

"마선도 신선이지요."

운혜는 아무런 말도 하지 않은 채 청명의 말이 이어지기를 기다렸다.

"왜 하계에 두 명의 신선이 있을까요? 도는 하나지만, 그 도를 행하는 방식에 있어서 그와 나는 달라요."

청명이 고민하는 것은 바로 이것이었다. 마선은 무위로 인위를 다스리려 한다. 인위로 이루어지는 세상사를 무위로 강제하겠다는 것이다. 그 과정에서 어떤 피가 흐를지는 아무도 모른다.

그가 가장 먼저 행하려는 일은 명예나 지위 같은 속된 것을 쫓아 생명을 함부로 여기는 강호를 멸하는 일이다.

"나는 무위가 무엇인지 알아요. 인위가 만들어내는 악(惡)이 무엇인지도 알아요."

"무, 무슨 소리인지 모르겠어요."

이야기가 점점 어려워지자 운혜가 당황스러운 듯 말했다. 하지만 청명은 계속 말을 이어나갔다.

"그러니 마선이 무엇을 하려는지도 알아요. 그는 인위로 이루어진 것들을 무위로 되돌리려 해요. 인위는 무위로 가는 길을 방해하는 법이니 어쩌면 마선이 옳을지도 모르죠."

무슨 이야기인지 자세히는 모르겠지만, 마지막 말에는 운혜도 동감할 수 있었다.

"그렇지 않아요."

"네. 그렇지 않을 거예요."

너무도 쉽게 운혜의 말에 긍정한 청명이 고개를 돌려 운혜를 바라보았다. 무릎에 얼굴을 기댄 채였다.

"원시천존님은 인간에게 도가 있다고 했어요. 무위에 도가 있듯이 인위에도 덕이 있을지 몰라요. 나는 그것을 찾으러 하계에 내려왔어요."

문득 처음 만난 날이 떠오른다. 그날을 운혜 사손은 어떻게 기억할까?

"그리고 하계에서 알게 된 것이 있지요. 인간은 서로에게 자신을 투영한다는 것."

그녀가 웃을 때 자신이 행복했다는 것을 운혜 사손은 알까?

"나는 인간을 무위로 다스리려 하지 않아요, 운혜 사손. 그게 나와 마선이 다른 점이에요."

청명은 저도 모르게 손을 내뻗었다. 천천히 운혜의 얼굴로 다가간 손이 그녀의 귓불을 어루만졌다. 낯선 손길에 운혜의 얼굴이 살짝 경직되었다가 풀어지는 것이 느껴졌다.

청명은 운혜의 얼굴을 부드럽게 쓸어 만졌다.

"마선과 나는 이토록 다르니 서로 부딪치게 될 거예요. 그런데… 천명은 누구에게 있을까요?"

운혜는 자신의 얼굴을 어루만지던 청명의 손을 살포시 잡았다. 그리고 바른 눈으로 청명을 주시했다.

"사조님께 있어요."

청명은 어딘가 서글퍼 보이는 미소를 지었다. 천명이 누구에게 있는지는 아무도 모른다. 운혜 사손은 물론이요, 원시천존도 그것을 알 수 없다.

그가 무어라고 입을 뗄 시점이었다.

"천명은 사조님께 있어요."

운혜가 너무나 당연하다는 듯 말했다.

"운혜 사손이 어떻게 알아요?"

확신 어린 운혜의 목소리에 청명이 질문했다. 운혜는 피식 웃었다.

"비록 저는 도를 모르지만, 사리에 밝으니 사실은 천명을 훔쳐볼 수도 있답니다."

"……."

청명은 서글픈 듯 웃었다. 운혜 사손이 농담을 했나 보다.

그것을 보지 못한 운혜는 재잘재잘거리며 몸을 일으켰다.

"저는요, 자연지도가 무엇인지도 모르고요, 인간지도가 무엇인지는 더 모르겠어요. 도사이긴 하지만 사실 경전은 너무 어렵거든요."

"바보."

"하지만 저는 알아요. 사람을 죽이는 것은 나쁜 짓이라는 거요. 마선은 그걸 하려고 하잖아요? 그것도 한두 명이 아니라 수십, 수백 명을 죽이려 하고 있어요. 그건 옳지 않지요."

운혜는 활기찬 몸짓으로 청명을 바라보았다.

"하지만 사조님은 사람을 구하려 하고 있어요. 사람을 아끼고 사람과 웃지요."

"아……."

청명은 멍하니 운혜를 바라보았다. 운혜 사손의 말이 그럴듯하게 들리는 탓이었다. 천명이 누구에게 있는지는 아무도 모른다. 그렇다면 자신에게 없으리란 법은 없다.

운혜 사손의 말에 왠지 모르게 믿음이 갔다. 어쩌면 다른 누가 아닌 운혜 사손이 말했기 때문일지도 모르겠다.

"사조님, 운풍 사형을 아끼시죠?"

"네."

청명이 대답했다. 마치 가르침을 내리는 스승의 모습으로 운혜가 재차 질문했다.

"추결개 막 노선배는요? 귀곡자 노선배는요? 두 분 모두 아끼시지요?"

"네. 저는 둘 모두 아껴요."

운혜는 까르륵, 웃음을 터뜨렸다. 청명은 저도 모르게 운혜를 따라 웃었다.

부드러운 미소를 지은 운혜와 청명 사이로 따듯한 눈길이 오갔다.

"그리고……."

운혜의 얼굴에서 웃음이 천천히 가셨다. 그녀의 머릿속에 무언가가 떠오른 것이다. 그것은 조금 전, 운풍 사형이 자신에게 반지를 줄 때의 광경이었다.

청명은 운혜의 얼굴에서 웃음이 사라지자 눈을 동그랗게 뜨고는 몇 번 끔뻑였다.

마침내 운혜가 떨리는 목소리로 말했다.

"저를… 아끼시죠?"

"아……."

안 그래도 크게 떠졌던 눈이 더 크게 뜨여진다. 청명은 갑작스레 밀려오는 당혹스러운 감정을 받아들이려 애썼다.

운혜가 말을 이어나갔다.

"저와 함께 웃으시지요?"

"운혜 사손, 저는……."

청명의 말을 듣지 못한 듯 운혜가 계속 말을 이어나갔다.

"저를……."

운혜는 침을 꿀꺽 삼켰다. 그리고는 긴장된 눈으로 청명을 주시했다. 그녀가 생각하기에 지금이 적기다. 사조님께 확인해야 할 일이 하나 있다.

"저를 사랑하시나요?"

청명의 입이 멍하니 벌어졌다.

무위에 올라 인연을 끊었다. 아니, 애초에 끊을 인연이 없었다.

어린 시절부터 혼자 살아와 자연만을 친구로 삼았을 뿐이니 인연을 맺을 일이 없었다.

도를 깨닫는다는 것이 어떤 것이던가!

도를 깨달으면 어떤 사물 하나에 감정을 느끼지 않는다. 오로지 공정하게 만물을 바라볼 뿐이다.

만물이 하나이니 오로지 만물을 사랑할 뿐 무엇 하나를 특별하게 여기지는 않는 것이다.

'나는 운혜 사손을 사랑할까?

청명은 고개를 저었다.

이미 각오했던 일이지만 충격은 컸다. 운혜는 침을 꿀꺽 삼켰다.

청명은 생각을 이어나갔다.

'무당산의 나무 한 그루보다 운혜 사손을 사랑할까?

만물보다 운혜 사손 하나만을 마음에 품을 수 있을까. 도에 이른 청명은 고개를 재차 저었다.

'무위가 아냐. 인위야.'

운혜는 긴장된 얼굴로 청명을 바라보았다.

결정을 내린 청명은 아무런 말도 하지 못했다. 아니라고 말하려 하는 순간 가슴이 아파왔기 때문이었다. 커다란 침으로 가슴 한구석을 콕콕 찌르는 듯한 통증이 느껴졌다.

가슴에 느껴지는 통증을 참아낸 청명이 힘겹게 입을 떼었다.

"저는……."

"말하지 말아요."

운혜는 고운 아랫입술을 깨물었다. 사조님이 고개를 저을 때부터 마음이 아팠다. 인간의 형상을 하고 있지만 사실은 인간이 아닌, 그런 사람을 사랑하기에 그의 사랑을 갈구할 수 없다.

이미 알고 있었다. 사조님은 신선이니 오욕칠정을 느끼지 않는다.

알고 있는데도 그것을 질문한 이유가 있다면 자신의 마음이 보답받기를 원하는 작은 욕심 때문일 것이다.

운혜는 마음을 정리했다. 자신을 바라보는 청명의 시선이 아프게 느껴진다. 운혜는 고개를 푹 숙였다.

"알고 있으니 말하지 말아요."

고개 숙인 운혜의 눈에서 한두 방울의 눈물이 떨어졌다. 그녀는 눈을 꼭 감고 마음을 추슬렀다. 그리고는 청명에게서 몸을 돌렸다.

"저는 사조님을 사랑해요."

"……!"

청명의 눈이 동그랗게 뜨여졌다. 콕콕 찌르는 아픔이 느껴지던 가슴이 갑자기 철렁하고 내려앉았다. 기쁘기도 하고 혼란스럽기도 했다.

선언하듯 말하고 몸을 돌려 걸어가는 운혜 사손을 바라보던 청명은 그녀를 잡아야 한다고 생각했다.

"자, 잠깐……."

운혜는 걸음을 멈추지 않았다. 그녀는 못 들은 체 계속 걸음을 옮길 뿐이었다.

두근, 두근.

심장이 뛰는 소리가 평소와 다르게 들려왔다. 그리고 그의 선기도 다르게 움직였다.

두근, 두근.

심장이 뛸 때마다, 그리고 운혜 사손 때문에 떨릴 때마다 선기가 조금씩 많아지거나 적어졌다. 자신의 변화에 놀란 청명은 저도 모르게 운혜를 잡아가던 팔을 멈추었다.

그사이 운혜는 후원에서 사라졌다.

*　　　*　　　*

귀원각으로 향하던 마선의 걸음이 흠칫 멈추었다. 방금 인연의 흐름이 느껴진 탓이었다. 완벽히 사라졌던 천선의 선기가 미약하나마 다시 느껴졌다.

믿을 수 없는 결과에 놀란 마선이 눈을 부릅뜨고 하늘을 올려다보았다.

"설마……?"

구름에 가려진 달이 기어이 모습을 드러내고 있었다. 반은 구름 속에, 그리고 반은 모습을 드러낸 것뿐이었지만 그것만으로도 짐작할 수 있었다.

마선의 얼굴이 믿을 수 없는 것을 보았다는 듯이 변했다. 그는 허탈하게 웃음 지었다.

"허, 허헛!"

살아 있나?

마선은 방금 전에 느껴진 인연의 흐름을 다시 해석하기 위해 눈을 감고 인연들을 훑어보았다. 그리고 한 가지 인연을 발견했다.

얽히고설킨 세 사람의 인연이었다. 세 사람 중 한 명에게는 과거도 없고 미래도 없었다.

"허허헛!"

하늘이 기회를 준 것일까? 실수를 만회할 기회를 준 것일까?

세류소선 청명 진인. 그가 살아 있다.

마선은 커다랗게 홍소를 터뜨렸다.

"허허헛! 그래야지. 내 손에 죽어서는 아니 돼. 그대는 살해당해서는 아니 되지. 그대는 천하의 거부를 받고 죽음을 맞아야 한단 말일세!"

드디어 누구에게 천명이 있는지 확인할 수 있게 되었다. 지금 같은 가짜 역천지계가 아닌, 진정한 역천지계를 발동시킬 수 있게 된 것이다.

마선은 다시 귀원각으로 걸음을 옮겼다. 흥겨운 듯, 경쾌한 발걸음이었다.

마침내 귀원각에 도착한 마선이 시비에게 명을 내렸다.

"종남의 장문인과 형산의 장문인을 뫼셔다 주겠느냐?"

그 얼굴은 인자한 맹주의 얼굴이었다. 그는 무엇인가를 잊었다는 듯 한마디를 덧붙였다.

"아, 화산의 금정룡 소협도 불러주게."

반 각 뒤.

종남의 장문인과 형산의 장문인은 귀원각에 모여 무표정한 얼굴로 서로를 주시했다. 그리고 상대 역시 맹주가 왜 자신들을 호출했는지 모른다는 것을 확인하고는 마지막 자리에 앉아 있는 화산의 젊은 매화 검수를 바라보았다. 그 역시 고개를 저었다.

형산의 장문인 소요 상인은 무거운 얼굴로 맹주를 바라보았다. 그 눈에 녹광이 어려 있음을 확인한 마선이 슬그머니 웃음을 지었다.

소요 상인뿐만 아니라 셋 모두의 눈에 녹광이 어려 있다.

"허헛."

마선은 인연이란 것이 참 단순한 것이라고 생각했다. 얽히고설킨 듯 보이지만 하나하나 풀어나가다 보면 어느새 단순해지는 것이 인연이다.

마선은 부드럽게 웃으며 좌중의 인물들을 훑어보았다.

"이처럼 모여주어서 감사하오."

인자하다는 성품에 걸맞는 따듯한 목소리였다.

"저를 보자 하신 이유가 무엇인지요, 맹주?"

소요 상인이 의아한 얼굴로 물었다. 마선은 그 말을 무시하고는 손가락으로 탁자를 톡톡 두드렸다. 작은 소리일 뿐인데 깜짝 놀란 듯 세 사람이 움찔댔다.

마선은 다시 한 번 탁자를 두드렸다. 손가락과 탁자가 부딪치며 선기가 뿜어져 나왔다. 선기는 줄기줄기 세 사람에게 흘러들었다.

곧 세 사람의 눈가에 어린 녹광이 짙어졌다. 마선은 그제야 인자한 웃음을 지으며 소요 상인의 의문을 풀어주었다.

"긴히 말씀드릴 일이 있어 두 장문인과 젊은 검협을 모셨소이다."

"말씀하시지요."

형산파 장문인 소요 상인이 무표정한 얼굴로 입을 열었다. 그는 감정이 없는 눈으로 마선을 바라보고 있었는데, 그 눈에는 마기(魔氣)가 깃들어 있었다.

"허허헛!"

맹주는 웃음을 터뜨렸다. 소요 상인에게 마기를 심기란 예상외로 간단했다. 그는 마교에 대한 복수심으로 타오르던 인물이었고 마교가 다시 부흥하는 것을 죽기보다 싫어한 사람이었다.

시작은 그 복수심을 조금만 부추기는 것이었다. 이십오 년 전의 혈사에 멸문에 가까운 타격을 입었던 형산파의 장문인을 설득하는 것은 어려운 일이 아니었다.

그리고 마침내 음화신녀가 나타났다.

형산파 장문인은 마교에 음화신녀를 줄 수 없다는 각오와 복수심에 미쳐 정도인의 명예를 저버리고 무당파를 암습했었다.

그때 이미 그의 눈에서는 마기가 엿보이고 있었다. 마기는 한 번 심어지면 걷잡을 수 없이 커진다. 소요 상인은 이제 돌이킬 수 없는 지경까지 와 있었다.

마선은 빙긋 웃으며 그를 돌아보았다.

"음화신녀가 살아 있소, 소요 상인."

소요 상인은 무표정한 얼굴로 고개를 끄덕였다.

"죽여야 합니다, 맹주."

"그렇지요. 죽여야겠지요?"

느긋한 미소를 지으며 마선이 고개를 끄덕였다. 형산파 장문인은 마선의 꼭두각시가 되어 있었다. 선기로 마음을 얻는 것보다 쉬운 방법은 마기를 넣어 실혼인으로 만드는 것이다.

"그리고 세류소선이 마교도의 유혹에 넘어가 정도를 저버렸소."

"죽여야 합니다."

형산파 장문인은 죽여야 한다는 소리를 반복했다. 그 주위에 있는 두 명 역시 마찬가지였다. 이지를 잃은 듯 고개만 끄덕일 뿐이었다.

"소요 상인의 의기가 이토록 뛰어나니 내 가만히 있을 수 없지요. 기밀을 알려 드리리다. 그 의기에 반해 말씀드리는 것이니 다른 데서는 발설치 아니하길 바라오. 본 맹주는 드디어 천선의 위치를 알아냈소."

형산파 장문인은 고개를 끄덕였다. 마선은 은근한 목소리로 중얼거렸다.

"그들은 방통에 있더구려."

마선의 말에 소요 상인이 꿈틀, 움직였다. 그는 예전에 세류소선에게 패한 것에 원망을 품고 있었다.

"당장, 당장 죽이러 가야 합니다."

"좋소, 좋소!"

마선은 크게 웃음을 터뜨렸다. 장내에서 웃는 것은 오직 그 하나였다. 종남파 장문인과 형산파 장문인은 그를 바라보기만 했다.

"하나 많은 인원을 차출할 수는 없소. 마교와의 혈전을 앞에 두고 있으니 어쩔 수 없는 일이오. 두 분께서는 자 문파의 제자들만으로 어려운 일을 하셔야 할 게요. 하나 이것이 정도무림을 구원하는 계기가 될 터이니 아무쪼록 성공하시길 바라오."

소요 상인이 조용히 머리를 숙였다. 종남파 장문인 역시 마찬가지였다. 마선은 차가운 눈으로 그 둘을 주시했다.

"그럼 출발하시오."

종남파 장문인과 형산파 장문인이 조용히 머리를 조아렸다. 그리고 몸을 일으켜 밖으로 빠져나갔다.

"허허헛!"

마선의 만족스러운 웃음이 더해갔다.

그들이 빠져나가기 직전 마선이 몇 마디를 더 읊조렸다.

"아참. 하나만 더 말해두겠소. 그들은 나와 꼭 닮은 자를 데리고 있소. 터무니없는 일을 꾸미는 모양이더구려. 그러니 그 사람을 제거해 주시오. 이는 천하 대의를 위해 꼭 필요한 일. 그것이 신선을 죽이는 것보다 더 중요하다오."

마선은 한 수 시를 읊는 듯 여유로운 목소리로 중얼거렸다. 하지만 이번 명령에는 조금 전보다 더 많은 선기가 깃들어 있었다.

선기가 마기를 자극하자 두 장문인은 '신선을 죽이는 것보다 그가 데리고 있는 자를 죽이는 것이 더 중요하다'는 사실을 최우선 목표로 인지했다.

"맹주의 뜻에 따르겠소."

형산파 장문인이 머리를 숙였다. 마선은 만족스러운 웃음을 터뜨렸다.

형산파 장문인과 종남파 장문인이 빠져나가자, 마선은 그 옆에 서 있던 금정룡을 바라보았다.

"자네에게도 부탁할 것이 있네."

"무엇인지요."

금정룡은 이지를 잃지 않기 위해 이를 악물고 있었다. 물론 그는 마선이 자신을 통제하려 한다는 사실을 몰랐다. 그저 정신이 흩어지는 것을 느끼곤 억지로 버티는 것뿐이었다.

마선은 그런 금정룡을 재미있다는 듯 바라보았다.

"자네의 복수를 위함이지."

금정룡의 입술이 꿈틀거렸다. 그리고 천천히 이지를 잃어갔다. 그의 의지가 이렇듯 약했던가!

"세류소선이 마교와 합작을 하려 하네. 그렇다면 무당은 어느 편에서 있겠는가. 당연히 마교도의 편에 서지 않았겠는가! 지금 당장도 그들은 무림맹과 합류하지 않고 독자적인 음모를 꾸미고 있다네."

"……."

"무당을 막아주게."

금정룡은 마지막 남은 이지로 고개를 저으려 했다. 마지막까지 남은 힘을 모아 금정룡은 거부의 말을 끌어올렸다.

마선이 마침내 몇 마디를 더 덧붙였다.

"그리고 그대를 비웃은 두 형제들을 없애야겠지?"

뿌드득.

이를 가는 소리가 크게 울려 퍼졌다. 금정룡의 눈에서 녹광이 강렬하게 뿜어져 나왔다. 한 조각 이지마저 흩어진 것이다.

마선은 부드럽게 미소를 지으며 그의 어깨를 두드렸다.

"내가 그대에게 가르쳐 준 무양진경이면 충분할 게야. 한 손으로 여러 손을 감당할 수 없다지만 그대는 자질은 몹시 훌륭한 편. 아마 능히 해낼 수 있을 걸세."

"감사합니다, 맹주."

"그리고 이것을 받게나."

마선은 소매를 잠시 뒤적거리더니 자그마한 구슬을 꺼내어 금정룡에게 주었다.

"이것은 독룡환이라네. 가지고 있으면 도움이 될 때가 있을 걸세. 구슬을 터뜨리면 독기가 퍼질 걸세."

마선이 흥얼거리듯 말했다.

"그럼, 이만 물러나겠습니다, 맹주."

금정룡은 마선에게 머리를 조아렸다. 그리고는 핏발 선 눈으로 몸을 돌렸다. 마선은 크게 웃으며 금정룡의 어깨를 두드려 주었다.

금정룡이 곧 방을 빠져나갔다.

마선은 금정룡의 뒷모습을 바라보며 수염을 쓸었다.

"흐음―"

금정룡이 무당을 막아주리라고 생각하지는 않는다. 하지만 무당파의 제자들 몇몇의 목숨은 거둘 수 있을 것이다. 그럼 신선은 어떻게 될까?

'아무도 죽이지 못해도 좋지.'

어차피 그는 화산의 자하기와 마기가 충돌을 일으켜 곧 죽을 인물이다. 그에게 독환이 아닌 자결환을 준 것은, 죽더라도 무당파 도사들의 앞에서 죽으라는 뜻이었다.

생각의 끝에서 세류소선을 떠올린 마선이 빙긋 웃었다.

"역시 그대를 죽여서는 아니 되는 거였어, 천선. 천명이 어디 있는지를 가렸어야 할 것을. 다행히 그대가 살아 있었지만 말일세."

마선은 하늘을 올려다보았다. 그리고 내일의 날씨가 어떤지 짐작해 보았다. 내일은 아마 구름 한 점 없이 쾌청할 것이다.

쾌청하고 맑은 날, 강호에 피바람이 불 것이라는 점이 재미있다.

반 시진 후, 무림맹의 본진이 생사평으로 이동한다. 별동대는 이미 생사평에 도착해 있다.

"천명은 내게 있다네."

마선이 흥겹게 중얼거렸다.

7장

제4화 **생사평(生死平)**

마교의 무인들은 생사평에 주둔해 있었다. 생사평은 이십오 년 전, 마교의 모든 것이 소실된 장소이자 전대 교주를 잃은 장소. 이 장소에서 빌어먹을 정파 놈들에게 복수할 수 있다고 생각하자 마교도들의 피가 끓어올랐다.

그동안 백련교가 얼마나 핍박받는 세월을 견뎌왔던가! 이제 드디어 그 한을 풀 수 있게 되었으니 목숨을 잃어도 아깝지 않다.

마침내 교주까지 본진에 도착하자 생사평은 그야말로 끓어올랐다.

복수심만으로도 사기가 충천한데 교주까지 도착했으니 더 말할 바가 있으랴! 이미 복수는 절반 이상 이루어진 듯했다.

이번에야말로 백련천하를 열겠다 각오한 교도들의 눈이 사이하게 빛났다.

생사평의 중앙에는 사층의 전각이 지어져 있었다. 아무것도 없는 평원 한가운데 서 있는 전각은 이질감이 가득했다.

무림맹의 본관과는 비교도 할 수 없는 작은 전각이었지만 평원 한가운데 홀로 서 있게 되자 하늘 아래 우뚝 선 신탑(神塔)인 듯 보였다.

수십, 수백 막사가 가득한 생사평의 정중앙에 세워진 사층의 전각은 마교도들이 교주를 영접하기 위해 온갖 수고를 기울여 만든 것이었다.

복마검 서영권은 그 모습을 주의 깊게 바라보았다.

이백의 별동대를 꾸려 미고에 도착한 즉시 생사평으로 달려들었다. 이곳에서 적들을 공격한 뒤 유인하여 본진과 합류한다. 본진은 지금쯤 생사평 건너에서 준비를 마치고 있을 것이었다.

서영권이 입술을 달싹였다.

"조장들은 서로에게 전달하시오. 이 장을 전진하되, 이상이 있으면 자의로 멈추라."

머리칼이 삐죽삐죽하고 눈이 붕어와 같아 강호의 동도들이 생선검(生鮮劍)이라 놀리곤 하는 서영권이었지만, 그는 이십오 년 전 정사대전에 참여했으며 그 후로도 수십 개의 분쟁을 막아온 고수였다. 그는 누구보다 빠르게 상황을 파악하는 눈을 가지고 있었다.

주위에서 알아들었다는 수신호가 들려오자 서영권은 조심스럽게 한 발 한 발을 떼었다.

별동대는 육 장을 아무런 문제 없이 전진했다.

서영권은 초조함과 동시에 불길함을 느꼈다. 너무 순조로웠다. 본진에 제법 가까이 접근했는데 보초 하나 보이지 않는다. 하지만 이 정도까지 파고들었으면 별다른 수가 없다. 어차피 상대를 유인해 내는 역할이니 도주하면 그만이다.

그는 조용히 검을 끌러 들고는 입술을 달싹였다.

"조장들은 서로에게 전달하시오. 전원 발검하라."

스르릉—

모두들 말이 없었다. 묘한 긴장감이 별동대를 감싸 안았다. 그들은 스스로의 임무를 다시 한 번 되새겨 보았다.

마두들의 세력을 양지로 끌어내는 것이 바로 별동대의 임무. 몇몇 마두들을 제거하면 바로 퇴각하여 본진과 합류한다.

어찌 보면 쉬운 일이지만 혈전의 서두를 연다는 사실은 부담스럽다. 복마검 서영권은 암울한 얼굴로 앞으로 걸어나갔다.

'오늘 천하가 피로 물드는구나.'

새삼 감회가 치솟아오른다. 이십오 년 만에 열린 정사대전의 선봉에 자신이 서 있다.

마침내 서영권이 검을 뽑아 들고 복마검법의 기수식을 취했다. 그리고 우렁차게 외쳤다.

"하늘의 뜻을 받들어 마두들을 처단하노니, 마두들은……!"

스륵—

서영권의 얼굴에 언뜻 당황이 어렸다. 그는 당혹스러운 얼굴로 주위를 둘러보았다. 멀쩡히 서 있던 나무가 안개처럼 이지러지고 땅이 흔들흔들 요동쳤다.

용기백배하여 서 있던 별동대 주위로 기묘한 불빛이 어른거리고 있었다.

"이, 이게 무슨 일이오!"

"마교도들의 술수요! 사술을 부리는가 보군!"

공동파와 청성파의 일대제자들과 장로들이 속한 별동대는 당황 섞인 신음을 내뱉었다. 하지만 검을 세워 든 모습을 보니 어떻게든 이겨 나가려는 모습을 보이고 있다.

서영권은 무심코 수염을 한번 쓸어 만져 보았다.

인기척이 느껴진다. 한군데서 느껴지는 것이 아니라 사방에서 느껴지고 있었다. 불길한 기운이 점점 더 심해지자 비로소 서영권은 이를 악물었다.

"진(陣)?"

"천문금쇄진."

아지랑이처럼 어른거리던 나무가 서서히 사람의 모습으로 바뀌어갔다. 그림자 속에서 나타난 인영이 차가운 얼굴로 중얼거렸다. 그리고 그 뒤를 이어 그림자 수백 개가 눈에 보이기 시작했다.

별동대는 천기신사 경추추가 창조한 마진, 천문금쇄진에 걸려든 것이다. 수십 년 전부터 악명을 떨쳐 왔던 천문금쇄진을 기억해 낸 복마검 서영권이 기겁하여 외쳤다.

"함정?"

"정파의 쓰레기들을 모두 추살하라."

진을 인솔하던 지화당주 영진이 수신호를 내렸다. 곧 아지랑이와 같은 그림자들이 별동대에게로 다가왔다.

서영권이 황급히 외쳤다.

"본진으로 도주하라! 도주에 성공한 자는 구원을 요청하도록 한다!"

"크아악!"

벌써 희생자가 생긴 것인가! 마음이 조급해진 서영권이 크게 외쳤다.

"산개(散開)하라!"

＊　　　＊　　　＊

　귀곡자는 평소처럼 고죽을 꺼내 들었다. 주섬주섬 고죽과 담배 쌈지를 꺼내 든 귀곡자는 만족스럽게 담배를 채워 넣었다.

　옆에서 추걸개가 궁금한 듯 고죽을 바라보았다.

　“이보게나. 그거, 맛있나?”

　“그렇다네. 제법 맛이 괜찮지. 서역에서 들여온 담배거든.”

　“그럼 나도 한번 맛보세.”

　추걸개가 손을 뻗었다. 하지만 귀곡자의 손이 더 빨랐다.

　“싫네.”

　“치사하기 짝이 없구만! 그래, 예전에도 그랬지! 자네는 그 흔한 만두 한 쪼가리 사주지 않았어!”

　평촌에서 추걸개는 귀곡자에게 구걸을 한 적이 있었다. 추걸개가 빛나는 구걸 기술을 발휘했지만 귀곡자는 그에 넘어가지 않았다.

　“그래도 싫네.”

　“한 모금만!”

　추걸개가 이마에 핏발을 세워가며 외쳤다.

　“두 모금도 아니고! 한 모금만!”

　“싫네.”

　귀곡자는 고죽을 입에 물려 했다. 중요한 일을 하기 전에는 담배를 태우는 것이 그의 습관이다. 그 오랜 습관을 깨면 불길한 일이 생기곤 한다.

　‘오늘인가. 맹주의 정체를 밝히는 날이.’

차가운 눈으로 불을 당긴 귀곡자가 연기를 빨아들였다. 운풍자가 제시한 첫 번째 방법을 실행하기로 한 날이 바로 오늘이었다.

'어쩌면 죽고 어쩌면 살겠지.'

귀곡자는 여유롭게 담배 연기를 내뿜었다. 그때였다. 고죽의 머리 부분이 툭, 땅에 떨어졌다.

"음?"

예전부터 금이 가 있던 것이 추걸개와 실랑이를 하다가 벌어졌나 보다. 귀곡자는 대수롭지 않은 척 고죽의 머리를 주워 들었다.

'부, 불길하군……'

귀곡자는 마음이 초조해지는 것을 느꼈다. 그가 고죽의 머리 부분을 쓰다듬을 때였다.

옆 자리에 앉아 햇살을 구경하고 있던 청명이 갑자기 몸을 일으켰다. 다급해 보이는 비명과 함께였다.

"아앗!"

운풍자가 황급히 청명에게로 다가갔다.

"사조님?"

"선인, 무슨 일이십니까!"

멀쩡히 서 있더니 갑자기 눈을, 몸을 바르르 떨며 헛바람을 들이켠다. 혹시 무슨 문제라도 생긴 것이 아닌가 하여 추걸개가 호들갑을 떨었다.

청명의 눈은 그들이 있는 장원을 보고 있지 않았다. 그 눈은 보다 멀어진 생사평을 주시하고 있었다.

생사평에 들어간 이백의 별동대는 네 명의 생존자만을 남겨놓고 몰살당했다. 복마검 서영권도 그곳에서 목숨을 잃었다.

그리고…

청명은 멍한 눈을 들어 운풍자를 바라보았다.

"우리 예상이 틀렸어요, 운풍 사손."

"예?"

풀려 버린 눈동자로 청명이 운풍자를 주시했다. 운풍자는 불길한 기분이 들어 이를 악물었다. 턱 근육이 불룩 튀어나왔다.

청명은 다시 생사평을 바라보았다.

백련교의 교도들은 무림맹의 전략을 완벽히 꿰고 역으로 함정을 파 들어 갔다. 덕택에 별동대의 위기를 구출하러 들어갔던 무림맹의 현무대(玄武隊) 역시 함정에 걸려들었다.

맹주, 아니, 마선은 그들의 목숨을 버릴 수 없다며 생사평 안으로 진입할 것을 주장했고 그 주장은 받아들여졌다.

생사평.

그곳에서는 무림맹과 백련교의 대혈전이 벌어지고 있었다.

청명은 생사평에서 벗어나 운풍자의 눈을 바라보았다. 운풍자는 침착하게 청명의 말을 기다리고 있었다.

"사천의 혈란은… 벌써 시작되었어요. 많은… 많은 사람들이… 죽어가요."

운풍자의 얼굴이 형편없이 구겨졌다. 하필이면 첫 번째 계책을 실행하기 바로 전에 일이 벌어졌다. 마선이 예상보다 빨리 일을 시작한 것이다. 자칫하다가는 마선의 계책에 고스란히 당하게 생겼다.

"시작된 것이 언제입니까?"

"방금이에요."

청명이 빠르게 대답했다. 그리고는 느껴지는 몇 가지 사실을 운풍자에게 말해주었다.

"처음에 들어간 사람들은 이백 명 정도였어요. 사천의 밖에서 기다리는 사람들은 그보다 훨씬 많고요. 무림맹의 본진은 먼저 들어간 사람들이 백련교의 교도들을 유인해 올 것이라며 기다리고 있었는데 안에 들어간 사람들은……."

"몰살."

귀곡자가 볼 것도 없다는 듯 중얼거렸다. 지화당주 영진이 진을 펼쳐 두었을 것이고 거기에 걸렸다면 더 볼 것 없이 몰살이다.

"네. 몰살했어요. 평원 밖에서 기다리던 사람들이 평원 안으로 들어갔어요."

"……."

일행은 잠시 침묵했다. 어떻게 해야 할지 감이 잡히지 않는다.

운풍자는 잠시 주위를 둘러보았다. 운혜의 얼굴과 귀곡자의 얼굴, 추걸개의 얼굴을 지나 마지막으로 청명의 얼굴을 확인한 운풍자가 말했다.

"최대한 빨리 생사평으로 출발하겠습니다."

일행은 운풍자의 말에 대꾸하지 않았다. 그 대신 행동으로 모든 것을 보여주었다. 귀곡자는 재빨리 장삼을 집어 들었고 추걸개는 운풍자보다 먼저 장원을 박차고 달렸다.

운혜가 조심스럽게 청명을 바라보았다. 청명은 미소를 지어 보였다.

"예전처럼 자유롭지는 못하지만, 마음이 행(行)하면 육신도 행할 거예요."

"예?"

청명이 아파 보여 부축을 하려 했던 운혜가 눈을 꿈뻑였다. 청명은 빙긋 웃으며 검, 운혜를 불러들였다.

청명의 허리에 매달려 있던 검이 공중으로 떠오르더니 이내 청명의 발치에 내려앉았다. 청명은 그 위로 폴짝 뛰어올라 갔다. 모처럼 올라서니 기분이 좋다.

"헤헷."

"다, 다 나으신 거예요?"

운혜가 멍한 눈으로 청명을 바라보며 질문했다. 청명은 고개를 저었다.

"아직 마선의 사기를 흩어내지는 못했답니다. 하지만 뜻은 본래 구속되지 않고 자유로운 법이니 저는 선기를 사용할 수 있어요."

무슨 소린지는 알아듣지 못하겠지만, 일단은 멀쩡히 움직일 수 있는 것 같다.

청명은 빙그레 웃으며 검을 타고 장원 밖으로 날아갔다.

추걸개와 귀곡자는 장원 밖에서 마음을 추스르고 있었다. 여기서 생사평까지는 사십 리 거리. 아마 한두 시진 안에 도착할 수 있을 것이다.

마음의 준비를 할 시간도 없이 마선과 맞붙게 되었다.

추걸개가 우울한 얼굴로 중얼거렸다.

"결국 마선과 싸우게 되는군."

귀곡자가 입술을 비죽거리며 타박했다.

"그럼 또 다른 수가 있을 줄 알았나."

"아니, 그런 것은 아니지만 말일세. 우리가 마선을 상대로 뭘 할 수 있겠나. 청명 선인께 너무 많이 기대는 것 같아 죄스러울 따름이네."

추걸개는 그렇게 말하며 뒤를 돌아보았다. 응당 뒤에 있으리라 생각했던 청명 선인이 보이지 않았다. 운혜 도고만이 빠르게 뛰어나와 헥헥대고 있을 뿐이다.

"운풍 사형, 추걸개 노선배, 귀곡자 노선배. 빨리 출발해야 해요."

"선인께서는……."

운혜는 빙긋 웃었다. 그리고 손가락을 들어 하늘을 향했다.

하늘 위에 고고한 검 한 자루가 떠 있었다. 그것을 보는 추걸개의 입에서 탄성이 터져 나왔다.

"완치되셨구려, 선인!"

"다, 다시 예전의 상태를 회복하신 겁니까?"

귀곡자와 추걸개가 앞 다투어 질문했다.

"아니요. 그렇지는 못해요. 뜻을 두기 전에 사기가 침범하니, 그것을 먼저 흩어내느라 뜻을 펼치기가 쉽지 않아요. 하지만 간단한 건 할 수 있답니다."

마음을 움직이려 하면 사기가 준동한다. 그것을 무시하고 뜻을 펼칠 수는 있지만 그렇게 했다가는 목숨이 위태롭게 된다. 다행히 검을 노니는 것쯤은 어렵지 않게 할 수 있다.

청명이 부드러운 미소를 지으며 말했다.

"천명이 내게 있음이니 마선은 뜻을 이룰 수 없을 거예요."

"……."

저 근거없는 자신감은 도대체 어디에서 나온단 말인가!

추걸개는 허탈한 듯 고개를 저을 뿐이었다. 그런데 고개를 젓는 얼굴에는 미소가 걸려 있다. 그는 빙긋이 웃으며 운풍자를 바라보았다.

"좋아! 어디 한번 해보세!"

운풍자는 맹주를 둘러 업고는 추걸개를 바라보았다.

"시간이 얼마 남지 않았습니다. 빨리 생사평으로 가야만 합니다. 더 늦었다가는 마선의 뜻대로 이루어지게 될 겁니다. 모두들 서두르시지요."

각오 어린 얼굴로 운혜가 답했다. 추걸개와 귀곡자 역시 마찬가지였다.

"네, 알았어요."

"알았네."

이제 곧 모든 것이 끝을 맺을 것이다. 끝은 천선과 마선의 쟁투가 될 터. 이제 하늘에 맡기고 기도할 뿐이다.

"출발하겠습니다."

운풍자가 무거운 목소리로 출발을 알렸다.

운풍자는 맹주를 업은 채로 유운보법을 펼쳤다. 생사의 위기를 몇 번이나 넘겼기 때문인가! 그의 몸은 진짜 구름을 탄 것처럼 유유히 흘렀다. 가장 내력이 약한 운혜는 호흡을 최대한 끌어올려 내공을 모아 용천혈로 깊게 내뿜었다. 보조를 맞추는 귀곡자 덕에 운혜는 쉬지 않고 움직일 수 있었다.

가장 빠른 것은 추걸개였다. 그는 빛살처럼 앞으로 뻗어나갔다. 또한, 미리 달려나가며 주위의 사물을 모두 관찰하고 있었다.

빠르게 달려가는 것과 동시에 척후조의 역할까지 하고 있는 것이다.

일행은 빠르게 관도로 쏟아져 나갔다.

미리 길을 훑고 지나가던 추걸개가 한 무리의 인마를 발견하기 전까지 일행은 아무 방해도 받지 않고 달릴 수 있었다.

도복을 입은 무인들을 발견한 추걸개가 경공을 서서히 늦추었다.

"제기랄, 형산 같구만."

추걸개의 뒤를 따라 달리던 운풍자의 눈살이 찌푸려졌다. 예전, 천하제일가에서 형산파의 습격을 받은 적이 있었다. 공식적으로 마교도의 습격이라고 알려져 있었지만 운풍자는 그 현장을 몸으로 겪었던 사람이다.

"형산파가 맞습니다."

앞을 가로막은 사람들은 한때 자신을 죽이려 했던 형산파다.

사천의 성도를 갓 벗어났을 때 만난 그들은 검을 들고 냉혹한 얼굴로 자신을 바라보고 있었다.

추걸개가 개똥을 씹은 얼굴이 되었다. 저들과 맞부딪쳐 본 적이 있으니 그 위협이 얼마나 큰지 잘 알고 있는 것이다.

서로 은원을 따지자면 한두 개가 아니겠지만, 지금은 사사로운 원한을 따질 때가 아니다. 일단은 말로 어떻게 설명을 해보아야겠다.

추걸개가 한발 앞서 크게 외쳤다.

"형산의 도사들은 들으시오! 우리는 지금 세류소선을 모시고……."

"모두 참살하라. 마교의 개들이다."

추걸개의 말은 간단하게 무시당했다. 녹광 가득한 눈을 한 소요 상인이 차갑게 외친 것이다.

"잠시만 들어보시오, 소요 상인! 지금은 우리끼리 이럴 시간이 없단 말이오!"

"그만둬, 만두."

귀곡자가 추걸개를 말렸다. 추걸개의 수염이 거칠게 휘날렸다.

"그만두긴 뭘 그만… 흡!"

이야기할 시간도 없었다. 형산의 제자들이 공격을 시작한 것이다.

가장 앞에 있던 젊은 무인이 장(掌)을 거칠게 앞으로 뻗어왔다. 추걸개와 귀곡자는 서로 반대 방향으로 몸을 날려 그것을 피해냈다.

"이 멍청아, 형산 장문인의 눈을 봐! 눈 말이다!"

귀곡자가 신형을 날리며 외쳤다.

취팔선보를 펼쳐 공중에 떠올랐던 추걸개가 황급히 소요 상인의 눈을 바라보았다.

"제기랄!"

절로 욕설이 따라붙었다. 눈에서 녹광이 뿜어져 나온다.

이런 경우는 독공(毒功)을 연마했거나, 혹은 심마에 젖었을 때뿐이다.

"심마?"

챙—!

더 이상은 생각할 겨를이 없었다.

어찌어찌 형산파 문인의 장을 피해낸 추걸개는 곧이어 종남파 문인의 검을 막아내야 했다. 종남의 건곤중정검이 빠르게 그를 휘몰아쳤다.

마치 찌르듯 밀려드는 검을 피한 추걸개가 종남파 문인의 단전에 장을 내뻗었다.

"큭!"

종남파 문인이 끈 떨어진 연처럼 훨훨 날아갔다. 같은 정도인이라 그럴까? 추걸개가 사정을 봐주었는지 그는 땅에 떨어져서도 꿈틀거렸다.

추걸개가 거칠게 외쳤다.

"운풍자! 하나하나 대적할 시간이 없네! 재주껏 돌파하세나!"

"경공을 펼쳐 도주하시오! 산개하되 목표는 생사평! 너무 멀리 흩어
지지 않게 하시오!"

운풍자가 크게 외쳤다.

사실 추걸개보다 상황이 급한 것은 운풍자였다. 운풍자에게는 종남,
형산 가릴 것 없이 수많은 사람들이 들러붙어 있었는데, 그들은 모두
운풍자의 등 뒤, 맹주를 노리고 있었다.

운풍자는 맹주를 어깨 위에 둘러멘 채로 적들을 상대해야 했다.

태극검의 원이 우측에서 달려들어 오는 종남파 문인의 검을 비끄러
맸다. 둘의 검이 서로 마주쳐 빙빙 돌아가나 싶더니, 이내 종남파 문인
의 검이 허공으로 홱 날아간다.

그러자 숨을 돌릴 겨를도 없이 형산파의 장법이 날아왔다.

"맹주! 맹주를 조심해요, 사형!"

운혜가 비명처럼 외쳤다.

뒤에서 등장한 형산파 문인의 장법은 정확히 맹주를 겨냥하고 있었
던 것이다.

"운혜 사매! 앞으로 뛰어라!"

운풍자가 형산파 문인의 통천장을 피하며 빛살처럼 앞으로 뻗어나
갔다.

위험한 경주가 시작되었다.

운혜는 비명을 지르며 머리를 숙였다.

"꺄악!"

머리 위로 지나가는 검을 확인할 찰나도 없었다. 그녀는 검을 피하
자마자 그 우측으로 몸을 빼어 앞으로 달려나갔다. 한 명, 한 명 상대

할 시간이 없다. 지금은 달려나가는 것이 중요하다.

귀곡자가 기묘한 보법을 펼치는가 싶더니 곧 앞을 가로막은 종남파 무인들의 어깨를 다다다 밟고 뛰어올랐다.

귀곡자가 선두가 되었다.

일행의 후미에서 달리던 운풍자는 끊임없이 달려드는 무인들로 인해 자꾸 뒤처지고 있었다.

운풍자는 등에 업은 맹주를 보호하랴, 검을 날리랴 정신이 없었다. 어깨의 제약이 심해지니 방도가 보이지 않았다.

"무량수불!"

운풍자가 뒤에서 찔러드는 형산파의 장에 운검을 내뻗었다. 그와 동시에 등 뒤로 종남파 문인이 검을 찔러왔다.

"으랏차, 맹주는 내가 모시겠네!"

한참 앞으로 나아갔던 추걸개가 득달같이 달려와 공중에서 몸을 뒤집었다. 신형을 한 바퀴 뒤집었을 때 그는 이미 맹주의 몸을 들어올리고 있었다.

등 뒤가 가벼워지자 운풍자는 재빨리 검을 세워 겨드랑이 사이로 찔러 넣었다. 운풍자의 등을 노리던 종남의 문인이 검에 찔려 피를 토했다.

운풍자는 종남 문인의 생사는 확인하지도 않은 채 용수철처럼 앞으로 튕겨 나갔다.

"쿨럭!"

뒤에서 피를 토해내는 기침 소리가 들려왔다.

맹주를 업은 추걸개는 냅다 앞으로 달리고 있었다. 경공에 능한 그가 맹주를 업었기에 일행은 빠르게 앞으로 나아갈 수 있었다.

잘 닦인 관도가 소란스러워졌다.

미친 듯이 앞으로 달려나가는 네 명의 무인과 그런 그들을 쫓는 수십 명의 무사들.

추걸개는 맹주를 업은 채로도 일행의 선두에 섰다.

"뛰세! 믿을 것은 우리 다리뿐이야!"

사생결단의 기세로 적이 달려오는 것을 확인한 추걸개가 독려차 외쳤다. 그의 기세 좋은 외침은 금세 사그라졌다.

"이런 제기랄!"

자신의 머리 위로 공중을 훨훨 날아가는 인영이 보였다. 극성으로 경공을 끌어올리고 있는 자신보다도 빠른 속도였다.

하늘에 가려 자세히 얼굴은 보이지 않았지만 누군지는 익히 짐작이 가고도 남았다.

"소요 상인!"

공중에 떠오른 소요 상인은 바닥에 착지하지도 않은 상태로 추걸개에게 장을 날렸다. 멀찍이서 내뻗은 손놀림일 뿐이었는데, 모골이 송연해지는 바람이 불어온다.

"장풍! 심마에 들더니 무공이 더 무서워졌구나!"

추걸개가 비명을 질렀다.

앞으로 달려나가던 그는 갈지자로 비틀거리더니 급격히 방향을 틀었다.

콰아앙!

땅이 움푹 파이는 소리가 들려왔다. 추걸개는 뒤를 바라보며 눈을 동그랗게 떴다. 잘 닦여져 있던 관도에 반 장 너비의 구덩이가 생겨져 있다. 자칫하다가는 죽게 생겼다.

추걸개는 원망 가득한 고함을 질렀다.

“다 늙어서 별꼴을 다 보는구마안!”

“앞! 앞! 앞을 봐라, 이 만두야!”

추걸개의 뒤에서 그를 보호하며 달리던 귀곡자가 외쳤다. 벌써 삼사 리는 넘게 달린 것 같은데 적의 수는 거의 줄어들지 않았다.

앞을 확인한 추걸개가 비명을 질렀다.

“이놈들 개 떼 같구나!”

잠시 소요 상인의 장을 피하는 사이, 경공이 빠른 종남파의 문인들 수명이 몰려왔다. 추걸개가 다급히 경공을 수습하여 걸음을 멈추었다.

녹음이 가득한 작은 산으로 이어진 관도. 앞으로 달려나가도 모자랄 시점에 걸음을 멈춰야 하는 것이다.

“응? 태양혈이?”

앞을 가로막은 종남파 문인들은 눈에서 녹광을 뿜어내지는 않았다. 하지만 태양혈이 거꾸로 움푹 들어가 있다.

보통 내공이 수위에 다다르면 태양혈이 튀어나오게 마련이다. 그 반대의 경우라면 마공을 수련한 것이다. 대체로 역혈의 수법을 연마했을 때 이런 반응을 보인다.

“이보게, 귀곡자! 이 녀석들 마공을⋯⋯!”

걸음을 멈춘 추걸개가 신기한 것을 보았다는 듯한 얼굴로 귀곡자를 돌아보았다. 귀곡자는 깜짝 놀라 입을 크게 벌렸다.

“이, 임마! 그놈들이 너 찌른다!”

“으헉?”

추걸개가 깜짝 놀라 비명을 질렀다. 종남파 문인들이 합격을 하고 있는 것이다.

내공이 가장 약해 뒤로 뒤처졌던 운혜가 어느새 다가와 크게 외쳤다.

"맹주를 저한테 던져요!"

귀곡자가 반대했다. 천금 같은 외손녀가 저런 개 떼들의 목표가 되어서는 안 된다!

"운혜 도고에게 던지지 마!"

"나더러 어쩌라고!"

추걸개가 이러지도 저러지도 못하는 사이, 운혜가 다가와 추걸개의 어깨에서 맹주를 쏙 뽑아갔다. 추걸개는 자신을 찌르는 칼이 더 급했기에 그것을 막지 못했다.

추걸개의 신형이 뒤로 재주넘듯 빙글 돌았다. 세 자루의 검의 간격을 계산해 피해낸 것이다.

자세를 잡자마자 추걸개는 꽁지가 빠져라 왼쪽으로 달렸다. 종남파 문인들이 당황하자 그제야 미친 듯이 앞으로 달려나갔다.

"운혜 도고! 운혜 도고! 맹주를 다시 이리로 보내!"

"받으세요!"

안 그래도 힘들었던 운혜가 헉헉거리며 맹주를 던졌다. 그리고는 곧바로 비명을 질렀다.

"까악! 잘못 던졌어요!"

추걸개의 속도를 미처 따라가지 못한 운혜는 앞으로 달려나간 추걸개보다 훨씬 뒤쪽으로 맹주를 던진 것이다.

앞으로 달려나가던 추걸개가 고함을 질렀다. 임기응변을 시도하는 것이다. 용천혈로 보내던 진기의 흐름을 끊는다.

"아자자자잣!"

갑자기 경공을 멈추자 몸이 앞으로 쏠렸다. 추걸개는 그 상태에서 앞으로 강룡십팔장을 날렸다.

몸이 빠르게 뒤로 날아갔다.

"으와아악!"

이번엔 강룡십팔장이 너무 강했다. 그의 몸은 땅에 떨어지는 맹주 위를 지나 훨씬 뒤쪽으로 날아갔다.

그때였다.

어디서 나타났는지 운풍자가 갑자기 튀어나와 떨어지기 직전의 맹주를 안아 들었다.

"잘했구마아안!"

뒤쫓아오는 종남파 문인들 가까이까지 날아간 추걸개가 외쳤다.

운풍자는 맹주를 어깨에 들쳐 업고 빠르게 앞으로 쏘아 달렸고, 바닥에 무사히 착지한 추걸개 역시 앞으로 달려나갔다.

"가세!"

추걸개는 달리면서도 흘끔흘끔 뒤를 확인하고 있었다. 추격자들은 경공이 약한지 조금씩 뒤처지고 있었다. 다행이라는 생각에 추걸개가 입이 찢어져라 웃었다.

하지만 기쁨의 얼굴은 곧이어 좌절의 얼굴로 바뀌었다.

소요 상인이 종남파 문인의 뒷덜미를 들고 앞으로 던지기 시작한 것이다.

종남파 문인은 공중에서 몸을 뒤집어 안전히 착지했다. 그가 착지한 곳은 운풍자의 앞이었다. 그는 착지하자마자 운풍자에게 검을 찔러갔다.

귀곡자가 비명처럼 외쳤다.

"운풍자! 맹주를 이리로 던져!"

운풍자가 자신을 향해 뻗어오는 검을 무시한 채 맹주를 하늘 높이 던졌다. 귀곡자가 맹주를 받아 들기 위해 하늘로 솟아올랐다.

맹주를 던진 운풍자가 픽하고 사라지더니, 곧 종남파 문인의 뒤에서 나타나 다시 앞으로 뛰었다. 방향을 빠르게 바꾼 것이다.

추걸개는 운풍자를 보고 있지 않았다. 공중에 떠오른 맹주만이 관심사였다.

"너 맹주 못 받으면 죽여 버릴 테다!"

"시끄럽다, 만두! 흡!"

귀곡자는 경공을 거두어 멈춘 다음 하늘에서 떨어지는 맹주를 바라보았다.

떨어지는 맹주를 받는 것은 문제가 아니나, 그의 몸에 상처가 생겨서는 아니 된다. 마공에는 부족한 술수가 바로 부드러움이다. 귀곡자는 몸에 힘을 최대한 빼고는 맹주의 몸을 받아 들었다.

하늘에서 떨어지는 맹주를 주시하던 귀곡자가 투덜거렸다.

"제기랄, 힘들잖아."

스르륵—

맹주의 몸이 빨려들 듯 귀곡자의 품에 떨어졌다. 귀곡자는 맹주를 어깨에 척하니 걸치고는 다시 앞으로 달려나갔다.

멈추었던 경주가 재개되었다.

선봉은 귀곡자.

뒤에서는 운풍자와 추걸개, 운혜가 뒤쫓는 적들을 적절히 막아가며 달리고 있었다.

"이런 빌어먹을 집짝!"

추걸개에게 옮았음일까? 귀곡자는 거칠게 욕설을 내뱉으며 장을 날렸다. 추걸개가 그를 보호하듯 우측에 서서 막아보았지만, 종남의 문인들 네 명이 경공만 익히기라도 했는지 바람처럼 몰려왔다.

"흡!"

네 명의 문인들이 귀곡자의 앞을 가로막았다. 귀곡자는 그런 그들을 무시하고 앞으로 달려나가려 했다.

그런데 이번엔 종남파 문인들이 조금 다른 면모를 보였다. 조금 전에는 멈춰서 자신의 걸음을 막으려 하더니, 이제는 함께 달리며 업고 있는 맹주를 죽이려 한다.

결국 달려가면서 맹주를 지켜야 하는 것이다.

그것은 두 가지로 종남과 형산의 문인들에게 유리했는데, 첫째는 싸우면서 달리다 보니 목표의 속도가 늦어진다는 점이다. 그렇게 되면 후방에 있는 동료들이 오기까지 마음 편히 버틸 수 있다.

두 번째는 적의 무공을 효과적으로 봉쇄할 수 있다는 점이었다. 적이 강력한 일장을 날리면 잠시 멈추어 피했다가 다시 쫓아가면 될 일이다.

물론 세 명과 사이좋게 달려가며 손속을 나누는 귀곡자에게는 아무런 이점이 없었다.

귀곡자를 돕기 위해 달려오던 추걸개가 고함을 질렀다.

"뒤, 뒤!"

귀곡자가 황급히 주위를 돌아보았다. 분명히 네 명의 문인들에게 둘러싸여 있었는데, 지금은 세 명뿐이다. 보지 않아도 알 것 같다. 문인 하나가 일부러 뒤로 몸을 빼었을 것이고, 지금쯤 뒤에서 은밀히 검을 찔러오고 있을 것이다.

세 명에게 가로막혀 피할 시간이 없다.

"이런."

귀곡자는 이리저리 시선을 옮기다 운혜를 발견했다.

맹주를 운혜에게 던지면 일은 간단하지만 그랬다가는 운혜의 목숨이 위험해진다. 적들의 무공보다 그들의 숫자가 무섭다.

귀곡자는 운혜에게서 시선을 뗀 다음 멀찍이 있는 운풍자에게 고함을 질렀다.

"미안하네, 운풍!"

귀곡자가 운풍자에게 맹주를 던졌다. 맹주는 끈 떨어진 연처럼 뱅글뱅글 돌며 운풍자에게 날아갔다.

그때였다.

추걸개의 표현을 빌어 말하자면, 일이 틀어지려니 재수없게 틀어졌다.

중간에서 맹주가 정신이 든 것이다.

"음?"

맹주가 눈을 떴을 때 느낀 것은 발이 땅에 닿지 않아 있다는 것과 하늘과 땅이 빙글빙글 위치를 바꾸고 있다는 점이었다.

마선이 끊어둔 심맥은 청명이 없는 선기를 박박 긁어 겨우 치료해놓았다. 결코 방해하라고 치료해 준 게 아닌데, 맹주는 운풍자에게 날아가며 발버둥을 쳤다.

"으아아아악!"

내공이라고는 하나도 없는데 상상할 수 없는 높을 곳을 날고 있으니 그럴 법도 하다. 맹주의 비명은 볼품없었다.

“무량수불!”

운풍자는 귀곡자가 던진 맹주를 받으러 앞으로 달려나갔다. 눈앞에 있는 종남파 문인의 머리를 밟고 하늘 높이 뛰어올랐다.

하지만 이미 늦었다.

소요 상인이 공중에 떠올라 맹주에게 장력을 날리고 있는 것이다.

“헛!”

운풍자의 입에서 비명이 터져 나왔다. 도저히 막을 방법이 보이지 않는다. 찰나의 순간 여러 가지 방법이 머릿속을 오갔다.

마침내 방법을 떠올린 운풍자가 창졸지간에 눈을 빛냈다. 검에 경력을 실어 장력과 마주친다면, 어쩌면 장력의 방향이 바뀔지도 모른다.

“무량수… 흡?”

운풍자가 검을 던지기 직전, 공중으로 뱅글뱅글 돌며 날아가던 맹주가 덜컥, 멈추었다. 마치 시간이 정지하기라도 한 듯한 모양이었다.

소요 상인의 장력이 맹주를 비껴 나가 폭음을 일으켰다.

콰앙─!

“사조님?”

운풍자는 멍하니 하늘 위에 떠 있는 청명을 바라보았다. 사조님이 맹주를 띄워놓은 것인가 싶었던 것이다.

그의 예상이 맞았다.

“크흡!”

검 위에 서 있던 청명이 가슴께를 쥐고 신음을 내뱉고 있었다. 선기를 끌어올리느라 사기를 막아내지 못했다.

운풍자가 고함을 질렀다.

“사조님!”

청명이 힘겹게 말을 이어나갔다.

"히, 힘들어요……."

한계에 다다른 청명의 선기가 조금씩 힘을 잃어갔다. 그 결과로 공중에 정지해 있던 맹주의 몸이 중력을 따라 조금씩 아래로 내려가기 시작했다.

"으아아악!"

맹주의 입에서 볼썽사나운 비명이 터져 나왔다.

"무량수불!"

운풍자가 황급히 몸을 날렸다. 맹주의 몸을 잡지 않으면 첫 번째 계책이 물거품이 된다. 하지만 자신과 맹주 사이의 거리는 너무나 멀었다.

운풍자는 시선을 돌려 운혜를 확인했다. 운혜와 맹주와의 거리 역시 너무 멀었다.

귀곡자와 추걸개 역시 마찬가지였다. 중원을 좁다 하고 넘나드는 그들의 경공으로도 맹주가 땅에 떨어지기 전에 이곳까지 달려오는 것은 무리일 듯싶었다.

맹주를 잡을 수 있을 만큼 가까이 있는 사람은 오로지 운형자뿐이었다.

"운형 사제?!"

운혜가 깜짝 놀라 외쳤다. 운형 사제가 자리에 있을 리가 없는데 어디서 나타났을까?

도깨비처럼 불쑥 나타난 운형자를 본 운풍자의 눈 역시 큼지막하게 뜨여졌다.

"사제가 어떻게 여기에?"

“무랴항수우부울!”

운형자는 운풍자의 대답에 대꾸할 틈이 없었다. 맹주를 붙잡으러 달려가는 것만도 정신이 없었다. 아무리 달려도 거리가 좁혀지지 않자, 운형자는 공중으로 몸을 날렸다. 멋진 곡선을 그리며 날아가던 운형자는 천만다행으로 맹주가 떨어지기 직전 그를 잡을 수 있었다.

쾅―!

짧은 굉음이 들려왔다. 동시에 운형자의 앓는 소리도 들려왔다. 그 와중에도 맹주를 보호한답시고 자신의 등을 땅에 향하게 하였던 것이다.

“아이구야…….”

“운형 사제!”

반가움 반, 의아함 반이 섞인 목소리로 운혜가 재빨리 운형자에게 달려갔다. 운형자는 달려오는 운혜를 보고 눈을 찡긋해 주고는 하늘을 올려다보았다.

“제자 운형이 사조님을 뵙습니다아!”

“안녕하세요, 운형 사… 아앗, 도망가요, 운형 사손!”

하늘에 뜬 검 위에서 손을 흔들던 청명의 입에서 비명이 터져 나왔다.

이 경주에서 한 가지 규칙이 있다면, 그것은 맹주를 가진 사람이 가장 많은 공격을 받는다는 것. 그것은 운형자에게도 예외가 아니었다. 운형자는 누워 있는 자신에게 검을 날리는 세 명의 무인을 보고 비명을 질렀다.

“히엑?”

“오랜만이구만, 말 많은 도사!”

바닥에 눕다시피 흙바닥을 미끄러져 다가온 추걸개가 운형자의 뒷덜미를 움켜쥐었다. 그리고 하늘 높이 던져 버렸다.

"으아아악!"

"자네, 맹주 놓지 말게!"

추걸개는 크게 외치며 손을 머리 위로 넘겨 땅을 짚고는 양다리를 교차했다가 길게 뻗었다. 좌우로 덤벼들던 형산과 종남의 무인이 턱에 추걸개의 각을 맞고 뒤로 벌러덩 넘어졌다. 중앙에서 달려들던 사내의 검을 뒤로 재주넘듯 피한 추걸개가 마침내 똑바로 몸을 세웠다.

쓰러진 세 명을 훑어본 추걸개가 웃음을 터뜨렸다.

"으하핫! 나도 아직 퇴물은 아닌가 보구만!"

"만, 만두! 잘하기야 했네만 지금은 뛰어야 될 때일세!"

쓰러진 문인들을 자랑스레 바라보던 추걸개가 미친 듯이 달려오는 형산파 문인들을 발견했다. 서른 명 이상의 사람들이 가까이 오고 있었다.

"자네 말이 맞구먼! 가세!"

발빠른 문인들을 모두 쓰러뜨렸기 때문인지, 당분간은 가까이서 추격하는 사람이 없을 듯했다. 머지않아 따라잡힐지도 모르지만 적어도 숨은 돌릴 수 있으니 안심이었다.

"그러나저러나 적재적소에 등장했구먼, 말 많은 도사! 도명이 운형이라고 했던가?"

"무당파의 헉, 운형자가 추걸개 막 노선배를, 헉, 아이구, 힘들어라."

과연 내공의 차이란 대단했다. 제대로 말도 꺼내지 못하는 운형자와는 달리 추걸개는 부드럽게 대화를 시도하고 있었다.

"인사는 거기까지 하게! 궁금한 것이 있으니! 자네는 우리를 어떻게 찾아온 건가?"

운형자가 헉헉거리며 대답했다.

"헉, 뒤에, 헉, 무당파가 있습니다!"

*　　　*　　　*

사정은 이러했다. 운향자 허진무의 명을 받은 운형자와 황우자는 어떤 여인네를 열심히 쫓아다녔다. 그 여인은 운풍 사숙을 만났으리라 추측되는 여인이었다.

이 여인을 쫓아다니는 것은 매우 고된 일이었는데 사천의 터줏대감이라 자부하는 그녀가 열심히 이곳저곳을 기웃거렸기 때문이다. 하지만 과연 그녀를 쫓아다니기를 잘했다고 생각할 때가 왔다. 그녀를 쫓던 와중에 방통을 넘어 달려가는 추결개 막 노선배를 발견한 것이다.

함께 있던 운형자가 그 뒤를 추적하기로 했고, 황우자는 돌아와 무당파에 사실을 알리기로 했다.

황우자에게 소식을 전해 들은 무당파가 짐을 싸는 시간은 그야말로 촌각밖에 걸리지 않았다. 반 각도 채 지나지 않아 장문인이 다급히 출발을 명했다.

그 뒤로는 말에서 내릴 시간이 없었다. 방통으로부터 이어지는 전투의 흔적을 보았기 때문이다. 청명 사조님과 그 일행이 피해를 입었을지 모른다는 생각이 들자, 무당파는 그야말로 꽁지에 불붙은 송아지마냥 관도를 달렸다.

얼마나 달렸을까?

　무당파는 마침내 격전이 벌어지고 있는 곳에 도착할 수 있었다. 병장기가 부딪치는 소리, 혹은 육편이 부딪치는 소리가 들려왔다. 무당파는 속도에 박차를 가했다.

　한편, 무당파보다 앞서 청명 일행에게 도착한 운형자는 멀찍이서 무당파의 무사들이 달려오는 것을 확인했다. 그리고 청명 일행을 도우려 신형을 날렸는데, 마침 맹주가 떨어지고 있었던 것이다.

＊　　　＊　　　＊

　"으하하핫! 그리되었던 게로군! 잘 와주었네, 운형자!"

　추걸개가 껄껄 웃으며 경공을 재촉했다. 귀곡자는 아무런 말 없이 경공을 펼치고 있었고, 운혜는 가쁜 숨을 참느라 말을 하지 못했다.

　운풍자는 무거운 표정 속에서 한가닥 희망을 품고 있었다. 이제 곧 생사평이다.

　"생사평까지 반 각 정도 남았습니다! 서두르십시오!"

　"알았네! 머지않아 도착이구만! 달리기도 거의 끝났네그려!"

　추걸개는 발을 박찼다. 하늘을 날아가는 청명과 경공에 뛰어난 추걸개가 선두로 나아갔다.

　그러나 얼마 지나지 않아 추걸개는 걸음을 멈출 수밖에 없었다.

　"음?"

　앞에 눈에 녹광을 철철 흘리고 있는 사내가 서 있었던 것이다. 아직 젊은 나이의 사내였는데, 내공의 화후가 제법 높은지 기파가 날카로웠다. 일이 어렵게 되었다고 생각하던 추걸개는 한숨을 내쉬었다.

　문득 그 얼굴을 보니 어디서 본 듯한 얼굴이다.

그 얼굴을 찾아 기억을 뒤지던 추걸개는 마침내 누구인지 찾아내고 신음을 내질렀다.

"금정룡······."

눈앞에 서 있는 자는 금정룡이었다.

금정룡은 한 자루 검을 들고 눈을 지그시 감고 있었다. 겉으로 보기엔 공명정대한 무인 같았다. 잘 벼린 한 자루 검과 같은 예기를 지닌 것 같기도 했다. 하나 그 속에서는 마기가 꿈틀대고 있었다.

'무당파. 아니, 신선······.'

눈을 지그시 감았음에도 기척이 읽혔다.

지금에야 무사히 무림맹에 돌아왔다지만 한때는 천하 강호의 비웃음거리가 될 뻔했다. 사악한 마두를 벌하였다는 어처구니없는 이유로 내공을 빼앗기는가 하면, 예의없는 강호의 후배에게 조금 훈계를 했다고 신선의 눈치를 봐야 했었다.

'신선······.'

이 모든 것이 신선 탓이었다. 신선이 아니었다면 무당파의 도사들이 어찌 이렇듯 방종할 수 있었겠는가!

금정룡은 신선의 기척을 느끼며 천천히 눈을 떴다.

하늘을 넘나들던 검이 조용히 사천의 관도에 내려앉았다. 그리고 그 위에 올라와 있던 신선이 조용히 땅에 내려앉았다.

"그대는······."

청명은 우울한 얼굴로 금정룡을 바라보았다. 예전 장세협에서 보았던 도우였다. 마음속에 살기를 품었기에 훈계를 내렸던 적이 있었는데, 지금 보니 마음속의 살기가 커지고 커져 마귀를 불러들였다.

도가에서는 이런 경우를 귀문에 접했다 하는데, 마음에 마가 깃든 것을 말하는 것이었다.

마음의 눈이 아닌 세상의 눈에 집착할 때, 스스로를 이기는 것이 아니라 남을 이기려 할 때 찾아드는 심마였다.

"결국 귀문에 접하고 말았군요."

"……."

금정룡은 조용히 한 발자국 뒤로 떼었다. 본능적으로 청명과 마주할 수가 없었다. 그 눈에서 느껴지는 파사진기가 금정룡을 괴롭혔다.

"아니야."

"마음속에 살기를 품으면 스스로가 가장 먼저 상하는 법이에요. 결국 그대는 그대를 먼저 해하고 말았군요."

"아니야. 내가 아니야. 나를 비웃은 건 그 멍청한 놈이었지, 내가 아니었어."

금정룡은 한 걸음 더 뒷걸음질쳤다.

청명은 도리어 한 발자국을 앞으로 내디뎠다.

"하늘의 뜻은……."

"그만두시오, 소요 상인!"

청명이 무어라고 말할 시점이었다. 청명의 등 뒤에서 커다란 목소리가 들려왔다. 내공이 가득 실린 외침 속에서는 거역할 수 없는 힘이 실려 있었다.

청명과 운혜, 귀곡자와 추걸개, 운풍자와 운형자가 황급히 뒤를 돌아보았다.

뒤에서는 현평 진인이 소요 상인과 장을 맞부딪치고 있었다.

"소요 상인! 그대가 결국……!"

현평 진인이 분노한 얼굴로 외치는 소리가 들렸다.

소요 상인은 현평 진인의 앞을 막아서지 못했다. 만약 소요 상인과 추걸개가 마주쳤더라면, 반 수 정도는 추걸개가 밀렸을 것이다. 그것은 귀곡자 역시 마찬가지였다. 하나 무당의 장문인은 수세에 몰리기는 했어도 훌륭히 대적하고 있지 않은가!

그것만으로도 무당의 내공을 잘 알 수 있었다.

"무량수불! 어찌 도문에 든 도인의 눈에 마기가 엿보인단 말이냐!"

"닥쳐라, 마교의 개!"

소요 상인이 거칠게 대꾸했다. 현평 진인은 노기 어린 목소리로 외쳤다.

"한때 그대를 정파의 협사이며 도인으로 착각했던 것이 부끄럽구나! 도문에 든 자가 귀문에 접하였으니, 도가의 관례대로 그대의 생명을 취하겠다!"

"흥!"

소요 상인은 코웃음을 치고는 현평 진인에게 쌍장을 부딪쳐 갔다.

형산파의 절기 통천장이었다. 예전만 해도 현평 진인에게 한 수 밀리던 소요 상인이었으나 마기에 이끌린 지금은 현평 진인과 동수를 이루고 있었다.

"허업!"

현평 진인이 호흡을 갈무리하며 왼팔을 물결치듯 움직였다. 통천장의 장력에 마주친 왼팔은 뼈가 없는 듯 흐물거리는가 싶더니 마침내 장에 깃든 경력을 모두 해소해 내었다.

현평 진인은 오른 손바닥을 하늘로 하였다가 빙글 돌린 다음, 팔을 안으로 굽힌 후 앞으로 부드럽게 밀었다.

산들바람이 부는 듯한 부드러운 몸놀림이었다. 하지만 그 속에 숨어 있는 경력이 어떤 것인지 잘 아는 소요 상인은 빠르게 뒤로 물러났다.

"십단금이로구나!"

현평 진인은 대꾸하지 않았다. 현평 진인의 팔이 쏟아져 나가는 경력을 말아 올리듯 원을 그리더니, 이내 장을 바깥으로 빼었다가 다시 밀어붙였다.

부드러운 움직임은 마치 바람에 흔들리는 버드나무와 같았다.

곧 소요 상인을 쫓아 현평 진인의 장이 들러붙었다.

"정파의 동도에게 십단금을 펼치다니!"

조금 전까지만 해도 마교의 개라고 욕하더니, 이제는 정파의 동도에게 살수를 펼친다고 비난하는 소요 상인이었다.

소요 상인은 현평 진인의 장을 피해 다닐 수밖에 없었다. 아직 극성에 이르지 못한 통천장으로는 십단금을 막아낼 수 없었다.

현평 진인이 다시 십단금을 펼쳐 낼 때였다. 현성 진인과 무당의 제자들이 장내에 도착했다.

현성 진인은 짧게 장내를 일별한 후 크게 외쳤다.

"제자들은 종남과 형산의 문인들을 수습하라! 우리는 엄연히 도사이니 살생을 금하여야 할 것이나, 혹여 골수에 마기가 깃든 자가 있다면 속세의 인연을 끊어주어야 할 것이다!"

"무당의 제자들이 뜻을 받드옵니다!"

현성 진인은 무거운 얼굴로 종남파 장문인을 바라보았다. 장문 사형께서 형산파의 장문인과 손속을 나누고 계시니, 종남의 장문인은 아마도 자신이 나서서 수습해야 할 것이다.

"무량수불······."

현성 진인의 눈이 차분해졌다. 종남파 장문인 역시 자신의 상대는 그뿐이라고 생각했는지 녹광 어린 눈으로 현성 진인을 노려보고 있었다.

격전이 벌어지기 전이었다. 현성 진인의 뒤에 서 있던 운향자 허진무가 차분하게 말했다.

"사부님, 불민한 제자가 거둔 아이들이 아직 속연을 끊지 못하였습니다. 마침 이곳에 인연이 이어져 있으니 마땅히 끊어야 할 줄로 압니다."

종남파 장문인을 주시하던 현성 진인이 그 말을 듣고는 시선을 옮겨 청명 사숙이 있는 곳을 바라보았다. 과연 그곳에는 마경에 깃든 자가 있었다.

"그리하라."

현성 진인은 짧게 중얼거리고는 빠르게 몸을 날려 종남의 장문인과 부딪쳐 갔다.

청명은 조용히 눈을 감았다. 금정룡과 태사손의 악연이 느껴졌다.

자신이 나서 악연을 끊을 수도 있으나 본래 인연은 맺은 자가 푸는 것이 순리다. 그러니 금정룡과 맺은 악연은 자신의 태사손들이 풀어야 할 것이다.

그것이 하늘의 뜻이었다.

청명은 금정룡을 바라보며 물었다.

"그대는 지금이라도 마음을 평화롭게 하고 경전을 가까이 하세요."

"그대의 말은 듣지 않겠다."

청명의 파사진기를 억지로 이겨내고 있던 금정룡이 씹어뱉듯 말했다. 청명이 거듭 중얼거렸다.

"그대는 지금이라도 마음을 평화롭게 하고 경전을 가까이 하세요."

"싫다고 했다."

"그대는……."

"시끄러워!"

금정룡이 커다란 목소리로 외쳤다. 살기가 깃든 목소리였다.

청명은 마침내 그가 인성을 버렸음을 깨달았다. 지금이라도 마음을 돌린다면 청정을 찾을 수 있을 것이나, 본인이 마음을 돌릴 생각을 하지 않으니 별수없는 일이다.

하늘의 벌은 따로 안배되어 있으니 자신이 할 일은 여기까지인 것이다.

"……."

청명은 우울한 얼굴로 몸을 돌렸다. 무심코 머릿속에 인간지도라는 말이 떠오른다.

인간지도!

도대체 인간지도가 무엇인가! 저렇게 스스로를 돌아보지 않고 남을 먼저 탓하는 자에게 무슨 도(道)가 있겠는가!

금정룡에게서 인간의 추악한 단면을 본 청명은 시무룩한 얼굴로 몸을 돌려 검, 운혜 위로 꼬물꼬물 올라갔다. 검, 운혜의 위에서 마음을 모으자 단전에서 격통이 느껴졌다.

"크흡……."

아직도 마선의 사기를 훑어내지 못했다. 사기는 몸속 어딘가에 숨어 마음을 집중하지 못하게 한다. 청명은 언제 쓰러질지 모르니 최대한 빨리 생사평으로 가야 한다고 생각했다.

"우리는 먼저 출발해야 해요, 운풍 사손."

"뜻을 받드옵니다."

운풍자가 무표정한 얼굴로 시립하여 섰다. 그는 금정룡을 흘끗 스쳐 보고는 무심히 걸음을 옮겼다.

추걸개와 귀곡자, 운혜 역시 마찬가지였다. 본의 아니게 청명과 걸음을 같이 하게 된 운형자가 고개를 갸웃거리며 그 뒤를 따랐다. 저 사람은 화산파의 대제자로 알고 있는데 눈에서 녹광을 줄기줄기 흘리는 것을 보니 마인도 이런 마인이 없다.

사조님께서 하신 말씀을 생각하던 운형자는 에라, 모르겠다 생각하고서는 고개를 저었다.

"크큭."

금정룡은 자신을 스쳐 지나가는 신선의 일행을 막지 않았다. 그 입에서는 사이한 웃음소리가 새어 나오고 있었고, 그 눈은 자신을 향해 걸어오는 세 명의 도사를 주시했다.

"크하하하핫!"

마침내 금정룡은 광소를 터뜨렸다. 자신을 향해 걸어오는 것은 호진이라는 예의없는 인간 말종과 거들먹거리는 그 형 호은, 그리고 두 형제의 사부였다.

"잘 왔다. 우리에게는 풀어야 할 것이 있지."

"……."

금정룡 앞에 선 호은과 호진이 그를 바라보았다. 눈을 감고 있는 호은은 아무것도 모르는 듯한 평화로운 얼굴이었고, 호진은 두려움 섞인 얼굴이었다.

호은은 부드러운 얼굴로 그를 바라보았다.

"오랜만이오."

"크하핫! 그리 오랜만은 아니지. 우리가 헤어진지는 고작해야 달포밖에 지나지 않았으니!"

"그렇소? 시간이 고작 그렇게밖에 지나지 않았구려."

호은은 부드러운 얼굴로 말했다. 눈을 감고 말하는 모습이 꼭 거들먹거리는 것 같아 금정룡은 이맛살을 찌푸렸다.

"그런데 왜 눈을 반개하고 있는 게냐? 불상을 흉내 내기라도 하는 게냐?"

"나는 눈을 잃었소."

금정룡의 입에서 헛웃음이 튀어나왔다.

"크큭, 그럼 나와 겨룰 수도 없겠구나. 네 쓰레기 같은 입을 찢어주려 했는데."

"나는 그대와 겨루러 이 자리에 나온 것이 아니오. 나는 무공을 모르오."

호은이 부드러운 목소리로 말했다. 금정룡은 이를 드러내며 웃었다.

"하지만 사람을 무시할 줄은 알잖나!"

금정룡이 클클거리며 손을 말아 쥐었다.

"너희들은 쓰레기야. 알고 있나? 나는 잘못한 게 없어. 네 동생이 예의를 지키지 않았으니 그가 잘못한 거야. 난 그래서 훈계했을 뿐이지. 그리고 네놈은 제 주제를 너무 몰라. 애비 애미 없이 자랐다길래 내 크게 선처를 해주려 했건만 넌 너무 건방져."

"내 동생은 쓰레기가 아니오. 그대의 안목은 크게 잘못되었구려."

호은이 얼굴을 굳히며 대답했다. 금정룡은 동생과 자신뿐 아니라 부모까지 모욕했다. 호은은 전에 없이 차가운 얼굴로 금정룡을 바라보았다.

"또 나를 모욕하려느냐!"

금정룡은 참지 못하고 검을 들어올렸다. 호은의 입에서 나오는 소리 하나하나가 그의 마음을 찔러왔다. 무공을 겨루러 나온 줄 알았더니만 번지르르한 말만 주워섬길 뿐이다. 이것이 자신을 약 올리려는 의도가 아니면 무엇이겠는가!

마기가 골수에 치민 금정룡이 매화만영의 초식을 펼쳤다.

매화의 고고한 기상이 아닌 사이한 살기가 담긴 검술이 호은을 베어갔다.

"갈!"

조용히 서 있던 운향자 허진무가 크게 소리를 질렀다. 벽사의 기운이 깃든 고함이었다.

검을 베어나가던 금정룡의 몸이 크게 흔들렸다. 호은이 재차 말했다.

"나는 다투려 나온 것이 아니오."

"닥쳐, 개 같은 새끼! 나를 더 이상 모욕하지 마라!"

호은은 그에 아랑곳 않고 말을 이어나갔다.

"나는 그대를 용서하러 왔소."

"닥쳐라! 닥쳐! 니까짓 게 뭐라고 나를 용서한단 말이냐!"

금정룡이 고함을 질렀다. 호은은 딱딱하게 굳은 얼굴을 억지로 펴며 입을 열었다.

"그대를 미워하는 것은 곧 나를 미워하는 것이었소. 비록 내 신선도 아니고 부처도 아니나, 상대에게 칼을 드리우는 것이 나에게 칼을 드리우는 것이라는 것쯤은 알 수 있었소. 나와 내 동생은……."

부드럽게 말을 이어나가던 호은의 말이 끊겼다. 호은은 하기 어려운 말을 하는 듯 이를 악물었다. 말이 용서지, 그게 어디 쉽겠는가! 그 때문에 동생이 상했고 그 때문에 부모의 명예가 더럽혀졌다. 검을 뽑아 그 목을 쳐도 후련치 못할 판에 용서를 해야 한단다.

호은은 아랫입술을 깨물었다. 그는 금정룡이 아닌 자신과 싸워야 했다. 복수하느냐, 용서하느냐.

마지막 순간, 심마가 호은을 찾아들었다.

그가 머뭇거리는 것을 바라본 금정룡이 비명처럼 고함을 질렀다.

"닥쳐! 넌 날 용서할 자격이 없어! 더 이상 말하지 마!"

그 외침이 오히려 용기를 주었다. 그는 불쌍한 사람이었다. 저토록 거칠고 험하게 외치는 목소리는 애처롭게 비는 목소리처럼 들렸다.

호은은 나오지 않는 목소리를 억지로 짜낸 쉰 목소리로 말했다.

"…그대를 용서하겠소."

허진무의 얼굴에서 대견하다는 기색이 어렸다. 제자는 복수가 아니라 용서를 입에 담았다. 강호의 무인들에게서는 절대 볼 수 없는 모습이리라. 오로지 도(道)를 향해 걸어가기에 할 수 있는 말이었다.

"닥쳐라, 병신!"

금정룡이 빠르게 검을 날렸다. 초식이고 뭐고 없이 그저 검을 곧게 찌른 것뿐이었다.

챙―!

금정룡의 검은 허진무의 검에 막혔다. 그제야 금정룡은 무엇인가 이상하다는 것을 깨달았다. 초식 하나하나가 너무 쉽게 막힌다. 잠시 이유를 추측해 보던 금정룡은 맹주가 가르쳐 준 무양진경이 기혈을 역류하고 있다는 것을 깨달았다.

진기가 발출되는 게 아니라 안으로, 안으로 파고든다.

호은의 용서하겠다는 말은 그의 심기를 심하게 헝클어뜨렸다. 그 덕택에 금정룡은 점점 더 마기에 물들고 있었다. 마기가 표출되었다면 차라리 나았으리라. 하지만 마기가 표출되지 않고 오히려 뇌로 치솟아 올라 왔다.

"큭큭큭. 쓰레기 같은 놈!"

별 방법이 없다. 한때나마 정공을 익혔던 몸이니, 진기가 어떻게 역류하는지 똑똑히 알 수 있다. 이대로라면 더 이상 무공을 쓸 수 없는 몸이 되고 만다.

"크큭!"

그는 슬며시 손가락을 퉁겼다. 맹주에게서 받은 것은 무양진경뿐만이 아니었다. 그의 소매에서 자그마한 구슬 하나가 튀어나와 그 손에 잡혔다. 그 구슬 속에는 독이 들어 있었다.

"차라리 나를 죽였다면 너도 살 수 있었을걸."

금정룡이 중얼거리며 종남파, 형산파와 맞붙어 싸우는 무당파의 도사들을 바라보았다.

종남의 장문인이라는 자는 벌써 죽어 있었다. 자신처럼 기운이 외부가 아닌 내부로 역류한 듯했다. 형산의 장문인 소요 상인은 십단금을 맞아 처절하게 싸우고 있었다. 그의 왼팔은 부러졌는지 덜렁덜렁대고 있었고, 옷자락이 마구 헝클어져 찢기어 있었다.

모르긴 몰라도 오른쪽 다리를 절뚝대는 것을 보니 다리에도 장을 맞았나 보다.

한때 화산파의 대제자였던 금정룡은 그에게도 사형선고를 내렸다. 그 추측은 정확했다. 소요 상인은 삼 초도 더 나누지 못하고 죽음을 맞았다.

"크하하하하!"

금정룡은 화통하게 웃어댔다. 저들이 있었다면 살 수 있었겠지만, 저들이 죽은 이상 자신이 살아나갈 길은 없었다.

그는 다시 호은을 노려보았다. 아마 허진무란 자와 호은은 죽일 수 있으리라. 그것만으로도 충분히 만족할 수 있다.

금정룡은 마침내 구슬을 터뜨렸다. 픽, 하고 구슬이 터지는 소리가 들려왔다.

"크하하하, 크, 큭?"

반응이 이상했다. 구슬 속에서 뿜어져 나와야 할 회색 연기가 보이지 않는다.

당황한 듯 구슬을 살펴보던 금정룡은 자신의 팔을 보고 눈을 부릅떴다. 구슬을 쥔 손가락에서 진물이 흘러나온다. 금정룡은 깜짝 놀라 얼른 구슬을 손에서 떼었다.

"이, 이게……."

하지만 진물은 멈추지 않았다. 손가락은 하얀 연기를 내뿜으며 녹아가고 있었다. 손가락이 녹아 하얀 뼈가 드러나자 금정룡의 눈에 공포가 어렸다.

"이게 뭐야!"

손가락에서 시작되어 손바닥이 녹아갔다. 심지어 뼈까지 녹아들었다. 그의 존재 자체가 지워지는 느낌이 들었다.

"이, 이게 아니야… 이게 아니야!"

금정룡은 비명을 질렀다. 갑자기 뇌리까지 통증이 밀려들었다. 통증은 마기를 짓누르고 뇌를 지배했다.

그는 서둘러 손을 자르려 했다. 하지만 벌써 중독이 되고 만 것일까. 그의 몸은 마음대로 움직여지지 않았다.

공포가 밀려들어 왔다. 두려웠다. 금정룡은 호은을 바라보았다. 왜 저 사람을 미워했지? 왜 저 사람을 죽이고 싶었지? 어차피 이렇게 죽을 것을, 왜 그렇게 미워하며 살았을까?

죽음을 눈앞에 두고서야 금정룡은 마음을 비로소 똑바로 직시했다.

그는 증오를 버릴 수 있었다. 그까짓 건 어떻게 되든 좋았다.

다만 죽고 싶지 않을 뿐이다.

"사, 살려줘……!"

금정룡이 처절한 목소리로 외쳤다. 몸의 내부가 먼저 썩었는지, 그의 목에서 카랑카랑한 쇳소리가 났다.

"이, 이게 무슨 일입니까, 사부!"

보이지는 않지만 기운은 느껴진다. 무언가 불길한 기운을 느낀 호은이 비명을 질렀다. 허진무는 황급히 호은의 목덜미를 쥐고 뒤로 빠져나갔다.

"가까이 가지 마!"

무슨 독인지 짐작도 가지 않는다. 하지만 미래를 읽는 그의 예리한 눈은 독에 가까이 가는 순간 목숨을 잃을 것이라는 걸 짐작해 냈다. 그는 모르고 있었지만 구슬 안에 든 것은 독중지독이라는 부시혈독이었다.

"살려줘! 살려줘… 제발……!"

썩은 냄새가 진동했다. 호은은 사부가 있으리라 짐작되는 곳을 바라보며 고함을 질렀다. 한줄기 연민이 찾아온 것이다.

"구해야 합니다! 서둘러 구해야……."

"이미 늦었어."

허진무는 고개를 저었다. 벌써 손뿐만 아니라 어깨까지 썩어들었다. 몸을 바르르 떠는 것을 보니 팔뿐만 아니라 전신이 중독된 것이 분명했다.

"구할 수 없다."

허진무가 참담한 표정으로 중얼거렸다.

"아니야! 아니야! 제발! 제발 살려줘!"

호은은 보이지도 않는 눈을 질끈 감았다. 귓가에 금정룡의 처절한 비명이 들려왔다. 보다 못한 허진무는 바닥에서 돌멩이를 주워 들고는 손가락을 가볍게 퉁겼다.

조그마한 돌멩이는 금정룡의 미간에 박혔다. 금정룡은 몸이 썩어가는 고통에 미간을 파고드는 고통을 느끼지 못했다.

"살…려……."

금정룡이 흘린 한줄기 눈물이 바닥에 떨어졌다.

청명과 귀곡자, 추걸개와 운풍자, 운혜는 아무런 방해도 받지 않고 생사평에 도착할 수 있었다. 추걸개는 관도 바깥을 가리켰다. 그곳에는 야트막한 야산이 있었다. 그 야산을 건너면 생사평인 것이다.

"저쪽이오!"

일행은 모두 야산으로 신형을 날렸다. 생사평에서 수십 장 이상 떨어져 있는데도, 병장기가 부딪치는 소리와 비명 소리가 여기까지 들려왔다.

추걸개는 이를 악물었다.

"벌써 시작했나 보구만!"

귀곡자는 생사평보다 다른 것 때문에 당황한 듯한 눈치였다. 어떻게든 운혜를 빼돌려야 하는데, 운혜는 도망갈 눈치는 보이지 않고 있었다. 오히려 하늘에 떠 있는 청명을 걱정스러운 듯 바라보고 있다.

"이런."

귀곡자는 고개를 저었다.

운풍자는 생사평을 바라보며 침착하게 걸음을 멈추었다. 하늘을 떠돌던 한 자루 검이 부드럽게 땅에 내려왔다. 그리고 그 위에서 청명이 폴짝 뛰어내렸다.

"사조님."

청명은 의아함을 품고 운풍자를 바라보았다.

"네?"

"이미 늦었습니다."

운풍자는 무거운 어조로 중얼거렸다. 이미 늦었다. 마교도와 무림맹이 생사평에 들기 전에 두 세력을 떼어놓았어야 했다. 하지만 이미 사천대회전이 열렸으니, 어찌할 방도가 없다.

"일단은 계책을 시도해 봐야 합니다, 사조님. 먼저 마선의 정체를 드러낼 것입니다. 그리고 정체를 들킨 그가 자신의 목적을 이루려 하거든, 사조님께서… 그것을 막아내셔야 합니다."

"네?"

"세 번이면 족합니다. 그의 정체와 목적이 밝혀지면 무림맹은 물론 마교에서도 그를 죽이려 할 겁니다. 그때에 그의 선기를 잠시만 막아 내 주신다면 그는 일신에 지닌 무공만으로 모든 무림인들의 공격을 막

아내야 할 겁니다. 그러면 그의 육신을 죽음으로 몰고 갈 수 있습니
다."

　운풍자의 말을 듣던 청명이 각오 어린 몸짓으로 고개를 끄덕였다.
그리고 생사평을 바라보았다. 살기가 잔뜩 어린 저 평원에서는 피로
피를 씻는 광경이 펼쳐지고 있을 것이다.

7장

제5화 대란(大亂)

석마당주 조성욱은 그야말로 피칠갑을 한 상태였다. 얼굴 가득 피가 묻어 있었는데, 안 그래도 거한인 데다가 눈썹이 하늘로 치솟아 있어 지옥의 악귀와 같은 형상이었다.

그의 몸에 묻어 있는 피가 그의 것이 아니라는 점에서 그 말은 맞기도 했다.

"미륵현세……."

조성욱은 한탄조로 중얼거렸다. 그는 주위를 둘러보며 이를 드러내었다.

오전에 벌어진 전투는 오후가 되도록 이어지고 있었다. 시체가 산을 이루고 피가 바다를 이루었지만 아직도 누워 있는 자보다 서 있는 자가 많았다.

서 있는 자들은 그야말로 고수 중에 고수라고 할 수 있을 것이다. 무공이 약한 자들은 일찌감치 몸의 한구석을 잃어버리거나 크게 상해 바닥에 누워 있을 확률이 높았다.

"광명천하."

읊조리던 조성욱의 목소리가 끊겼다. 뒤에서 살기를 느낀 것이다. 그는 자신의 뒤에 선 늙은 도사를 바라보며 이를 갈았다. 그는 바로 화산의 장문인 권재후였다.

"무량수불."

"도사 놈이군."

상대를 알아본 조성욱이 평소와 다르게 침착하게 말했다. 자칫하다가는 목숨을 잃는다. 구파일방의 장문인이란 결코 쉬운 상대가 아닌 것이다.

"오시게."

권재후가 차분한 어조로 중얼거렸다. 그리고 뻗어 있던 검을 곧게 세웠다.

주위에서는 오로지 비명 소리뿐이었다. 서로가 서로를 죽이기 위해 애쓴다. 평생을 연마했던 절기들이 쏟아져 나왔고 숨겨놓았던 비기가 공개되었다.

살아남은 사람들은 서로를 죽이고자 또다시 칼을 날리고 있었다.

"흐읍!"

초식 하나 없는 단순한 직선으로 거도가 내려쳐졌다. 단순하다 말하지만 철저히 실전적인 검술이었다. 빠르고 쾌속했으며 집요했다.

구궁보를 펼쳐 빠져나가던 장문인은 흘끗 뒤를 돌아보고는 매화검을 펼쳤다.

검황 사조님과 청명 선인에게 배운 것이 무엇이었던가! 그것은 상대

와의 조화였다. 상대가 승하면 나는 유하면 될 일이고, 상대가 유하면
나는 승한다. 매화꽃이 피었다 지고 지었다 피니 그야말로 초식이 없
고 끊임이 없는 경지에 오른 것이다.

"큭!"

역시 가벼이 볼 상대가 아니다. 조성욱은 자신의 쾌도를 비껴내는
권재후를 바라보며 이를 악물었다.

권재후 역시 마찬가지였다. 내공을 있는 대로 쏟아 부었는데 손목이
저릿저릿했다.

"흐읍!"

하지만 손목을 어루만질 팔자가 아니었다. 이대로 가만히 있다가는
누구 칼에 죽는지도 모르고 목숨을 잃게 된다.

권재후는 호흡을 조절하여 조성욱을 노려보았다.

아미파의 장문인 파진 사태는 제자들의 죽음 하나하나를 볼 때마다
가슴이 찢어지는 듯했다. 비록 부처의 곁에 돌아간다지만 제자들에게
남아 있던 시간이 얼마나 많았던가! 그 시간을 사용하지 못하고 죽음
을 맞아야 한다는 것이 너무 안타까웠다. 제자들은 그야말로 속절없이
밀렸다.

"아제아제… 바라아제… 바라승아제… 모지사바하."

파진 사태는 반야심경의 마지막 구절을 읊었다. 가자, 가자. 피안으
로 가자. 우리 모두 피안으로 가자. 가서 깨달음을 얻자.

그것은 죽음을 맞는 제자들을 위한 장송곡이었다.

파진 사태의 앞에는 지화당주가 서 있었다. 그는 이를 뿌드득 갈며
파진 사태를 바라보고 있었다.

‘저년… 저년 때문에…….’

마교의 십이 당주 중에 두 명을 저년이 잡아먹었다. 귀약당주 채선이 독수 한 번 펼쳐 보지 못하고 죽었고, 비화당주 마현희의 육감적인 몸매는 저년의 선장에 맞아 피떡이 되고 말았다.

‘내 오늘 저년을 죽이지 못하면 사람이 아니다.’

지화당주 영진이 핏발 선 눈으로 파진 사태를 바라보았다.

파진 사태의 뒤쪽에서는 살아남은 매화검수 여덟 명이 매화검진을 펼치고 있었다. 그들은 연수합격진으로 인해 겨우 살아남았다 할 수 있었다. 화산파의 매화검진은 아무나 파해할 수 있는 것이 아니니까.

하지만 때때로 기적은 일어난다던가!

마규상이 이끄는 염화삼대에게 기적이 일어났다. 마흔일곱 개의 목숨을 바치고서 매화검수 여섯의 목을 베어낸 것이다.

마규상에게는 아직도 서른네 명의 대원들이 남아 있었다.

“큭큭!”

마규상은 속절없이 웃었다. 이것이었던가? 자신이 추구해 오던 종교가?

시선을 돌려보니 온통 피바다다.

“크허억?”

바로 옆에 서 있던 누군가가 가슴을 꿰뚫려 사망했다. 저 사람은 정도인일까, 마도인일까? 그를 찌른 사람은 검을 들고 주위를 두리번거리고 있었다. 눈빛이 맑고 정기에 찬 것을 보니 정도무림인인가 보다. 그는 자신을 바라보며 눈을 빛내고 있었다.

마규상은 청년이 천천히 검을 검집에 집어넣은 것을 바라보았다. 격전 중에 착검한다는 것은 발검술을 쓰겠다는 말. 상대의 검법이 무엇인지 짐작할 수 있을 듯도 하다.

'사일검법. 점창이군.'

마규상은 저도 모르게 그를 보고 웃었다. 사일검법은 파훼하기 어려운 검법이었지만 한 가지만 알면 의외로 쉽게 파훼할 수 있다.

일검식이 끝나면 이검식까지 시간이 걸린다.

"크큭큭!"

마규상은 살을 주고 뼈를 취하는 방식을 사용하기로 마음을 먹었다.

잠시 뒤.

빠르게 쏘아졌던 검은 쏘아졌던 것만큼이나 빠르게 회수되었다. 하지만 검의 주인은 그것을 의식적으로 행한 것이 아니었다. 그저 몸이 본능에 따라 움직였던 것뿐.

쾌검은 적중했지만 마규상의 어깨에 꽂혔다.

그리고 그 대가로 청년은 목숨을 잃어야 했다.

"……."

마규상은 좌측 어깨를 쓸어 만졌다. 관통상을 당해 버린 것이다.

'백련교는 이런 게 아니었는데…….'

미륵천하는 이런 것이 아니었다. 마규상은 저도 모르게 신선을 생각했다.

그는 맑게 웃었으며 사람을 상케 하는 것을 싫어했다.

도에 이르렀으나 아이와 같아 청량했었다.

때때로 검을 타고 하늘을 난다는 소문도 있었다. 저기 날아가는 저 검선처럼.

“음?”

마규상의 눈이 부릅떠졌다. 방금 하늘에서 이상한 것을 보았기 때문이다. 하늘을 빠르게 쏘아져 가는 것은 분명히 검이었다. 그리고 검 위에 올라탄 소년이 고함을 질렀다.

“모두 멈추세요!”

“…세, 세류소선?”

마규상이 멍하니 중얼거렸다.

＊　　　＊　　　＊

운풍자와 추걸개, 귀곡자와 운혜는 전장의 끄트머리에 서 있었다. 야트막한 야산이었지만 그래도 높은 곳이라고, 생사평이 한눈에 들어왔다.

그들은 전쟁에 참여하지 않았다. 그들은 여태껏 짐짝 취급을 당했던 맹주를 추궁과혈하는 데 온갖 노력을 기울이고 있었다.

“빨리 깨어나시오, 맹주!”

“으음……..”

하지만 맹주는 깨어날 생각을 하지 않았다. 심력에 타격을 입은 것이다. 하늘에 몇 번이나 던져졌던 일이 충격이었나 보다.

무림맹주씩이나 되어서 하늘에서 떨어진다는 이유로 심력에 타격을 받는다는 건 믿을 수 없는 일이었다. 하지만 맹주는 기억을 잃고 화노라는 사람으로 산 적이 있었다. 맹주일 때뿐만이 아니라 그때의 기억까지 고스란히 가지고 있던 그는 반은 무림맹주요, 반은 겁 많은 일반인인 화노였다.

두 개의 인격이 마침내 하나로 합쳐지자 맹주는 참으로 기기묘묘한 사람이 되고 말았다. 무림의 일에 밝으면서도 겁이 많은 사람이 되어 버린 것이다. 지금도 사실은 깨어나기 싫어 꾀를 부리는 것에 불과했다.

그때, 하늘에서 천둥 같은 소리가 울려 퍼졌다.

"모두 멈추세요!"

청명은 검 위에 꼿꼿이 섰다. 그리고 전장의 한가운데 있는 맹주, 아니, 마선을 주시했다. 마선은 사이한 미소를 지었다.

"크큭."

과연 살아 있었다. 천선은 죽지 않고 살아 있었다. 그를 죽임으로써 천명이 누구에게 있는지 가릴 수 없게 됐었다. 하지만 이제 그가 살아 있으니, 이제 진정으로 자웅을 가려볼 수 있을 것이다.

자신은 역천을 하고 있지만, 역천도 순천도 모두 천리에 따를 뿐이니 천명이 누구에게 있느냐가 이 싸움을 판가름할 것이다.

마선은 생사결을 펼치기 직전에 느끼는 흥분으로 소름이 돋는 것을 느꼈다.

"허허허……."

청명은 마선에게서 시선을 떼어 생사평을 보고 외쳤다.

"더 이상 싸우지 말아요!"

세류소선 청명 진인!

비등비등한 전력을 유지하면서 피를 흘리던 마교도와 무림맹의 인원들이 모두 침묵했다.

그들은 하늘을 올려다보며 이 시대에 재림한 강호의 전설을 바라보았다. 하늘에 떠 있는 검 위에 꼿꼿이 선 검선은 모두를 바라보며 그만하라 명했다.

"나는 천상의 요어로 말하는 이! 그대들은 모두 멈추어요!"

마지막까지 칼을 나누던 몇몇의 무인들조차 모두 멈추었다. 서로 칼을 나누던 흥분이 사라지고 그 자리에 새로운 흥분이 밀려들어 왔다.

무림맹의 무사들에게는 구원의 빛이었고, 마교도들에게는 죽음의 빛이 내려온 것이다.

"좋아요. 모두 멈추었군요."

모두 칼부림을 멈추자 청명은 만족한 듯 고개를 끄덕였다. 그리고는 시선을 돌려 운풍자를 바라보았다.

싸움을 말리라는 소리는 들었지만, 그 이후에 어떻게 해야 하는지는 듣지 못한 것이다.

청명은 어설프게 웃으며 운풍 사손을 바라보았다. 멀찍이서 운풍 사손이 고개를 끄덕이는 것이 보였다. 운풍 사손은 옆에 있는 추걸개 막도우에게 뭐라 말했다.

곧 늙은 거지가 몸을 일으켰다. 그는 호흡을 깊게 빨아들인 후 크게 외쳤다. 불문의 사자후가 있다면, 개방에는 취룡음이 있다. 거센 고함이 생사평에 울려 퍼졌다.

"모두 들으시오오!"

좌중은 침묵한 채로 소리가 들린 곳을 바라보았다.

"본 거지는 개방의, 아니지이! 개방에서 파문당한 추걸개 막현우라고 하오오!"

추걸개가 거듭 고함을 질렀다. 멀찍이서 다른 고함 소리가 들려왔다.

"나는 아지익 파무운 안 했다아!"

하마터면 웃을 뻔했다. 추걸개는 방금 들려온 목소리가 누구의 것인지 똑똑히 기억할 수 있었다. 개방주 표주신개.

자신의 사형이었다.

"그럼 나는 여전히 개방의 장로 추걸개다아!"

추걸개가 뿌듯한 마음을 느끼며 외쳤다. 마치 잘 짜여진 희극 같았다.

이처럼 중요한 상황에 사형제의 정을 논하다니. 만약 신선이 하늘에 떠 있지 않았다면 추걸개의 말은 반드시 무시당했을 것이다.

귀곡자는 당연하다는 듯 추걸개를 무시했다.

"무림의 팔 할을 앞에 놓고 농담 따먹기를 하고 있구만……."

"푸흡!"

운혜의 웃음소리가 들려왔다. 운혜는 이 심각한 상황에서 웃음을 지었다는 것이 민망해 얼른 고개를 숙였다.

운풍자는 무표정한 얼굴로 추걸개를 바라보았다. 그 시선이 꼭 재촉하는 듯하다. 추걸개는 머쓱한 표정을 지으며 외쳤다.

"먼저어! 무림맹의 동도들에게 고하오오!"

하늘에는 여전히 청명이 유영하고 있었다.

"그대들의 맹주는 진짜 맹주가 아니오오! 그는 마서언! 세류소선과 같은 신선이오오!"

"……!"

석마당주와 마주하고 있던 권재후가 황급히 맹주를 돌아보았다. 멀찍이 보이는 맹주는 덤덤한 얼굴로 웃음을 짓고 있었다.

맹주는 고래고래 고함을 치는 추걸개는 바라보지도 않았다. 오로지 하늘에 떠 있는 청명, 청명만을 바라볼 뿐이었다.

무림맹의 무사들이 웅성웅성거리기 시작했다. 맹주가 맹주가 아니라니. 여태껏 정도무림을 이끌어온 맹주가 맹주가 아니라니. 그 말을 믿을 사람이 어디 있겠는가!

무림맹의 무사들뿐만이 아니라 마교도들까지 맹주를 바라보았다. 이 난리통 속에서도 피 한 방울 아니 묻힌 깨끗한 백의를 입은 도제 남궁세옥을.

생사평 전체가 술렁이자 추걸개가 다시 외쳤다.

"남궁가의 사람들은 알 것이오오! 맹주가 어린 시절에 폐관 수련을 하다 어디를 다쳤는지르을!"

남궁세가의 사람들이 당혹스러운 듯 맹주를 돌아보았다. 어지간한 방계는 맹주가 어디를 다쳤는지 모르고 있었다. 남궁가의 직계 자손이 수련하는 수련관은 아무나 들어갈 수 있는 곳이 아니다.

하지만 그 수련관이 어딘지 너무나 잘 아는 자가 있었다. 남궁세가의 가주와 소가주였다. 그들은 서둘러 맹주의 목덜미를 살펴보았다. 목덜미에는 아무런 상처가 없었다.

"자, 잠깐……."

남궁세가의 소가주 남궁휘연이 천천히 뒷걸음질쳤다. 할아버님이… 할아버님이 사실은 할아버님이 아니었던 것인가?

"그에게는 상처가 없다아! 남궁세옥의 상처는 강호에 알려지지 않아서어! 가짜 맹주는 미처 몰랐을 것이다아!"

"화, 환골탈태를 했다면 어찌하겠나!"

믿을 수 없다는 듯 남궁세가의 가주가 외쳤다.

추걸개가 마주 외쳤다.

"여기이 진짜아 맹주가 있다아! 그가 원한다면 대조 작업을 해보을 수도 있다아!"

남궁세가의 가주는 맹주를 돌아보았다. 맹주는 부드럽게 웃으며 그를 돌아보았다.

"그래. 나는 남궁세옥이 아니야."

남궁세가의 가주의 눈이 혼란으로 차올랐다. 상황을 이해하지 못해 혼란스러웠던 마음은 곧 정리되었고, 그것은 슬픔으로 바뀌었다.

슬픔은 곧 분노로 화했다.

"그럼 네가 아버님께 암수를……!"

"허허헛."

인자한 얼굴로 마선이 웃었다. 남궁세가의 가주가 핏줄 터진 눈을 빨갛게 치떴다. 그리고 쥐고 있던 검으로 맹주의 목을 치려 내공을 끌어 모았다.

그때였다.

퍽—

천둥 같은 소리가 들렸다. 무엇인가 대단히 큰 것이 폭발하는 소리였다. 남궁세가의 가주는 자신의 귀에 들린 것이 자신에게만 들린 소리라는 것을 몰랐다.

"크, 크헉?"

무슨 소리였는지 영문을 알아보려던 가주는 목울대가 움직여지지 않는다는 것을 깨달았다.

가주는 손을 들어 목을 만져 보려 했다. 그리고 목격했다. 손을 움직이자, 손은 핏빛 안개가 되어 사라졌다.

"이, 이게……."

다시 목소리가 정상적으로 나왔다. 하지만 그 다음부터 그는 아무것도 볼 수 없었다.

남궁세가의 가주가 피안개로 화해 사라지는 것을 발견한 남궁세가의 소가주가 비명을 질렀다.

"아버님!"

멀쩡한 사람의 몸이 먼지처럼 분해되더니 바람에 쓸려 사라졌다. 먼지는 핏빛이었다.

남궁세가의 소가주는 저도 모르게 맹주를 바라보았다.

"헉!"

아버님을 생각할 여유가 없다. 소가주는 재빨리 뒤로 몸을 빼었다.

맹주로부터 반경 삼 장의 모든 무인이 피안개가 되어 사라져 가고 있는 것이다.

붉은 안개 사이에 홀로 서 있던 맹주가 재미있다는 시선으로 자신을 보고 웃었다. 마치, 방금 돌아온 손자를 바라보는 듯한 따듯한 시선과 인자한 웃음이었다.

"으아아아악!"

소가주는 아버지의 복수도 잊은 채 맹주로부터 도주했다.

마선 주위에 피안개가 형성되는 것을 발견한 추걸개가 황급히 숨을 들이마셨다.

맹주를 죽이기 위해서는 청명 선인이 그의 선기를 막아야 하고, 그 동안에 정도와 마도의 최고수들이 그를 합공해야 한다. 그러기 위해서는 서두를 필요가 있다.

추걸개가 다시 크게 외쳤다.

“이번엔 백련교도들에게 고한다아!”

무림맹의 사기가 바닥을 치고 있을 때였다. 맹주가 맹주가 아니라는 말로 충격을 먹은 무림맹 무사들의 귓가에 추걸개의 목소리가 들려왔다.

이번에는 마교도들이 술렁대었다.

“그대들의 교주는 사실 마선의 수하다아!”

“……!”

지화당주 영진, 석마당주 조성욱이 당황하여 교주를 바라보았다.

전각의 사층에 서 있는 교주의 얼굴은 평화로웠다.

사실 교주는 새로운 기회를 잡았다고 생각하고 있었다.

‘어쩌면…….’

잠시 눈을 빛내며 생각에 빠져들었던 교주가 숨을 들이마셨다. 그리고는 추걸개가 외치기 전에 화룡후의 수법으로 크게 외쳤다.

“너희들은 속고오…….”

“백련교주이자 생불 미륵이 명한다아!”

백련교도들은 혼란 속으로 빠져들었다. 여태껏 무림맹과 싸워왔는데, 무림맹의 맹주는 진짜 맹주가 아니라 가짜 맹주, 마선이라는 자(者)란다. 그리고 교주는 그의 수하란다. 그 이야기를 다 듣지도 못했는데 교주가 달리 명을 내리고 있으니, 누구의 말을 믿고 누구의 말을 믿지 말아야 하는지 모르겠다.

교주가 재차 외쳤다.

“세류소선과 저 말 많은 거지를 죽여라아!”

휘이잉—

잠시 차가운 바람이 불었다. 바람은 생사평의 모두를 한바탕 쓸고 지나갔다.

생사평에 있는 자들은 모두 멍한 상태였다. 누구를 믿어야 하는지 알 수 없지만, 한 가지는 분명했다. 마교주는 거지의 말에 반박하지 않았다.

가짜 무림맹주의 수하라는 말을 반박하지 않는다는 말은, 달리 말하면 그것을 인정한다는 소리.

"그, 그렇다면 우리가 믿던 교주가……."

"교주가 가짜 무림맹주, 아니, 마선의 제자라니! 설명해 보시오, 교주!"

누구일까? 용기있는 백련교도 하나가 외쳤다. 목소리가 작았던 터라 생사평의 모든 공간에 들리지는 않았지만 고수들의 귓가에 들리기에는 충분했다.

"세류소선을 죽이지 않는다면—!"

교주의 고함이 다시 들려왔다. 그 고함은 생사평을 두 번째 혼란 속으로 몰아갔다.

"너희들이 죽는다아!"

교주가 고함이 끝났다.

생사평은 쥐 죽은 듯 고요해졌다. 교주는 마치 자신들의 생살여탈권을 쥔 듯이 말하고 있었다.

교주 흑마 서중희는 시선을 돌려 전각의 안에 앉은 마노(魔老)를 바라보았다. 그리고 고개를 한 번 크게 끄덕였다.

"클클클, 때가 되었구만."

마노가 몸을 일으켰다. 교주는 드디어 삼십 구의 적령시귀, 아니, 생시폭을 쓰려 하고 있었다.

시귀천문의 문주이자 생시폭의 창시자 마노는 클클클 웃으며 소매에서 방울을 꺼냈다. 그리고 그것을 크게 휘둘렀다.

침묵에 빠진 생사평에 방울 소리가 들려왔다.

딸랑—

아주 작은 소리였지만 생사평의 무인들은 그 소리가 똑똑히 들린다고 생각했다.

딸랑, 딸랑—

그리고 생사평의 전각 위에서 서른 개의 인영이 바람처럼 몸을 날렸다.

추걸개는 멍하니 운풍자를 바라보았다.

"이거, 뭔가 잘못돼 가는 것 같은데?"

교주가 이렇게 나올 줄은 몰랐다. 마선을 대적하는 방법만 생각했지, 그 제자를 대적하는 방법은 생각해 본 적이 없었던 것이다. 마선의 비중이 너무 컸기에 교주는 잊혀져 버렸었다.

당황한 운풍자의 얼굴이 굳어졌고, 추걸개는 다음 수를 생각해 내기 위해 재빨리 머리를 굴렸다.

귀곡자는 운풍자와 추걸개처럼 멍해져 있지 않았다.

"저 녀석들은 도대체 뭔가? 다섯, 열, 열다섯… 서른."

서른 구의 시체는 생사평 멀찍이 뻗어나갔다. 산개하여 생사평의 무인들 사이로 파고들었지만, 그들의 기묘한 백의는 눈에 똑똑히 들어왔다.

귀곡자는 안력을 돋웠다. 거리가 멀어 자세히 볼 수 없는 운혜를 위해서일까? 귀곡자는 친절히 상황을 설명해 주었다.

"아무도 움직이지 않고 있네. 오히려 교주를 믿지 못하겠다는 듯 바라보고 있어. 그리고… 오! 서른 명 중 하나가 걸음을 멈췄구만. 마교도들이 그를 관찰하고 있네."

생사평은 여전히 고요했다. 아무도 서른 구의 시체를 막을 생각을 하지 않았던 것이다. 서른 구의 시체는 유유히 생사평을 돌아다니고 있었다.

서른 구 중 단 하나의 시체만이 움직이지 않았다.

"걸음을 멈춘 놈… 그놈의… 몸이 부풀어 오르는군. 부글부글 끓는 것처럼……."

"자멸명공! 교주가 미쳤구나!"

중상만으로 상황이 어찌 흐르는지 알아챈 것을 보면 과연 추걸개의 강호 경험은 대단하다. 하지만 추걸개로서도 알아채지 못한 것이 있었으니, 화각련탄과 진천벽력뇌탄이 바로 그것이었다.

콰아아아앙—!

미처 비명을 지를 새도 없었다. 하얀 섬광에 저도 모르게 눈을 감았던 무인들은 볼을 할퀴고 지나가는 세찬 바람을 느껴야 했다.

"크윽, 뭐, 뭐야!"

매화검수 하나가 뒤로 미끄러지며 비명을 질렀다.

매화검수가 다시 눈을 떴을 때는 앞쪽에 반경 사, 오십 장은 족히 되어 보이는 커다란 구덩이가 파여 있었다.

그 공간에 있던 무인들은 하나도 보이지 않았다. 매화검수가 상황이 어떻게 된 건지 알아보려던 눈을 꿈뻑일 때였다. 멀찍이서 무엇인가가 곡선을 그리며 날아오더니 그의 얼굴에 부딪쳤다.

그것은 손가락이었다.

그제야 상황을 파악한 매화검수가 외쳤다.

"벽력탄?"

"벽력탄!"

추걸개가 비명처럼 외쳤다. 방금의 폭발은 믿을 수 없을 만큼 컸지만 분명히 벽력탄이었다.

자멸명공과 동시에 화탄을 터뜨린 모양이었다.

"말도 안 돼! 벽력대제가 살아와도 저런 화탄은 못 만들어!"

귀곡자가 반박했다. 하지만 눈으로 본 것을 어찌 믿지 못하랴! 귀곡자는 수염을 쥐어뜯었다.

"모든 백련교도들은 세류소선을 죽여라아! 아니면 너희들이 죽는다아!"

교주의 화룡후가 또다시 들려왔다. 마두들은 생사의 기로에 놓이게 되었다. 신선을 죽이거나, 아니면 폭탄과 터지거나.

둘 중 꼭 하나를 고르라면 무엇을 골라야 할까?

"세, 세류소선을 어떻게……."

마두들은 공중에 떠 있는 청명과 교주가 보낸 서른, 아니, 스물아홉의 인간 벽력탄을 살펴보았다. 애석하게도 공중에 떠 있는 청명은 몹시 잘 보이는데 무인들 사이로 숨어든 스물아홉 명의 인간 폭탄들은 잘 보이지 않았다.

마두 하나가 멍하니 중얼거렸다.

"어, 어디서… 터질지… 몰라……."

"제기랄!"

이제 방법이 없다.

이렇게 죽으나, 저렇게 죽으나 어떻게든 목숨을 잃게 되어 있다. 그렇다면…

"활! 활을 쏴아! 세류소선에게 활을 쏴아!"

신선에게 대적하는 것이 낫다.

청명은 청명 나름대로 곤혹스러운 외중에 있었다. 하늘에 뜬 검 위에 꼿꼿이 선 청명은 사실 마선과 선기를 나누고 있었던 것이다.

청명은 눈을 지그시 감은 채 마선이 숨겨놓은 사기를 막아내기 위해 진땀을 흘리고 있었다.

마선은 그런 그를 보며 웃었다.

"내가 그대를 죽이고 얼마나 후회했는지 아시오?"

"다, 당신은… 사람들을 얼마나 더 죽이려고……?"

청명은 마선의 질문에 질문으로 답했다.

마선은 여유로운 얼굴로 주위를 둘러보았다. 수많은 시체들과 그보다 더 많은 사람들이 있었다.

"글쎄? 골라가면서 죽일 수도 있겠구려, 천선."

청명은 이를 악물었다. 그리고 마선의 사기를 몰아내기 위해 온갖 힘을 다 끌어들였다.

"내가 막…"

"…을 거야."

마음으로 대화를 나누는 것도 벅차 육성으로 목소리가 새어 나왔다. 청명은 이를 악물고 외쳤다.

"가능할까?"

마선은 재미있다는 듯 웃었다. 천명이 누구에게 있을까?

마치 재미있는 도박을 하는 기분이었다. 실제로 그렇기도 했다. 그들은 목숨을 걸고 도박을 하고 있었다.

"내가 막을… 큭! 쿨럭!"

청명의 입에서 기침이 터져 나왔다. 단전께가 요동치는 것이 느껴져 청명은 저도 모르게 배를 움켜쥐었다. 그리고 손이 촉촉해지는 것을 보며 숨을 들이켰다.

"피, 피?"

"해보시게. 천명이 누구에게 있는지 알아보세나."

마선은 수염을 쓸어 만지며 말했다.

"쿨럭!"

하늘에 오롯이 떠 있던 청명이 하늘하늘 땅으로 떨어지기 시작했다.

마치 떨어지는 꽃처럼, 날개를 다친 새처럼 땅에 떨어지고 있었다.

생사평의 정중앙에 홀로 떠 있던 청명이 땅으로 떨어지는 모습은 왠지 모를 감흥을 안겨주었다. 청명을 향해 활을 날리던 무인들도, 그리고 알게 모르게 청명을 응원하던 무림맹의 무인들도 모두 그 모습을 바라보기만 했다.

잠시 시간이 정지한 듯한 시간이 흘러갔다.

털썩―

소란스러운 가운데, 청명이 땅에 떨어지는 소리가 들려왔다.

마두 하나가 멍하니 중얼거렸다.

"누, 누가 세류소선에게 암습을 가했어."

"세류소선이 죽었… 나?"

마두들은 상황을 이해하지 못해 당황했다. 하지만 예상보다 적응은

빨랐다. 어차피 세류소선을 죽이지 않으면 벽력탄이 터진다. 어쩌면 세류소선을 죽이려다가 자신이 죽을 수도 있다.

그런데 기분 탓일까?

폭발은 막아내지 못할 것 같은데 암습을 당한 세류소선은 죽일 수 있을 것 같다.

"지금이 기회다!"

누군가가 외쳤다. 살고자 하는 광기에 취해 청명을 죽이려는 것이다.

"세류소선을 죽여!"

"제기랄, 신선이!"

이 순간 가장 안타까워하는 사람 중 하나는 다름 아닌 교주였다. 그는 천선이 마선과 대등하게 겨뤄줄 줄 알았다. 교도들이 천선을 죽일 수 있을 거라는 생각은 아예 해본 적이 없다.

그렇기 때문에 도박을 할 수 있었다.

교도들에게 천선을 죽이라고 명령하면서 마선의 신임을 얻는다. 그렇게 되어 마선의 가까이에 접근하면 자신의 몸에 직접 장착한 화각련탄과 진천벽력뇌탄을 폭발시킨다.

실패하면 그 뒤는 천선의 몫이다.

그런데 계획은 아예 깨져 버리고 말았다.

자신은 천선을 죽이는 척을 하고 싶을 뿐이지, 진짜로 죽이려는 게 아니었는데…….

"……."

흥분으로 실핏줄이 터진 교주의 붉은 눈이 조금씩 가라앉았다. 지금

흥분을 보일 수는 없다. 마선에게 마음을 읽히면 모든 계획이 끝이다. 홍분을 보여서는 안 된다.

"……."

만약 신선이 죽으면, 마지막 방법은 자신의 화각련탄과 진천벽력뇌탄밖에 없다.

만약 신선이 산다면, 마지막 보루는 천선이 될 것이다.

이제는 신선에게 맡길 수밖에 없었다.

교주는 차가운 눈으로 뒤를 돌아보았다. 뒤에는 마노가 서 있었다.

"어떻게 할까요?"

"두 구를 더 터뜨려라."

"클클, 어디에? 천선의 앞에서 폭발시킬까요?"

"아니."

교주는 차가운 눈으로 마선을 노려보았다.

"맹주, 아니, 마선의 앞에서 터뜨려."

청명이 떨어지는 것을 본 모두가 침묵할 때, 운혜는 비명을 질렀다.

"안 돼!"

사조님의 죽음을 다시 보고 싶지 않았다. 만약 자신이 죽는다고 하더라도 그녀는 그 지옥 같은 광경을 다시 만나고 싶지 않았다.

추걸개 역시 상황이 다급한 것을 깨달았는지 운풍자를 돌아보았다.

운풍자는 이미 자리에 없었다. 벌써 유운보법을 펼쳐 전장으로 들어가 버린 것이다. 그 뒤를 따라 운형자가 미친 듯이 달려들어 가고 있었다.

"무량수불!"

그와 동시에 귀곡자의 비명이 들려왔다.

"운혜 도고! 안 돼, 운혜야! 안 된다! 안 돼!"

귀곡자는 몸을 날려 운혜를 막으려 했다. 하지만 운혜의 몸은 벌써 보이지 않았다. 가지고 있는 모든 내공을 끌어올려 안으로 사라진 것이다.

그 뒤를 이어 귀곡자가 달려들어 갔다. 목청껏 고함을 지르면서였다.

"운혜야아!"

"제기라알!"

혼자 남아 있던 추걸개 역시 고함을 지르며 전장으로 들어갔다. 목숨을 이렇게 버리고 싶진 않았는데. 어째 신선을 만나고 나서 허구한 날 목숨의 위기를 맞는 느낌이었다. 그동안 깨달음도 있었지만. 하지만……

"이젠 나도 몰라! 비켜라, 거지 나간다!"

추걸개가 고함을 지르며 취팔선보를 펼쳤다.

홀로 남은 맹주는 벌벌 떨며 전장을 바라보았다. 그의 정신 상태는 파탄지경에 이르러 있었다. 눈앞에 펼쳐진 전장은 너무나 잔인했다. 맹주였던 기억과 화노일 때의 기억이 모두 공존하는 그로서는 두려웠다.

그래, 솔직히 두렵다.

저곳에 들어가 목숨을 잃을까 봐 두렵고, 저곳에 들어갔다가 어딘가를 다치게 될까 봐 두렵다.

하지만 맹주였던 때의 자존심이 그를 괴롭혔다.

그때였다.

"무, 무슨 일이 벌어진 게요. 음? 마선?"

현평 진인이 무당파의 제자들을 이끌고 생사평에 도착했다. 생사평에 도착하자 처음으로 보인 것은 맹주였다.

마선이 맹주의 얼굴을 하고 있다고 알고 있었기에 현평 진인은 잠시 놀랐다. 하지만 조금 더 생각해 보니, 마선이 아니라 관도에서 보았던 진짜 맹주다.

"아, 아니… 맹주로구려."

현평 진인은 맹주에게 큰 관심이 없었다. 그는 재빨리 시선을 옮겨 전장을 훑어보았다. 그리고 혼란스러운 전장을 뚫고 네 명의 사람이 중앙으로 달려가는 것을 발견했다.

"우, 운풍! 운형!"

현평 진인이 당황한 듯 외쳤다. 중앙에 뭐가 있길래 저렇게 달려가는가! 현평 진인은 소요 상인에게 얻어맞은 어깨를 부여잡은 채 중앙을 관찰했다.

"무량수불!"

중앙에서 홀로 피 흘리고 있는 청명을 확인한 현평 진인이 비명처럼 도호를 외쳤다. 황급히 앞으로 달려나가려던 그는 제자들이 있다는 것을 기억해 내고는 당황스러운 듯 뒤를 돌아보았다.

자신만큼이나 놀란 제자들이 전장을 바라보고 있었다. 현평 진인은 장문인으로서 제자들에게 명령을 내려야 할 때가 왔다는 것을 깨달았다.

"무당의 제자들은 들으라!"

흰 수염이 바람에 나부꼈다. 현평 진인은 근엄한 얼굴로 제자들을 둘러보았다.

"당금 강호의 위기가 어떠한 것인지는 제자들도 알고 있을 터! 강호의 정기가 선인이신 청명 사숙의 손에 달렸고, 무당의 손에 달렸느니라!"

제자들은 마음을 가라앉혔다. 도가의 기본 공부 중 하나가 마음을 다스리는 법이다. 처음의 충격은 어느새 가라앉았다.

"제자들은 칠성검진을 펼쳐 전장에 진입하라! 본 장문인과 제자 현성이 청명 사숙을 구출할 것인즉, 너희들은 퇴로를 구축하라!"

"무당의 제자들이 뜻을 받드옵니다!"

제자들이 한 목소리로 외쳤다. 제자들의 외침이 끝나기도 전에 현평 진인이 몸을 돌려 전장 안으로 달려갔다. 현성 진인은 현평 진인보다도 빨랐다. 그 역시 그의 제자가 걱정되는 것이다.

"운형아!"

"운형 사숙!"

하지만 운형을 찾는 사람이 또 있었다. 현성 진인은 자신의 우측에 따라오는 황우자를 바라보며 당혹스러운 표정을 지었다.

뒤에 남은 제자들 역시 마찬가지였다.

무당의 장문인의 명을 정면으로 거역하다니! 황우자는 파문을 당해도 할 말 없는 짓을 저지른 것이다.

하지만 파문을 당해도 할 말 없는 사람이 한 사람 더 생겨났기에 그들은 아무런 말도 할 수 없었다.

"황우야!"

운향자 허진무가 황급히 전장 안으로 사라졌다. 처음으로 거둔 제자가 전장 안으로 사라졌다. 그동안 정을 주지도 못했던 제자였다. 그런 제자의 죽음을 보느니 자신이 죽는 것이 낫다.

제자들은 지금은 넋 놓고 구경할 때가 아니라는 것을 깨달았다.

"무당의 제자들은 모두 진입하라!"

무당파의 제자들이 나타났던 야산으로부터 멀리 떨어지지 않은 곳이었다.

당가의 무인들 사이에 지친 듯 놓여 있던 세 명의 노인이 선불 맞은 멧돼지처럼 날뛰기 시작했다. 당가의 독인들은 그것을 말리려 했지만 말려야 할 당가의 소가주가 같이 날뛰었기에 아무런 말도 하지 못했다.

세 명의 노인들과 소가주는 미친 듯이 앞으로 달려나갔고 당가의 무인들은 소가주를 봉행하기 위해 그 뒤를 따랐다.

"진! 진을 펼쳐서 공간을 만드시오, 천기신사! 선인을 뫼시고 도피할 수 있는 공간이 필요하오!"

검귀 곽여휘가 한 자루 검을 빼어 들고 앞으로 달려나갔다. 그는 검을 쥔 듯, 만 듯 가볍게 손에 걸치고 있었는데, 놀랍게도 검은 미동 한 번 보이지 않았다.

"아, 알았소이다! 부디 몸조심하시오!"

경추추는 재빨리 소매에서 돌멩이 몇 개를 꺼내 들었다. 그의 머릿속이 바쁘게 움직였다. 시야를 숨기는 것만이 아니라 감각마저 지울 수 있는 진이 필요했다.

상념에 빠져든 경추추를 흘끗 일별한 검귀 곽여휘가 거칠게 외쳤다.

"내가 좌! 양 장로는 우를 맡으시오! 당 공자가 중앙을 맡고 후방은 당가의 무인들께 부탁하겠소!"

예전, 이곳에서 정도무림인들을 베어 넘겼던 곽여휘는 역설적으로 백련교도를 베어야 할 처지에 놓였다. 하지만 마음의 갈등은 잠시.

그는 빠르게 상황을 지시하고는 앞으로 달려나갔다. 그와 예전부터 함께 했던 양태승이 옆 자리를 차지했다.

중앙으로 당유성이 달려들었다.

"저기, 어르신들! 저 좀 살려주셔야 합니다!"

당유성의 머릿속에는 가연의 얼굴이 그려지고 있었다. 그 옆으로 소연이 그려졌다. 삶과 죽음이 교차할 때에 떠오르는 얼굴이 가장 사랑하는 사람의 얼굴이라고 하던가!

당유성은 새삼 자신의 마음을 확인했다.

청명이 쓰러진 곳의 북쪽에서는 권재후가 옷깃을 추스르고 있었다. 그는 매화검수들이 있는 곳까지 단번에 날아온 후였는데, 그 앞에 도착하고도 숨소리 한번 흩어지지 않았다.

"살아남은 제자들이 몇이나 되느냐!"

장문인이 앞에 계시자 제자들의 마음이 한층 더 편해졌다. 장문인의 든든한 모습이 위로가 된 것이다. 하지만 여섯 명의 매화검수를 잃었다는 것을 상기하니 마음이 쓰라렸다.

"여덟이옵니다, 장문인!"

침통한 어조로 매화검수가 말했다. 권재후는 이를 악물었다.

"무량수불……."

'여덟의 매화검수라.'

권재후는 생각의 끝에서 마음을 정리했다.

이대로라면 필사. 모두 죽음을 맞게 될 것이다.

하지만 그렇다고 신선을 모른 체할 수는 없다. 신선을 만나면서 얻은 깨달음이 있다면, 선이 무언지 알았으면 행하라는 것이었다.

'그래도 다행히 매화검보는 남겨놓고 나왔지.'

화산에 들어간 그는 선인과 검황 사조님께 얻은 모든 심득과 구결, 초식을 정리해 놓았다. 그것이 남아 있는 한 검황 사조님께 죄스러운 일은 없다.

"화산의 제자들은 들으라!"

"하문하시옵소서!"

"화산의 은인이 위험에 빠졌다! 그렇다면 너희는 어찌할 테냐!"

"그를 돕습니다!"

"그러다가 너희가 죽게 된다면! 그러면 너희는 어찌할 테냐!"

"은인은 저희들이 시체가 된 다음에야 위험을 알 수 있을 겁니다!"

권재후는 가슴 깊이 솟아오르는 웃음을 느꼈다. 도인의 규율 때문에 큰 웃음을 웃어본 적은 없지만, 생사의 기로에 섰으니 그 무엇이 중요하랴!

게다가 그가 느끼는 기분은 도인이라기보다 검객의 기분에 가까웠다.

권재후는 모처럼 마음 놓고 웃었다.

"으하하핫! 너희들이야말로 진정한 화산의 검사로구나! 으하하핫!"

제자들의 얼굴에 각오의 빛이 어렸다. 그리고 흥분의 빛이 어렸다.

이곳에서는 살 확률보다 죽을 확률이 높다. 그렇다면 강호의 정기를 위해, 그리고 보은을 위해 죽는 것도 나쁘지 않잖은가!

"화산은 무당의 세류소선께 은혜를 입었다! 제자들은 화산의 도리를 보여주어라!"

권재후가 우렁차게 외쳤다. 그는 곧 한 자루 검을 벗 삼아 앞으로 달려나가기 시작했다.

그 뒤를 화산의 매화검진이 보호했다.

청명은 하늘을 구경하고 있었다. 언젠가 보았던 하늘이 또다시 눈에 들어왔다. 구름 한 점 없을 듯한 맑은 하늘이었다.

심지어 바람도 불어오지 않았다.

‘아······.’

구름 한 점이 맑은 하늘을 가로질러 흘렀다. 바람 한 점 없는 고요 속에서 구름은 움직이고 있었다.

‘바람이 없는데······.’

청명은 눈을 꿈뻑였다. 맑은 하늘에 새 한 마리가 보였다. 제법 큼지막한 새였다. 그것이 무엇인지 몰라 당황하던 청명은 그것이 학이라는 것을 알아채고는 미소를 지었다.

‘바람이 없는데 구름은 움직이는구나.’

구름이 아니라 마음이 움직이는 것일 터이다.

하늘을 구경하던 청명의 입에서 기침이 튀어나왔다. 기침과 동시에 피도 쏟아졌다.

“쿨럭! 쿨럭!”

그제야 청명은 자신이 어디 있는지 깨달을 수 있었다.

“아······.”

이곳은 생사평. 무당산이 아니었다.

그리고 이곳은 자신을 죽이려는 사람들이 그득한 곳이었다. 살기가 몸을 쿡쿡 찌르는 것을 느끼며 청명은 몸을 일으켰다.

“무, 무량수불.”

청명의 입에서 도호가 나온 적이 있을까? 청명 스스로도 모르는 사이 도호가 튀어나왔다.

주위에 사람으로 만들어진 장벽이 있었다. 자신을 둘러싸고 일 장 정도만이 텅 비었을 뿐, 그 뒤는 사람들로 가득했다.

“주, 죽, 죽어줘요, 세류소선.”

청명을 바라보던 마두가 울 듯한 얼굴로 말했다. 마두는 죽기 싫었다. 죽음을 맞아도 아쉽지 않을 만큼 무엇을 이룩한 것도 아니고, 그렇다고 이름을 날려본 것도 아니다.

사실 백련교에 가입한 것도 만민이 평등한 세상에 온다길래 가입했을 뿐, 이런 피바다를 지나리라고 생각한 적은 없었다.

백련교에 들어 무공을 익히고, 그리고 천하를 오시할 것 같은 자만심에 차 있을 때는 몰랐는데 지금 생각하니 자신은 해둔 것이 없다.

그 마음 하나하나가 청명의 마음에 읽혔다.

'자신이 살기 위해 남을……'

본래 그렇다. 살기 위해서는 한 가지 희생을 필요로 한다.

호랑이가 고라니를 잡아먹는 것처럼, 사마귀가 메뚜기를 잡아먹는 것처럼.

자연의 순리일 뿐이다.

'도(道).'

청명은 생각했다. 마두가 부들부들 떨리는 손으로 청명을 베어왔다. 청명은 당혹스러운 가운데 몸을 날려 마두의 도를 피해냈다.

그리고 청명은 손을 뻗어 검, 운혜를 가리켰다.

'운혜야, 운혜야. 내게로 와주렴.'

울컥!

단전에 쓰라린 아픔이 밀려왔다. 청명은 단전을 내려다보았다. 다 나았다고 생각했던 상처가 다시 벌어져 있었다. 그곳에서 검붉은 피가 흘러나온다.

하지만 지금의 상황에서는 어찌할 수가 없다.

'운혜야.'

흔들—

바람에 흔들리는 듯 운혜가 흔들렸다. 그리고 곧 바르르 떨더니 공중으로 떠올랐다.

검 운혜는 청명의 손으로 스르르 날아왔다. 세류소선의 놀라운 허공섭물에 마두는 심장이 멎는 듯한 충격을 느꼈다.

"주, 죽기 싫어."

그는 울먹이고 있었다. 죽기 싫었다. 그는 어머니가 보고 싶다는 생각을 했다. 예전에 들렀던 기루의 기녀가 낳았다는 자신의 아들 생각도 났다. 그 아들은 어떻게 생겼을까?

마두는 눈물을 흘리며 청명의 앞에 머리를 숙였다.

"살려만 주십시오, 선인!"

청명은 그를 죽일 생각이 없었다. 그는 무서웠을 뿐이다. 사람을 상케 하는 것은 도가 될 수 있어도 도는 사람을 상케 하지 않는다.

"나는 그대를… 헉!"

"큭! 쿨럭!"

청명의 앞에 머리를 숙인 마두의 등에 땅딸보 사내가 귀두도를 꽂아넣었다. 그는 냉혹한 얼굴로 마두의 등을 주시했다. 이대로 있다가는 신선을 죽이기는커녕 모두 그에게 살려달라고 빌게 생겼다.

아니나 다를까. 마두를 따라 엎드리려던 몇몇 무인들이 서늘한 표정을 지으며 병기를 고쳐 쥐었다.

땅딸보 사내가 크게 외쳤다.

"우리가 살기 위해서는 신선을 죽여야 한다!"

청명의 주위에 있던 인간 장벽들이 눈에 살기를 품고 청명을 주시했다. 제아무리 용감한 자라도 신선을 마주하면 공포가 밀려오는 법인데,

땅딸보 사내가 하는 행동을 보니 두려움이 조금은 가신다. 어차피 살려면 신선을 죽여야 하는 것이다.

"주, 죽어!"

마두는 청명에게 도를 날렸다.

청명의 마음속은 검게 타오르고 있었다. 어찌 살고자 하는 작은 희망을 이처럼 무참히 부순단 말인가! 자신이 살기 위해 남을 죽인 땅딸보 사내에 대한 원망이 피어올랐다.

'삶도 도고, 죽음도 도지만……'

청명의 눈에서 눈물이 비어져 올라왔다.

'그러면 안 되는데.'

등을 찔려 바닥에 쓰러진 마두의 시체를 바라보며 청명은 저도 모르게 힝힝대며 울었다.

'살기 위해 남을 죽이는 것. 살기 위해 누군가의 희생을 필요로 하는 것, 살기 위해……'

모두 도(道)다.

생각해 보면 땅딸보 사내는 살고자 발버둥 치는 것뿐이다. 그것을 욕하고 무시할 수는 없었다. 그는 그저 생존 욕구에 충실한 것이었다.

하지만 마음 한구석은 그것을 받아들이지 못했다. 그것은 너무나 슬픈 것이었다.

"흑, 흑."

청명은 검, 운혜를 들어올렸다. 자신이 왜 싸워야 하는지도 모른 채 청명은 전투를 시작하려 하고 있었다.

인간지도(人間之道)!

인간에게 도(道)라는 것이 있을까?

땅딸보 사내가 큼직한 귀두도를 휘둘러 청명의 어깨를 베고자 했다. 청명은 운혜를 움직여 하늘에서 아래로 내려쳤다.

천의 초식이었다.

하지만 천의 초식은 어딘가 달랐다. 마치 원을 그리는 듯한 초식은 예전에 청명이 행한 바가 있는 검술이었다.

태극혜검!

지고한 검법이 청명의 손에서 펼쳐지고 있었다.

'인간에게 도가 있나요, 원시천존님?

어깨를 향하는 도를 겨우 막아내었더니 어딘가에서 기다란 창이 허리를 찍으려 한다.

'살기 위해 남을 죽이는 것은 자연의 법칙이에요. 자연지도를 깨달으면 그것을 알 수 있는데, 왜 제게 인간지도를 배우라고 하셨나요? 왜 인간은 자연의 도에 속하지 않나요?

청명은 울먹이며 창을 베어냈다. 쇠로 된 창이 절단되었다. 하지만 쇠로 된 창을 자르느라 자신을 향해 날아오는 화살을 보지 못했다.

쐐애액—

화살이 공기를 가르는 것이 느껴졌다. 그리고 어깻죽지가 따끔했다.

청명은 울먹이며 어깨를 내려다보았다. 통증이 어깨에서부터 전달되는 것이 느껴졌다.

이를 악문 청명은 부들부들 떨리는 손으로 어깨에 꽂힌 화살을 뽑아들었다.

"크윽!"

통증이 밀려들었다. 또다시 화살이 날아왔다. 청명은 단전에서 피를 쏟으며 화살을 막아내었다.

이쯤 되면 상대를 해할 법도 한데, 청명은 아무도 다치게 하지 않았다.

'성인은 다툼을 하지 않으며 남을 상케 하지 않는 법인데 어찌 이들은 서로를 공격하고 죽이려 할까?'

마두들의 도에는 한 점의 자비심도 없었다.

청명은 문득 운혜 사손의 얼굴이 보고 싶다는 생각을 했다.

"운혜 사손……."

운혜는 미친 듯이 검을 휘둘렀다. 단 한순간도 자신이 순음지체라는 것을 원망하지 않고 넘어간 적이 없었다. 하지만 지금만큼은 순음지체라는 것이 감사했다.

한 번.

단 한 번의 검로에 한 명씩이 희생되었다. 그녀의 검에 베이면 상처가 얼어붙기 시작하고, 화공이 아니면 녹지 않는다. 얼음이 점점 몸으로 번져 나가면 그는 목숨을 잃는다.

사용하는 검법도 오행검이 아니라 칠성검이었다. 철저하게 공격형 초식으로만 일관하려는 것이었다.

운풍자가 그 뒤를 따랐다.

"운혜 사매! 정신 차리거라!"

운풍자는 사조님은 물론이거니와 운혜가 걱정이 되어 마음을 놓을 수가 없었다. 운혜 사매는 마치 살성(殺星)이 된 듯했다. 무엇이 그녀를 이토록 초조하게 몰아가는가!

운풍자는 그것이 사조님이라는 것을 이미 알고 있었다. 그것이 그의 마음을 찢어질 듯 아프게 만들었다.

"사매! 정신 차려! 마음을 추슬러야 한다!"

운혜의 몸이 잠깐 주춤했다. 운풍자가 거듭 외쳤다.

"마음을 가라앉혀! 흥분 상황에서 검을 날리는 것은 네 목숨을 위험하게 만든다! 사조님을 뵙기도 전에 죽을 셈이냐!"

운혜가 마두들 사이로 빠르게 쇄도해 갔다. 운풍자는 운혜가 달려나가기 직전 고개를 끄덕이는 것을 보았다.

상황에 어울리지는 않지만, 운풍자는 바로 지금이 운혜 사매에 대한 자신의 마음을 끊어야 할 때라는 것을 깨달았다. 사조님을 위해 자신의 생명을 도외시할 정도니 운혜의 마음이 얼마나 깊은지 알 수 있었다.

"무량수불."

운풍자는 이를 악물며 운혜의 뒤를 따라 달렸다. 하지만 운혜와의 거리는 조금씩, 조금씩 멀어졌다. 순음지체인 운혜가 살기(殺氣)를 품고 달려가니 앞을 가로막을 사람이 없었다.

그때였다.

콰아아앙―!

어디선가 섬광이 뿜어져 나왔다. 운풍자도, 운혜도, 그리고 주위의 모든 무인들도 움직임을 멈추었다. 수백의 사람들 사이에 있다 보니 자세히 보이지는 않았지만, 운풍자는 그것이 서른 명의 인간 벽력탄 중 하나가 폭발한 것이라 짐작할 수 있었다.

잠시 생사평이 정지했다. 생사평 속에 있는 자들은 그 누구도 움직이지 못했다.

"무량수불……."

섬광이 사라지고 굉음으로 인해 멍해졌던 고막이 원상태로 돌아올 무렵이었다.

다시 한 번 굉음이 울려 퍼졌다.

콰아아앙—!

또다시 섬광이 눈을 찔렀다. 동시에 광풍이 몰아닥쳤다. 운풍자의 머리카락이 바람에 휩쓸려 펄럭였다. 생사평 바닥에 있던 돌멩이는 충격의 여파에 밀려 날아들었다.

“이, 이건……..”

운풍자는 눈을 부릅떴다. 이 정도일 줄은 몰랐다. 야트막한 야산에서 보던 폭발과 실제로 겪는 폭발은 큰 차이가 있었다. 멀리서 볼 때는 그저 시선으로만 느낄 뿐이었지만, 소리와 빛과 촉각, 그리고 모든 감각으로 느끼는 진정한 폭발은 상상외로 위협적이었다.

잠시의 시간이 지날 동안 운풍자는 아무런 행동도 하지 못했다. 폭발의 충격에서 아직 벗어나지 못한 것이다.

“무, 무량수불.”

얼마의 시간이 지났을까?

폭발로 인해 먹먹해진 귀가 다시 들리기 시작했으니 제법 오랜 시간이 지난 것 같다.

운풍자는 생사평이 다시 움직이기 시작하는 것을 느꼈다. 멈추었던 시간이 다시 움직였다.

아직도 생사평에는 폭발에 놀라 정신을 차리지 못한 사람들이 가득했다. 운풍자는 지금이 기회라는 것을 느꼈다.

“운형 사제, 뛰게!”

“알겠습니다, 운풍 사형!”

운풍자와 운형자가 정신없이 앞으로 달려나갔다.

하지만 운풍자와 똑같은 생각을 한 사람들이 있었다. 생사평은 그야말로 아비규환, 살기 위해서는 옆 사람을 죽여야 살아남을 수 있다.

옆 사람을 죽이기에 가장 적합한 시간은 다음 아닌 벽력탄이 터지고 난 직후였다.

운풍자와 운형자를 노리고 수십 개의 검날이 날아들었다.

"무량수불!"

"운풍 사혀엉!"

운형자가 비명을 내질렀다. 운형자는 운형자 나름대로 최선을 다해 검을 놀려보았지만 강호 경험이 부족했기 때문일까? 거의 매 순간 위기에 처하고 있었다.

"흡!"

운풍자가 호흡을 들이켜며 태극검을 펼쳤다. 자신을 베어오는 마두의 도를 마주한 것이 아니었다. 뒤에서 쫓아오는 운형자를 노리는 검을 막아낸 것이었다.

"무량수불! 제자 운형은 속보를 펼쳐 내 뒤를 따르라!"

"뜻을 받드옵니다!"

운형이 적을 공격한다기보다 운풍자의 뒤를 따르기 시작했다. 운풍자가 만들어놓은 길을 뒤따라 걸으며 운풍자의 배후를 보호한다. 운풍자는 최대한 빠른 속도로 운혜에게 다가가고 있었다.

하지만 역시 운혜의 속도에는 미치지 못했다.

"비켜라, 이놈들아! 지금 바쁘단 말이다!"

"운혜야! 운혜야!"

귀에 익은 목소리가 들려왔다. 운풍자의 마음이 조금이나마 편해졌다. 목소리의 주인공은 추걸개와 귀곡자였다.

멀찍이서 추걸개와 귀곡자가 다가오는 것이 보였다.

추걸개는 운풍자를 보고는 방향을 바꾸어 그쪽으로 달려왔다. 귀곡자는 흘끗 운풍자를 일별하고는 운혜를 향해 신형을 날렸다. 그 짧은 와중에도 운풍자의 몸 상태를 훑어보고 지나간 것을 보니 그간 쌓인 정이 작지는 않았나 보다.

"이보게, 운풍자! 다친 곳은!"

추걸개가 정신없이 장을 흔들어 들러붙은 마교도들을 공격했다. 그는 마두들을 밀어내면서도 운풍자에 대한 관심을 놓지 않았다.

"어깨를 살짝 베였을 뿐입니다! 막 노선배께서는 괜찮……."

"나는 괜찮네! 후방에 무당의 장문인께서 와계시니 후방은 걱정 말고 길을 뚫게! 선인이 계신 곳까지 얼마 남지 않았으니, 최대한 빠르게 움직이세!"

추걸개가 고함을 질렀다. 운풍자는 방향을 바꾸어 운혜의 뒤로 향했다. 운혜가 살기를 품고 앞으로 향해 가는 덕택에 그 뒤는 비교적 뚫려 있었다.

오히려 이 길로 가는 것이 그녀를 빨리 따라잡을 수 있으리라.

귀곡자는 이미 그렇게 운혜의 뒤를 쫓고 있었다.

"이쪽으로!"

운풍자가 외쳤다.

'이쪽으로!' 라는 외침은 멀리 뒤쪽까지 똑똑히 들려왔다. 덕택에 현평 진인과 현성 진인, 황우자와 운향자 허진무는 마교도들을 베어나가며 전진하는 운혜와 운풍자를 발견할 수 있었다.

"이쪽이다! 서두르게, 사제!"

"알겠습니다, 장문 사형!"

현평 진인과 사제, 현성 진인의 몸이 빠르게 움직였다. 달려가는 운혜와 운풍자는 물론이거니와 중앙에 계신 사숙님도 위험하다.

그 뒤로 운향자 허진무와 황우자가 따랐다.

한동안 미친 듯이 앞으로 달려나가던 현평 진인은 흘끗 뒤를 돌아보았다. 그리고 뒤쪽에서 다가오는 제자들을 확인했다.

아니나 다를까, 제자들은 생사의 기로에서 헤매고 있었다.

운향자 허진무가 비교적 잘 싸우고 있었지만, 황우자가 문제였다. 실전 경험이 적은 탓인지 그는 정직한 검로만 고집하고 있었다.

"야, 이 자식아! 거기서 태산압정을 펼치면 어떻게 해!"

"이게 가장 적절하단 말입니다!"

"그렇다고 상대가 뻔히 아는 초식을 그렇게… 어이쿠, 조심해라!"

허진무가 손을 뻗어 황우자의 뒷덜미를 쥐고 자신 쪽으로 끌어당겼다. 황우자를 베어가던 도(刀)는 허진무의 팔을 할퀴고 지나갔다.

"사부님! 사부님 괜찮으세요?"

"시끄러워! 정신 똑바로 차려라! 자칫하면 우리 다 죽어!"

현평 진인은 생명이 경각에 달린 운향자 허진무와 황우자를 보고는 다급히 명을 내렸다.

"사제! 자네 제자들을 추스르게!"

한창 앞으로 달려나가던 현성 진인이 급하게 몸을 뒤로 뺐었다. 신형이 뒤쪽으로 사라지는가 싶더니 어느새 그는 운향자와 황우자보다도 뒤에 위치하게 되었다.

"사부! 어디로 가세요!"

현성 진인이 걱정된 운향자 허진무가 황급히 뒤를 바라보았다. 그리고 곧 헛숨을 들이켰다.

"헉!"

고개를 돌리자 자신의 뒤에 바싹 붙어 있는 현성 진인이 보였다. 그는 이를 뿌드득 갈며 운향자와 황우자의 뒷덜미를 쥐었다.

"피투성이 주제에 누구를 걱정하는 거냐!"

"사, 사부!"

현성 진인은 운향자 허진무와 황우자의 뒷덜미를 단단히 틀어쥐고는 목소리를 낮게 깔았다.

"네 이 녀석들! 장문 사형께 고해 꼭 파문시키고 말겠다!"

"사, 사부! 도대체 뭘 하려고!"

"사조님! 뭘 하시는 겁니까!"

허진무와 황우자가 애처롭게 현성 진인을 불러보았지만, 그는 제자들의 말을 무시하고 뒷덜미를 들어올려 앞으로 멀리 던졌다.

앞쪽에서 길을 뚫으며 달려나가던 현평 진인이 공중을 날아오는 두 사제를 바라보았다.

"흐읍!"

현평 진인의 손이 뱅글, 원을 그리더니 운향자 허진무와 황우자의 팔을 잡았다. 그리고 한바탕 신형을 돌리더니 무사히 그들을 착지시켰다.

그리고는 현성 진인보다 배는 무서운 얼굴로 그들을 노려보았다.

"너희들이 감히 장문인의 명을 무시하다니!"

"후일 어떤 벌이라도 달게 받겠습니다, 장문 진인! 하나 사숙의 안위가 염려되어……."

황우자가 새파랗게 질린 얼굴로 죄를 청했다. 죄를 청하고는 있었지만 같은 상황이 또다시 닥친다면 똑같이 행동할 것이 뻔했다.

현평 진인은 아무런 말도 하지 못했다. 제자의 마음이 전해진 탓이다.

'못난 녀석들.'

"지금부터 본 장문인의 곁을 떠나지 말거라!"

"사, 사부님은……."

운향자 허진무가 떨떠름하게 말했다. 현평 진인은 말없이 뒤를 가리키고는 앞을 향해 뛰었다.

허진무가 뒤를 돌아보았을 때는 이미 현성 진인이 가까이까지 다가와 있었다. 마두들의 도, 검, 창은 물론이요, 머리와 어깨까지 밟아가며 막무가내로 앞으로 달려오는 것이다.

"겨, 경공이……."

현성 진인의 경공 실력을 보며 감탄하던 운향자는 장문인의 고함에 놀라 얼른 몸을 돌렸다.

"빨리 따라오지 못하겠느냐!"

"뜻을 받드옵니다!"

운향자와 황우자가 재빨리 현평 진인을 따라 달려나갔다.

운혜는 어느새 청명의 곁에까지 다다를 수 있었다. 마지막으로 어떤 마두의 어깨를 베었을 때, 인간으로 가려져 있던 장막이 뚫리고 사람들 사이에 홀로 서 있는 사조님을 발견할 수 있었다.

"사조님!"

"우, 운혜 사손……."

"사조님! 괜찮으세요?"

청명은 검 운혜를 늘어뜨린 채 운혜를 바라보았다. 화살이 꽂혔던 어깨에서는 피가 흐르고 있었고 허리춤은 무엇에 베였는지 길게 상흔이 보이고 있었다.

그리고 단전에서 끊임없이 피가 흘러나오고 있었다.

“흡!”

운혜가 발을 슬쩍 굴렀다. 그와 동시에 구름을 밟는 듯한 표홀한 신법이 공중을 수놓았다. 먼 거리를 가지는 못하지만 청명 사조님과의 짧은 거리 정도면 자신의 공부로도 충분히 다가갈 수 있었다.

운혜의 뒤를 따라 운풍자가 도착했다.

“운혜야! 사조님! …사조님?”

운풍자는 황급히 운혜와 청명의 곁으로 달려갔다.

“어, 어떤 자가 감히…….”

만신창이가 된 청명을 확인한 운풍자가 이를 악물었다. 검을 쥔 그의 손이 하얗게 질려 바르르 떨렸다. 감히 누가 사조님을 이처럼 핍박했단 말인가!

운풍자의 차가운 눈동자가 사조님을 가로막았던 인의 장벽을 노려보았다.

뒤늦게 도착한 추걸개가 비명을 지르며 청명의 곁으로 달려갔다. 귀곡자 역시 추걸개와 비슷한 순간에 도착했다.

“이런 제기랄! 선인! 괜찮으시오? 선인!”

귀곡자는 청명을 흘끗 바라보고는 운혜에게 달려갔다. 청명을 바라본 그의 눈길에서 아픔과 분노가 묻어났다. 귀곡자는 일단 청명을 추걸개에게 맡기고 운혜를 살폈다.

“운혜 도고! 다친 데는 없소? 다친 데!”

마두들은 공포에 떨었다. 선인은 과연 대단했다. 그 혼자 몸으로 주위를 둘러싼 모든 이들을 상대한 것이다. 더 놀라운 것은, 신선은 절대적인 수세에 몰렸음에도 불구하고 아무도 죽이지 않았다는 점이었다.

고작 삼재검법일 뿐이었지만 삼재검법에 휘말린 병기들은 모두 공중으로 날아가 버리거나 터무니없는 곳을 찌르거나 했다.

그들은 그것이 태극혜검이라는 것을 모르고 있었다.

그런 선인만으로도 두려운데 일행이 넷이나 더 늘었다.

"나, 나는 더 이상 신선을 공격하지 않겠어……."

누구인지 모를 벽력탄에 당하느니, 차라리 신선을 죽이겠다던 땅딸보 사내가 두려움에 떨며 말했다. 이렇게 되면 벽력탄을 피하는 편이 낫겠다.

조금 전까지만 해도 벽력탄에 휘말리면 사망할 확률이 십 할이요, 신선을 공격하면 사망할 확률이 팔 할이라고 생각했던 사내는 신선을 죽이기를 포기하고 차라리 벽력탄을 피하는 것을 선택한 것이다.

운이 좋다면 어디 있는지 모를 벽력탄은 자신의 옆에서 터지지 않을 것이다.

한 명의 마두가 물러날 때 즈음이었다.

"화산의 제자들은 경공을 펼쳐라! 이 근방에 신선이 계신다!"

'화산'이라는 이름을 들은 마두들은 자리를 피해 황급히 신형을 날렸다. 신선과 그 일행에 화산파까지 더하면 방법이 없다. 살려면 한시라도 빨리 몸을 물리는 것이 최선이다.

청명의 주위에 있던 마두들이 속속들이 자리를 비웠다.

청명과 일행을 중심으로 커다란 공터가 생겨났다.

그리고 그 자리로 왁자지껄 사람들이 몰려들기 시작했다.

7장

제6화 인간지도(人間之道)

生사평을 가로지른 화산파 장문인 권재후는 마침내 인간 장벽을 뚫고 청명의 곁에 도착했다. 천만다행으로 그는 한 명의 제자도 잃지 않았다.

여덟 명의 매화검수와 함께 도착한 권재후는 껄껄껄 웃음을 터뜨렸다.

"하핫, 선인! 이처럼 다시 뵈니 반갑기 그지없구려!"

"권 도우."

청명이 권재후를 보며 미소를 지었다. 사실 미소를 지을 만한 기분은 아니었다. 자신이 살기 위해 남을 죽이는 인간의 모습을 본 터라 가슴 한구석이 시렸다. 하지만 짧았던 인연을 다시 만나니 웃음이 난다.

"많이 다치셨구려……."

권재후의 얼굴에서 웃음기가 사라졌다. 청명의 육신을 보자 할 말을 잃은 것이다.

결코 다치지 않으리라 생각했던 신선은 제법 많은 피를 흘리고 있었다.

매화검수들까지 가세하자 이제 제법 복작거리는 분위기가 났다. 주위에 마두들이 없기 때문이었다. 정도무림인들조차 가까이에 보이지 않았다. 모난 놈 옆에 있다가 같이 정 맞는다고, 신선 주위에 있다가 무슨 사단을 만날지 모른다.

화산파 장문인 다음으로 도착한 것은 무당파의 도사들이었다.

장문인 현평 진인과 그 사제, 그리고 그 제자들이 도착했다.

"사숙!"

"장문인이시로군요."

청명이 기운없는 얼굴로 약하게 미소 지으며 현평 진인을 바라보았다. 제법 오랜만에 만나는 듯한 느낌이 들었다. 장문인은 청명을 바라보다 다급히 사제, 현성 진인을 향해 눈짓했다.

현성 진인은 청명에게 머리를 숙여 시립해 보인 다음, 다가와 다짜고짜 맥문을 쥐었다.

의술에 뛰어난 현성 진인이니만큼 우선 청명의 몸 상태를 확인해 보려는 것이었다.

그 뒤로 황우자가 터덜터덜 걸어 운형자를 찾아가 인사를 했다.

"운형 사숙, 용케 살아 있었군요?"

"불만이더냐?"

"네."

운형자가 살아 있다는 것이 마냥 좋았던 황우자가 빙글빙글 웃으며 농담을 날렸다. 운형자는 뭐가 불만인지 약간 못마땅하다는 얼굴이었다.

그럴 법도 했다. 제가 뭐라고 예까지 기어들어 온단 말인가! 자칫하다가는 목숨 버리기 딱 알맞다.

"도대체 넌 왜 온 거야… 방해만 되게."

왜 들어왔는지 짐작이 된다. 아마도 나 때문이겠지. 운형자는 목이 메이는 듯한 기분이 들었다. 자신을 위해 목숨을 바쳐 주는 사람이 있으니 그간 잘못 살진 않았나 보다.

"너 때문에 들어온 모양이니 좋은 소리나 해주어라. 몸은 좀 괜찮으냐?"

황우자를 두둔하며 운향자 허진무가 말했다. 운형자는 머리를 조아렸다.

"예, 사형. 사형도 오셨군요."

"너랑 황우랑 같이 있길래 나도 모르게 뛰어들었다. 장문인 명을 정면에서 어겼어."

"……."

운형자는 고개를 절레절레 저었다. 사형과 사질이 목숨을 도외시하고 들어온 것이 불만스러웠다. 누구 하나 살리겠다고 뛰어드는 용기는 대단하지만 그러다가 목숨을 잃으면 누구를 원망하겠는가 말이다.

잠시의 시간이 지나고 현성 진인이 청명의 맥문을 쥐고 있던 손을 떼었다.

"상처가 크다 하나 고작 피륙의 상처입니다. 특별한 내상은 보이지 않습니다, 사숙. 조금만 치료하시면 곧 쾌차하실 겝니다."

"본래 들고 남은 마음의 문제이니, 육신의 상처는 문제가 되지 않아요."

청명은 천천히 몸을 일으켰다. 당금 마주한 문제는 쉽다고 해결되는 것이 아니다.

아직 마선의 문제가 남아 있는 것이다.

청명은 눈을 감고 마선의 기척을 읽었다.

"모두들 물러나요."

"예?"

화산의 장문인과 현평 진인, 그리고 운풍자와 추걸개가 의아한 듯 청명을 바라보았다. 청명은 서둘러 몸을 일으켜 검, 운혜를 쥐어 들었다.

몸도 성치 않은데 생사대적이라도 만난 듯 서두르는 청명을 보며 의아한 표정을 짓던 운풍자는 곧이어 다가오는 누군가를 보며 신음성을 내뱉었다.

"마선……."

교주는 전각 위에서 청명을 바라보며 안도의 한숨을 내쉬고 있었다. 신선은 살아 있었다. 마선에게 암습을 당하여 큰 손해를 본 듯했지만 목숨이 붙어 있는 것을 보니 과연 명불허전. 신선의 이름이 아깝지 않다.

'그렇다면 기회는 있군.'

교주는 흘끗 시선을 돌려 마선을 바라보았다. 전각에 있으니 아수라장이 한눈에 들어왔다. 전장 속에는 빈 곳이 두 군데 있었는데, 접근하는 모두를 피안개로 만들어 버리는 마선과 제법 많은 사람들이 모여 있는 천선의 주위였다.

그리고 교주는 마선이 청명에게로 걸어가는 것을 발견했다.

"……."

잠깐 동안 교주의 눈이 빛났다.

'기회가 있다면 바로 지금!'

곧 교주의 신형이 전각 위에서 사라졌다.

마선은 과연 청명에게로 걸어가고 있었다. 한 걸음 한 걸음을 뗄 때마다 그의 주위는 넓어지기만 했다. 반경 삼사 장 안에 접근하기만 하면 피안개가 되니 어쩌면 당연한 일일지도 모른다.

아무도 마선의 곁에 가까이 가려 하지 않았다.

"허허허."

마선은 멀찍이 보이는 청명을 바라보며 미소를 지었다. 천명이 누구에게 있을까? 그 질문에 대한 해답은 얻지 못했지만 적어도 한 가지는 확인할 수 있었다.

천선은 제 능력을 온전히 발휘할 수 없다.

저렇게 온건히 서 있지만 사실은 무력한 한 인간일 뿐인 것이다.

"어떻소, 천선?"

이를 앙다물고 마선을 노려보고 있던 청명의 입에서 신음 소리가 튀어나왔다.

"당신은……."

"아직도 나를 이해하지 못하시겠소? 이토록이나 오래 기다렸는데! 생사평의 무림인들이 아직 살아 있는 것을 보시오!"

마선이 열망에 가득 찬 목소리로 말했다. 생사평의 무인들은 언제 죽어도 이상하지 않은 처지였다. 마선에게는 그럴 힘이 있었고 또 그럴 의지를 가지고 있었다.

마선은 생사평에 마도와 정도를 모을 때부터 계획했던 일을 아직 벌이지 않고 있었다.

그의 말에 청명은 잠시 주춤하는 기색이었다.

"당신은… 나는……."

"인간은 모두 인위만을 위해 살아가오!"

마선이 단정 짓듯 말했다. 얼굴에서 인자한 미소가 사라지고 대신 기묘한 열망이 그를 휘감았다.

인간의 도?

만약 그런 것이 있다면, 그것은 서로를 해하고 죽이고 상처 입히는 데 있을 것이었다.

작게 보자면 무림인들을 예로 들 수 있었다. 명예와 권력을 위해 비무를 하고 서로를 상처 입히고 죽인다.

복수를 한답시고 새로운 원한을 낳고, 천하를 쥔답시고 애꿎은 목숨을 밥 먹듯 집어삼킨다.

크게 보자면 하계에 있는 모든 사람이 예가 될 수 있었다.

가장 가까운 가족끼리도 서로 상처 입히고 할퀸다. 끝내 부둥켜안으면서도 마음속 깊은 곳에 잊을 수 없는 한을 남기고 만다.

그것이 인간이다.

"이제 아시겠소?"

마선은 청명의 눈을 똑바로 직시하며 말했다. 동의를 구하는 듯한 눈짓이었다. 그가 깨달은 그만의 도를 청명에게 전하는 것이다.

청명은 마선의 말에 반박하지 못했다.

"이, 인간에게는……."

인간에게 도가 있을까?

마선은 혼란스러워하는 청명의 모습에 만족했다. 아직 자신의 뜻을 이해하지는 못했지만 당장 반박하지 않는 것을 보면 그가 바라본 인간의 모습도 별다를 것이 없나 보다.

마선이 만족한 듯 웃어 보일 때였다.

"피, 피해라!"

"저자들 곁에 가까이 가지 마! 폭발한다!"

비명과 함께 사람들이 썰물처럼 빠져나갔다. 인산인해를 이룬다는 말이 적절했던 생사평에 커다란 대로가 생겼다. 생사평에 폭발이 세 번 있었다는 사실은 이 자리에 있는 자라면 누구나 아는 사실이다. 백의를 입은 사내들의 몸이 폭발하면 반경 수십 장이 아수라장이 되는 것이다.

바로 그 인간 벽력탄들이 한군데 모여 천선과 마선을 향해 걸어오고 있었다.

사내들은 하나같이 무표정했다. 핏기라고는 느껴지지 않는 창백한 피부, 그리고 생기 없는 칙칙한 눈. 결정적으로 그들은 숨을 들이마시지 않았다.

생시폭이라 불리는 강시들을 보던 무인들은 두려움에 떨며 뒤로 물러났다.

스물일곱 구의 시체가 열어놓은 길 뒤에는 교주가 있었다.

흑마 서중희!

강호 일패(一覇)의 주인인 서중희가 차분한 걸음으로 뚜벅뚜벅 걸어와 마선의 앞에 섰다. 그리고 무릎을 꿇고 그에게 머리를 조아렸다.

마선이 인자한 미소를 지으며 서중희를 바라보았다.

“오랜만이로구나.”

“뜻을 이루셨는지요.”

서중희는 부복하여 말했다. 그것을 확인한 마두들의 입에서 한탄이 튀어나왔다.

교주가! 교주가 어찌 이럴 수 있단 말인가!

살아 있는 부처고 미륵이라더니 교주도 자신과 똑같은 사람이었다. 마선이라는 자와 얼마나 많은 이야기가 오갔는지는 모르지만, 한 단체의 수장이라는 자가 자신의 수하들을 모두 팔아넘기다니 용서할 수 없었다.

그러나 교주, 흑마 서중희는 남들의 시선 따위에는 아랑곳 않고 온건히 마선을 바라볼 뿐이었다.

“내 뜻?”

마선이 재미있다는 듯한 얼굴로 서중희를 바라보았다.

그가 마교를 움직일 수 있었던 것은 ‘백련천하’를 만들어주겠다는 약속을 했기 때문이다. 교주는 그 약속을 믿었고, 때문에 마선의 명령을 충실히 따라 무림맹과의 충돌을 주도했다.

백련천하를 위해서가 아니라면 교주가 마선에게 충성을 바칠 이유가 없는 것이다.

그런데 지금 교주의 말을 들어보니, 자신의 뜻이 백련천하에 있지 않다는 것을 잘 아는 듯하다.

마선은 그것이 재미있었다.

“허허헛, 내 뜻을 네가 알더냐?”

교주의 얼굴이 딱딱하게 굳어졌다. 한순간의 실수로 계획이 어그러지게 생겼다. 마음을 잠시라도 다스리지 못하면 필시 마선의 눈에 읽히게 될 것. 일단은 마음을 먼저 다스려야 했다.

"제자의 무례를 용서하소서."

"그리하지."

마선은 순순히 고개를 끄덕였다. 그리고는 또다시 너털웃음을 터뜨리며 청명을 바라보았다.

마치 너 따위는 안중에도 없다는 듯한 무시였다. 교주로서는 그것이 더 반갑기도 했다. 만약 마선이 그에게 관심을 가졌다면 가장 큰 피해를 입는 사람은 바로 그였을 것이다.

"……."

부복했던 몸을 일으킨 교주는 아무 말 없이 마선의 행사를 바라보았다.

마선은 다시 청명을 바라보며 질문했다.

"이제 아시겠소?"

조금 전의 질문과 같았다. 청명은 아무런 말도 하지 못했다.

"그대와 나는 육신을 지니고 있으나 선계에 발을 디딘 몸. 내가 아는 것을 그대가 모를 리 없고 그대가 아는 것을 내가 모를 리 없소이다."

청명은 마선의 말에 수긍할 수 없었다. 그는 고개를 저으며 조그맣게 속삭였다.

"아니에요."

"그대도 인간이 어떻게 살아가는지 잘 알고 있지 않소?"

인간이 어떻게 살아가는지 알 수 있을 것 같다.

인간이 얼마나 잔인한지… 자신의 욕심을 위해서라면, 그리고 일신의 안위를 위해서라면 무엇이든 할 수 있다는 것도 알 수 있을 것 같다.

하지만 원시천존님은 그 속에 도가 있다 했다.

그리고 운혜 사손은 인간 속에 사부가 있고, 사형이 있고, 자신이 있음으로 인간을 사랑하겠다 했다.

자신의 마음도 크게 다르지 않을 터였다.

다름 아닌 운혜 사손이 바로 인간이니까.

"하지만 그대의 길은 틀렸어요. 그대의 말을 이해하지 못하는 것은 아니나 그대는……."

"……."

마선의 얼굴이 비로소 딱딱하게 굳었다. 천선이 무슨 말을 하는지 짐작한 것이다. 인간에 대해 깨달음을 얻었다 생각했거늘, 종전과 똑같은 소리를 하고 있다.

그는 역시 자신을 이해하지 못한 것이다.

"그렇다면 또다시 나와 대적하게 되겠지."

마선은 비웃음을 흘렸다.

"반 각. 반 각 동안만 기다려 주겠소. 반 각이 지나면……."

이제 계획을 실행할 때가 됐다. 오래전부터 품어왔던 고민은 반 각 후에 답을 찾을 것이다.

천명이 누구에게 있는가! 그 대답 여하에 따라 강호가 지워질 것이다.

"그 후엔 생사평에서 숨을 쉬는 자를 발견할 수 없을 것이오."

반 각!

청명에게 남은 시간은 고작 반 각이었다. 반 각 뒤에 어떤 사건이 생길지는 아무도 모를 일이었다.

자신의 몸에 깃든 사기를 흩어내는 것만으로도 정신없이 바쁜 청명에게 반 각의 시간 동안 마선을 막아내야 한다는 부담감이 어렸다.

천선과 마선의 대화를 지켜보던 교주는, 소매 속에 있던 작은 화구를 어루만졌다.

화각련탄과 진천벽력뇌탄의 뇌관은 이미 발동되어 있었다.

마선을 만나러 오기 전에 발동시켜 둔 것이다. 한동안 시간을 재던 교주는 발동 시간까지 세 호흡도 남지 않았다는 것을 알고는 회심의 미소를 지었다.

자신을 가까이 둔 것은 마선의 실수였다.

마선의 간격으로 반 장 이내에 들어왔으니 계획의 절반은 성공한 셈이었다.

'다섯.'

교주는 조용히 수를 헤아렸다. 숫자를 모두 헤아릴 때쯤에는 자신과 더불어 스물일곱 개의 화탄이 동시에 폭발할 것이다. 상승작용을 일으키면 공간 내에서의 살상력이 높아지는 법.

마선은 살아남을 수 없으리라.

교주에게서 아무 기척도 느끼지 못한 듯, 마선은 손자의 재롱을 보는 듯한 얼굴로 느긋하게 웃으며 청명을 바라보았다. 청명의 얼굴은 붉게 달아올라 씩씩대고 있었다.

마선은 결국 인간을 멸하려 하는 것이다.

막아야 하는데… 막아야 하는데 자신에게는 힘이 없다.

'넷.'

교주는 그런 청명을 싸늘한 눈으로 바라보았다. 만약 실패한다면 최후의 보루는 바로 천선. 이자가 과연 해줄 수 있을까.

'셋.'

두 호흡만이 남았다. 아무도 알 수 없을 테지만, 자신만은 느낄 수 있었다. 화각련탄이 진천벽력뇌탄보다 먼저 발동되었다.

소리도 들리지 않고 진동도 느껴지지 않지만 사람의 체온보다 약간 높은 미미한 열기가 화각련탄에서부터 느껴지고 있었다.

'둘.'

그 다음은 진천벽력뇌탄의 차례. 역시 소리도 없고 떨림도 없지만 자그마한 번개에라도 맞은 듯 찌릿한 느낌이 든다.

'하나.'

모든 것이 끝났다.

교주는 이를 드러내어 웃으며 마선을 바라보았다. 자신의 생명을 바치는 행위였지만 드디어 복수가 완성되려 한다.

희열에 가득 찬 얼굴을 한 교주가 속삭이듯 말했다.

"잘 가라, 공진성승."

픽!

잠시 침묵이 흘렀다.

교주의 말소리를 들은 자들은 충격 속에서 아무런 말도 할 수 없었고 교주는 벽력탄이 터지지 않았다는 것에 충격을 받았다.

교주는 당혹스러운 얼굴로 등에 매달린 화각련탄과 가슴께에 어린 진천벽력뇌탄의 기운을 확인했다. 화각련탄에는 여전히 온기가 느껴지고 있었고 진천벽력뇌탄에서는 찌릿한 기운이 느껴졌다.

하지만 폭발은 없었다.

"시, 실패……."

흑마 서중희가 저도 모르게 중얼거렸다. 얼굴 가득 참담한 기운이 어렸다. 그동안 꿈꿔왔던 복수가 실패했다. 실패할 가능성은 언제나 점쳐 두고 있었지만 이런 식으로 실패하리라고는 생각해 본 적이 없었다.

서중희는 마선의 얼굴을 확인했다. 마선은 싸늘한 눈으로 교주를 바라보고 있었다.

"내가 모를 줄 알았더냐?"

"……."

"마음이 숨긴다고 숨겨지는 것이더냐?"

마선은 기운없는 몸짓으로 고개를 저으며 말했다. 서중희는 아무런 말도 하지 못했다.

"화각련탄과 진천벽력뇌탄이라. 그리고 강시 서른 구. 제법 머리를 굴렸더구나. 시귀천문은 언제 끌어들였을꼬."

흰 수염을 쓰다듬으며 마선이 중얼거렸다.

'다 알고 있었나.'

교주의 얼굴에 좌절감이 깃들었다. 손바닥으로 하늘을 가리려 했다는 것은 알고 있었지만, 할 수 있을 줄 알았다. 최후의 보루로 천선을 남겨놓으면서도 사실은 자신의 선에서 모든 것이 끝날 줄 알았다.

한편 교주와 마선을 바라보던 추걸개는 흰 수염을 바르르 떨며 경기를 일으켰다.

"공진성승이라니!"

공진성승!

이십오 년 전, 마교 혈사를 막아낸 소림의 고승이 아니던가! 파천화

련공을 익힌 당대의 마교주와 동귀어진하여 강호를 구해냈다는 일대영
웅!

"공진성승이라니! 있을 수 없어!"

추걸개는 수염을 쥐어뜯었다. 이런 황당한 경우가 어디 있겠는가!
마교주와 동귀어진했다던 소림의 고승이 어떻게 마선이 된단 말인가!

"……."

정체가 드러난 마선, 아니, 공진성승이 차가운 눈으로 추걸개를 바
라보았다. 추걸개 주위에 있는 화산의 도사들이나 무당의 도사들은 말
을 꺼낼 기운도 없는 듯 멍하니 자신을 바라볼 뿐이었다.

"그, 그대가… 그대가… 정말… 정말 공진성승이시오?"

무당의 장문인 현평 진인이 질문했다. 믿을 수 없다는 얼굴이었다.

맹주의 얼굴을 한 마선이 고개를 저었다.

"아니, 나는 공진성승이 아니야."

"그럼 그렇지! 공진성승께서는 이십오 년 전, 바로 이곳 생사평에
서……!"

추걸개가 흥분해 외칠 때였다. 마선이 추걸개의 말을 끊었다.

"하지만 공진성승이기도 하지."

"……!"

마선은 묘하게 씁쓸한 얼굴로 추걸개를 주시했다.

추걸개는 이해하지 못할 마선의 말에 눈을 꿈뻑거리기만 했다. 장내
에 있던 모든 사람들 역시 마찬가지였다. 공진성승은 아닌데, 공진성
승이기도 하다고? 이게 무슨 귀신 씻나락 까먹는 소린가!

단 한 명, 청명만이 마선의 심정을 이해했다.

"부모를 잃었군요."

마선을 바라보던 시선들이 이번엔 모두 청명을 바라보았다. 청명은 마선의 눈을 직시했다. 같은 신선이지만 마선과 자신의 과거는 큰 차이가 있었다.

세속에서 물러나 어린 시절부터 도를 닦은 청명과 세속의 온갖 고난을 뚫고 도를 이룬 마선.

청명은 이제야 마선의 과거를 알아낼 수 있었다.

마선의 옛 이름 중에 하나는 기충현이었다. 그 이름은 행복을 상징하는 이름이기도 했다. 기충현이라고 불릴 적에는 부모님과 어린 누이와 함께 하루하루를 보낼 수 있었으니까. 가난한 소작농이었지만 그는 행복했었다.

행복이 사라진 것은 기충현이 스무 살이 되었을 때였다. 고작 열일곱 살밖에 되지 않은 어린 누이가 간살당했다. 짧은 열망에 누이를 강제로 취한 강호인이 자신의 명예가 더럽혀질까 두려워 누이를 죽인 것이었다. 그는 누이뿐만이 아니라 부모까지 죽였다. 죽은 자는 말이 없는 법이니까.

간살범의 이름은 하후린이었다.

"부모뿐 아니라 누이도 잃었군요."

마선의 과거를 읽어가던 청명이 속삭이듯 중얼거렸다. 새삼 인간에 대한 회의가 인다. 욕망에 미쳐 여인을 취하고 명예에 미쳐 목숨을 빼앗았다.

"……."

마선은 아무런 말도 하지 않았다. 청명의 얼굴이 슬픔으로 물들어갔다.

"아내도… 그리고 아들도 잃었군요."

"그만 하세. 익히 알고 있지 않나."

마선이 중얼거렸다.

기충현은 하후린이라는 자를 찾아 천하를 방랑했다. 그사이 그는 낭인들 사이에서 제법 이름을 날리게 되었고 그럴듯한 별호도 생겼다.

그러던 어느 날, 기충현은 우정을 나눈 벗과 기루에 들르게 되었다. 그곳에서 그는 한 기녀를 만났다. 그녀가 바로 기충현의 아내였고 아들 기현식을 낳아준 어미였다.

그녀는 우정을 나누었다고 생각했던 벗에게 목숨을 잃었다. 그의 아들 역시 마찬가지였다. 이유는 돈이었다고 한다. 그래서 그는 거리낌 없이 친구를 베었다.

청명은 마선에게로 한 발자국 걸어갔다.

"제자를 잃었고."

"그만 하게."

마선은 청명의 시선을 피해 눈을 내리깔았다.

독행강호로 제법 이름을 날리다 어린아이를 주웠다. 그 아이의 자질이 제법 괜찮길래 검을 쥐어줬는데, 세월을 보내다 보니 정이 들어버렸다. 아이는 잃어버린 아들을 추억하게 해주었다. 아이는 열네 살이 되던 해, 지나가던 검사의 옷자락을 밟았다는 이유로 목숨을 잃었다.

청명이 앞으로 한 발자국을 더 떼며 말했다.

"친구를 잃었군요."

제자를 잃고 아무도 믿지 않던 시절, 그는 한 명의 친구를 얻었다. 그 친구는 자신을 늘 믿어주었지만 친구라는 이름을 가졌던 자에게 아내와 아이를 잃었던 기충현은 그를 믿지 않았다. 하지만 어느 순간을 계기로 마음을 열었으며 그를 믿게 되었다.

바로 그날 기충현은 암습을 받았다. 친구는 자신을 구하려다가 죽었다. 암습한 자는 이름 모를 낭인이었는데, '기충현을 꺾었다' 는 명예를 가지고 싶었다고 했다. 기충현은 그를 베었다.

청명이 재차 중얼거렸다.

"그대는……."

"그만 하게!"

마선의 눈이 붉어졌다. 동시에 청명의 몸에 숨어 있던 사기가 짙어졌다. 몇 마디를 중얼거리던 청명은 기침과 동시에 피를 토했다.

"인연을 끊지 못해… 쿨럭!"

"……."

마선은 침착한 눈으로 청명을 바라보았다. 청명은 쿨럭거리면서도 계속 말을 이어나갔다.

"끊지 못해 반선으로 남았군요… 쿨럭, 쿨럭!"

"끊지 못했네."

괴로운 얼굴로 마선이 인정했다. 청명은 손등으로 입가를 닦으며 마선에게 웃어 보였다.

"그대도 마음속에 한줄기 정을 품은 적이, 쿨럭!"

"……."

마선은 청명의 시선을 외면했다.

"있었군요… 공진성승."

"끄으응—"

누구의 입에서 튀어나왔을까? 신음성이 들려왔다. 사실 이곳에 있는 사람들 모두 신음을 내뱉고 싶은 심정이었다. 신선이 마선의 정체를 확인시켜 준 것이다. 아니기를 바랐건만, 마선은 진실로 공진성승이었다.

"진짜… 공진성승이 맞았군."

추걸개가 멍하니 중얼거렸다. 마선은 옛 과거를 추억하는 듯 눈을 지그시 감았다.

강호에는 공진성승이 혜월신승의 진전을 이었다고 알려져 있었다. 헛된 소문이었다. 공진성승이 스님이라는 것 자체가 진실이 아니었으니까. 그는 과거부터 지금까지 불가의 가르침을 받아들인 적이 없었다. 깨달음을 얻어서도 마선이 되었지, 마불(魔佛)이 되지는 않았다.

소림에 들어간 것은 혜월신승의 속명이 하후린이라는 것을 알았기 때문이었다. 공진성승은 복수를 위해 소림에 들어간 것이다. 그리고 그의 제자가 되는 데까지 성공했으며 마침내는 그를 죽였다.

혜월신승은 공진성승이 자신을 죽이는 것을 너무나 당연하게 받아들였다. 자신을 죽일 수 있도록 소림공을 가르쳐 주었으며 자신의 내공을 모두 공진에게 주었다. 물론 공진성승 모르게 한 일이었다. 그는 자신의 업보를 받아들였고 후회했으며 속죄했다. 무엇보다 그는 스스로를 용서했던 것이다.

마침내 공진성승이 복수를 마쳤을 때, 그는 자신이 부모, 누이, 아내, 아들, 제자, 친구뿐만이 아니라 사부까지 잃었음을 깨달았다.

사부를 죽였을 때, 깨달음도 찾아왔다.

명예 때문에 살인멸구당했던 부모님과 누이. 돈 때문에 살해당한 아내와 아들. 어떤 무인의 헛된 자존심에 살해당한 제자. 명리를 쫓는 자에 의해 목숨을 잃은 친구.

모두가 인위로 인해 살해당하지 않았던가!

공진은 모든 걸 잃음으로서 인위와 무위에 대한 깨달음을 얻었다. 그는 그날 반선이 되었다.

역천지계가 발동된 것도 그때부터였다. 그는 당시 일어난 정사대전을 이용하여 공진성승의 이름을 버렸다. 교주와 동귀어진을 한 척 사라져 버린 것이다.

그리고… 새로운 은원을 낳았다.

흑마 서중희.

마교의 순진한 아이였던 서중희의 부모를 죽이고, 형제를 죽이고 친구를 죽였다. 아이가 자랐을 때는 억지로 혼인시켰고, 자식을 낳았을 때까지 기다렸다가 아내와 아이를 죽였다.

자신의 일생에 벌어졌던 비극을 그 아이에게 고스란히 반복한 것이다. 그 아이에게 파천화련공을 가르쳐 교주로 삼았다.

자신에게 복수하리라는 것은 이미 알고 있었다. 자신을 원망하리라는 것도 알고 있었다.

하지만 마선은 서중희가 자신의 일생을 답습함으로써 그 역시 마경에 오르기를 바랐다.

그의 제자로 삼아 새로운 마선을 만들려 했던 것이다.

잠시 눈을 감고 상념에 빠져들었던 마선이 다시 눈을 떴다. 그는 화각련탄과 진천벽력뇌탄의 불발로 낭패감에 젖은 교주를 바라보았다.

'죽일까.'

죽인다면 그것은 그것 나름대로 재미있는 일이 될 것이었다. 하지만 미리 심어둔 씨앗을 미리 뽑아버릴 필요는 없다. 이대로 교주가 조금 더 성장한다면 그 역시 마선이 될 수 있을 것이다.

생각을 정리한 마선이 청명을 바라보며 싱긋, 웃어 보였다.

"일다경 남았네, 천선. 그리고 말일세, 문득 재미있는 것이 떠올랐어."

"……!"

만약 나에게, 그리고 교주에게 벌어졌던 일을 천선에게 반복한다면 어떻게 될까?

그가 가장 사랑하는 사람을 죽이면 어떻게 될까?

마선의 마음을 한발 앞서 읽은 청명의 눈에서 불똥이 피어올랐다. 그런 청명의 분노를 읽은 마선의 얼굴에서는 반대로 미소가 피어올랐다.

"내가 느낀 걸 그대에게도 느끼게 해주면 어떨까?"

"안, 안 돼……."

청명은 고개를 저었다. 그래서는 안 된다. 마선은 자신과 인연이 닿은 모두를 죽이려 하고 있었다. 그것도 자신이 보는 앞에서.

마선이 재미있는 장난감을 발견했다는 듯이 웃어 보였다.

"왜?"

"……."

마선은 한 발자국 떼어 한 발 앞으로 걸었다. 청명은 저도 모르게 한 발자국 뒤로 떼었다. 청명은 마선이 이미 마음을 정했다는 것을 잘 알고 있었다.

"모두… 도망가요."

청명이 속삭이듯 말했다. 너무나 작은 목소리였기에 아무도 듣지 못했다. 그 뒤로 마선의 목소리가 연이어 들려온 탓이기도 했다.

"왜 안 되지?"

마선이 웃어 보였다. 청명은 비명처럼 고함을 질렀다.

"모두 피해!"

스르륵—

마선이 일수를 뻗자 바닥에 널브러져 있던 도(刀), 검(劍), 창(槍)이 공중에 떠올랐다.

생사평에는 시체가 많았다. 정도와 마도가 서로의 생명을 취하기 위해 자신의 생명을 도외시하고 있었으니 죽어나가는 사람이 많은 것은 어쩌면 당연한 일이었다.

시체만 많은 것이 아니었다. 죽은 자들의 병기 역시 바닥에 널브러져 있었다. 무림인 하나가 땅에 누울 때쯤엔 병기도 함께 땅에 떨어진다.

생사평은 사람의 무덤만이 아니라 병기의 무덤이기도 했던 것이다.

그 병기들이 모두 공중에 떠올랐다. 공중에 떠오른 병기들은 하나씩, 하나씩 순서를 지어 도주하는 사람들에게로 날아갔다.

"무, 무량수불! 현성 사제! 제자들을 뒤로 물려어!"

“알겠습니다, 장문인!”

현평 진인의 비명 같은 고함 소리에 현성 진인이 황급히 몸을 날렸다. 사실 몸을 날릴 필요도 없었다.

허진무와 운형자, 황우자는 벌써 정신없이 뒤로 달려가고 있었다.

“우아아아!”

“뛰어, 뛰어!”

가장 먼저 달려가는 것은 황우자였고, 그런 황우자가 걱정되는 듯 조금 뒤에서 운형자가 달렸다. 여차하면 자신이 공중에 뜬 검을 막아 보려는 것이다.

그런 운형자와 비슷한 심정으로 운향자 허진무가 뒤로 몸을 뺐다. 황우자를 운형자가 보호하고 있으니, 그는 운형자를 보호하려 했다.

“빨리 뛰어, 이 멍청한 사제야!”

“최대한 빨리 달리고는 있습니다!”

운형자가 절박하게 외칠 시점이었다.

쎄액—

공중에 뜬 도 하나가 운향자 허진무의 볼을 스치고 지나갔다. 앞으로 달려도 모자랄 판에 허진무는 멍하니 뒤를 돌아보았다.

날을 하늘로 세우고 떠 있던 도, 검, 창들은 이제 날카로운 기세를 주위에 흩뿌리며 바닥과 수평으로 떠 있다. 마치, 날아갈 준비를 하는 것처럼.

“무량수불!”

허진무의 입에서 도호가 터져 나왔다. 신비로운 광경에 절로 입이 벌어졌다.

“빨리 경공을 펼치지 못하겠느냐!”

달리지도 않고 서서 멍하니 구경하는 허진무를 본 현성 진인이 고함
을 지르며 장을 날렸다. 멍하니 도, 검, 창의 비행을 구경하던 허진무
가 비명을 질렀다.

"구궁신행장! 제자를 죽이려 하십니까?"

"빨리 뛰지 않으면 저 칼에 죽는다! 어차피 죽을 거면 사부 손에 가
거라!"

물론 진짜 상해할 목적으로 장을 날린 것은 아니었다. 그저 허진무
의 정신을 차리게 하기 위해서 장을 날린 것에 불과했다.

아니나 다를까, 구궁신행장에 놀란 허진무가 꽁지 빠지게 앞으로 달
려나갔다.

북으로 무당파의 제자들이 경공을 펼치고 있었고, 남쪽으로는 화산
의 도사들이 미친 듯이 달리고 있었다.

동쪽으로는 마교주가 굳은 얼굴로 발을 놀렸다. 천만다행으로 마선
이 자신을 죽이지 않았다. 그렇다면 한 번의 기회가 더 있는 셈, 일단
은 살아남아야 한다.

서쪽으로는 운풍자와 운혜, 추걸개와 귀곡자가 달려가고 있었다.

청명 역시 서쪽으로 줄달음질쳤다.

모두 산개하여 흩어지는 가운데 정중앙에 서 있던 마선만이 미소를
흩뿌리고 있었다.

서쪽으로 달려가던 추걸개가 비명을 질렀다.

"이건 강호의 싸움이 아니야! 빌어먹을, 어지간해야 맞붙어보지!"

"말할 기운 있으면 뛰기나 해, 이 만두야!"

추걸개와 나란히 경공을 펼쳐 달려가던 귀곡자가 거칠게 외쳤다. 그

는 손을 부드럽게 뒤집어 운혜의 등을 밀었다.

"까아악!"

내공을 수습하여 경력을 대부분 해소한 순수한 바람이 운혜의 등에 닿자 운혜의 몸이 멀찍이 퉁겨졌다. 귀곡자는 일단 운혜부터 살리기로 한 것이다.

가장 경공이 약했던 운혜는 귀곡자 덕택에 일행의 선두에 서게 되었다. 달리면서도 운혜는 비명처럼 외쳤다.

"사조님! 사조님은 어디 계세요!"

"뒤쪽에 운풍자가 모시고 있네!"

추걸개가 외쳤다. 운풍자는 청명을 어깨에 들쳐 업고 유운보법을 펼치고 있었다.

운혜는 걸음을 멈추고 운풍자와 보조를 맞추려 했다. 정확히는 운풍자가 업고 있던 사조님과 보조를 맞추려는 것일 게다.

하지만 귀곡자가 그렇게 두지 않았다.

"선인도 선인이지만 자네부터 신경 쓰게, 도고!"

"까아악!"

귀곡자의 장력이 다시 운혜의 등을 후려쳤다. 경력을 해소한다고는 하지만 엄연한 장력. 그것이 아프지 않을 리가 없다.

충격을 받은 운혜가 더 말하지 못하고 멀리 날아갔다. 하지만 귀곡자도 예상하지 못한 일이 벌어졌다. 예상보다 운혜가 너무 멀리 날아간 것이다.

"이, 이런!"

자칫하면 바닥에 떨어질 때에 크게 다치게 될지도 모른다. 귀곡자는 신형을 있는 대로 끌어올려 앞으로 쏘아져 나갔다.

운혜의 신형은 다행히 누군가의 손에 안겨 들었다. 건장한 사내가 운혜를 받아 든 것이다.

"오랜만이구려, 운혜 도고!"

"다, 당 공자?"

운혜를 받아 든 것은 당가의 소가주 당유성이었다. 당유성은 운혜를 받아 들자마자 재빨리 땅에 내려놓았다. 그 옆으로 양태승과 곽여휘가 몸을 드러냈다. 곽여휘는 아무런 말 없이 상황을 주시했다.

"선인, 선인께서는 어디 계시오! 설마 맹주가 마선이었을 줄이야!"

양태승은 곽여휘와는 달리 호들갑스럽게 외치며 선인을 찾고 있었다. 그리고 멀찍이서 무표정한 얼굴의 도사에게 업힌 선인을 발견하고는 비명을 질렀다.

정확히 말하자면, 비명은 사내의 뒤쪽에 곧게 뻗어 있는 도, 검, 창의 군무를 보고 지른 것이었다.

"검이다! 도다! 창이다!"

"뉘신지는 모르지만 그렇게 말할 시간에 뒤로 돌아 뛰시오!"

추걸개가 양태승을 스쳐 지나가며 외쳤다. 백번 생각해도 일리있는 말이었다. 양태승은 주저없이 뒤로 돌아 달리기 시작했다.

운풍자의 어깨에 얹혀 있던 청명은 다급히 고개를 들었다. 뒤쪽에서 느껴지는 마선의 기척이 사라진 것이다. 오로지 도, 검, 창의 날카로운 기세만이 느껴질 뿐, 마선은 더 이상 그곳에 없었다.

마선이 없다면 사기(死氣)가 조금은 가라앉을 터, 아마도 잠시 선기를 사용할 수 있을 것이다.

"우, 운풍 사손! 나를 내려줘요."

"아니 됩니다, 사조님!"

"빨리 내려줘요!"

청명이 고함을 질렀다. 운풍자는 사조님이 뭐라고 하든 내려놓지 않을 심산이었다. 청명이 이를 앙다물더니 외쳤다.

"무당파의 장로 청명 진인이 명령하는 거예요! 나를 내려놓아요!"

"……."

처음이다. 사조님이 장로로서 명령하시는 건.

운풍자는 더 이상 사조님의 명을 무시할 수 없었다.

무당일검 운풍자는 펼치던 경공을 천천히 거두었다. 그리고 마침내 걸음을 멈추었다. 운풍자는 어깨에 업고 있던 청명을 조심스럽게 들어 올린 다음 땅에 내려놓았다.

청명의 몸에 난 상처는 거의 다 나아 있었다. 얼마 전 마선에게 당했던 피륙의 상처가 상상할 수 없는 속도로 나아버린 것처럼 이번의 상처도 빨리 나았다.

아직 마선의 사기를 몰아내지는 못했지만 지금은 이런 것 저런 것을 신경 쓸 상황이 아니었다.

운풍자에게 말할 새도 없이 청명은 손을 앞으로 내뻗었다. 그리고 눈을 꼬옥 감았다.

선기를 이용하는 것이었다.

쐐애애액—

마침내 한 자루 한 자루 날아가던 병기들이 동시에 폭사되었다. 수백 자루의 병기들이 동시에 사방으로 뻗어나가는 것이다.

근처에 있던 마두들의 몸에 병기가 박혔다. 마두들이 단말마의 비명을 질렀다.

빠르게 쇄도하던 병기들은 몇몇 마두들의 몸을 관통하고도 기운이 죽지 않았다.

"흐읍!"

청명은 신음을 내뱉었다. 선기를 이용해 쏘아져 나가는 도, 검, 창을 막으려는 것이다. 하지만 마선의 마기를 막기에는 역부족이었다. 앞으로 곧게 뻗은 팔이 충격을 받은 듯 뒤로 밀려났다.

청명은 이를 앙다물고는 눈을 감았다. 핏! 하고 단전에서 피가 흘러나왔다. 선기의 사용량이 조금 많아지자 도, 검, 창의 군무를 상대할 수 있었다.

병기들이 반경 십 장 정도 쏘아져 나갔을 무렵, 무엇에 걸리기라도 한 듯 병기들이 덜컥 멈추었다.

"큭."

청명의 얼굴이 빨갛게 달아올랐다. 그리고 주루룩 미끄러져 뒤로 밀려났다. 하지만 선기만큼은 효력을 보였는지, 공중에 떠 있던 병기들이 파르르 떨려갔다.

챙그랑―

가장 먼저 도 한 자루가 땅에 떨어졌다. 그것을 선두로 수십 자루의 병기들이 바닥에 맑은 소리를 내며 떨어졌다.

머지않아 공중에 떠 있던 모든 병기가 바닥으로 내려앉았다.

"후우."

운풍 사손의 어깨 위에서 조금이라도 선기를 모으지 못했다면 해내지 못했을 것이다. 청명은 다행이라는 듯 미소를 지었다.

"운풍 사손, 다행이에요."

"몸을 수습하십시오, 사조님. 일행과 합류하겠습니다."

자신을 향해 웃어 보이는 청명에게 운풍자가 말했다.

그때였다. 웃어 보이던 청명의 얼굴이 단박에 굳었다. 운풍자의 표정도 덩달아 심각해졌다.

"사, 사조님? 무슨……."

"마, 마선이……."

사라졌던 마선의 기척이 다시 나타났다. 마선의 기척은 운혜 사손의 앞에서 느껴졌다. 청명은 운혜가 서 있는 곳을 바라보며 중얼거렸다.

"우, 운혜 사손……."

"제, 제기랄."

추걸개가 조그맣게 욕설을 내뱉었다. 귀곡자 역시 마찬가지 심정이었다. 한참을 달려 겨우 도주한 것은 좋은데, 눈앞에 마선이 불쑥 나타났다. 마치 원래 거기 있었던 듯한 모습이었다.

"잘하면 오, 오늘 바, 밥숟갈 놓겠네."

추걸개가 더듬더듬 중얼거렸다.

"그 말을 벌써 네 번째 들어보는구먼. 그 말을 들을 때마다 살아남았으니 어쩌면 또 살아남을지도 모르겠네."

귀곡자가 조그맣게 농담을 주워섬겼다. 농담을 하면서도 시선은 자신의 옆에 서 있는 운혜에게 가 있다. 귀곡자는 한 걸음 앞으로 걸어 운혜를 가렸다.

마선은 그런 그들을 보며 웃음을 지었다. 그는 시선을 돌려 일행 전부를 죽 훑어보았다.

당가의 소가주 당유성이 눈에 보였다. 그 옆으로 당가의 호위무사와 한때 마교의 장로였던 곽여휘, 양태승이 보였다.

그 뒤편에는 추걸개 막현우와 귀곡자가 서 있었다.

마선의 시선이 귀곡자를 보고 빙긋 웃었다.

정확히는 귀곡자의 뒤에 숨어 있는 운혜를 보고 웃은 것이었다.

"어여쁜 도고로군."

인자한 어투로 마선이 중얼거렸다. 귀곡자에게는 그 소리가 청천벽력처럼 들렸다. 마선이 자신의 외손녀를 노리고 있는 것이다. 초조해진 귀곡자는 운혜를 자신의 등 뒤에 바짝 붙이려 했다.

반면에 귀곡자 뒤에 있던 운혜는 차분한 표정이었다. 침착한 얼굴의 운혜가 마선을 주시했다.

"그대는 그대의 사조를 어떻게 생각하나?"

마선이 운혜를 바라보며 물었다. 운혜는 이 공간에 자신과 마선밖에 없는 것 같다는 착각에 사로잡혔다. 멀리 떨어져 있음에도 마선의 시선은 똑똑히 느껴졌다.

예상치 못한 질문을 들었음에도 운혜는 흔들리지 않았다. 잠시 마선의 의도를 헤아리는 듯하던 운혜는 마선의 눈을 바라보며 싱긋 웃고는 혼잣말을 중얼거렸다.

"이 말을 여기서 하게 될 줄은 몰랐는데."

"허헛."

마선은 너털웃음을 터뜨렸다. 저 여도고의 뒷말은 듣지 않아도 알 수 있을 것 같았다. 하지만 마선은 입을 열어 재차 질문을 던졌다.

"그대는 그대의 사조를 어찌 생각하나?"

"이 말을 여기서 하게 될 줄은 몰랐지만, 저는 사조님을……."

운혜는 자신의 마음을 마침내 세상에 알리게 된 것이 기뻤다. 상황에 어울리지는 않지만 운혜는 뿌듯한 마음을 느꼈다.

“사랑해요.”

운혜는 담담히 자신의 마음을 말했다. 숨겨져 있던 마음이 새어 나오자 마음 한구석이 따듯해진다. 마선이 홍소를 터뜨리며 웃었다.

“허허헛! 천생 배필이로군. 제법 잘 어울리는 짝이야.”

마선의 웃음소리가 들려오자 조금 전과는 달리 긴장이 느껴졌다. 운혜는 긴장된 눈으로 마선을 바라보았다.

묻던 질문에 대답을 했으니 마선의 차례다. 이제 그는 어떤 행동을 할까?

“다름 아닌 자네였군. 내가 죽여야 할 사람은.”

“…….”

운혜는 침착한 얼굴로 마선을 바라보았다. 죽음은 두렵다. 하지만 죽음의 앞이라고 해서 자신의 마음을 부정할 생각은 없다.

다만 한 가지가 아쉬웠다. 사조님의 얼굴을 보지 못한 것.

누구라도 좋으니 한 번만. 딱 한 번만 더 보게 해준다면 영혼이라도 줄 수 있을 텐데.

‘바보.’

운혜는 입술을 비죽거렸다. 늘 함께 있었지만 필요할 때에 없으면 무슨 소용이란 말인가! 이제 더 이상 볼 수 없을지도 모르는데 얼굴 한 번 보여주지 않다니.

‘멍청이.’

운혜는 문득 피식 웃었다. 내가 죽으면, 사조님은 울까? 어쩌면 아이처럼 퍼질러 앉아 앙앙거리며 울지도 모른다.

후회는 없다. 순음지체로 태어나 온갖 고초를 겪었어야 할 자신이 사부에게 맡겨져 과분할 정도의 큰 사랑을 받아보았다. 그리고 사랑하게 된 사람에게 자신의 모든 마음을 주기도 했다.

운혜는 청명의 얼굴을 떠올리며 웃었다.

'사랑해요.'

푸욱―

운혜는 가슴에 무언가가 파고드는 것을 느꼈다. 날카로운 뭔가가 폐를 찢고 들어와 가슴 깊숙한 곳까지 진입했다.

아무 통증도 느껴지지 않았다. 그저 따끔한 느낌과 함께 뻐근한 느낌이 들 뿐이었다.

운혜는 더 이상 생각을 이어나가지 못했다.

"안 돼요!"

청명이 비명을 질렀다. 운혜 사손이 다쳤다. 운혜 사손의 심장에 날카로운 도가 박혀 버렸다. 죽을지도 모른다. 어쩌면 죽어버릴지도 모른다. 운혜 사손이 죽는다……

"안 돼!"

운풍자는 의아한 눈으로 청명을 바라보았다. 청명 사조님은 있는 힘을 다해 목청껏 안 된다고 외치고 있었다.

"사조님, 무슨……?"

청명은 막무가내로 운혜 사손이 있는 쪽으로 달려갔다. 단전에서 피가 터져 나오는 것도 느끼지 못한 채, 청명은 운혜의 곁으로 가는 것에 온 마음을 쏟았다.

'안 돼요, 운혜 사손.'

콰당―

달려가던 청명이 뭐에 걸렸는지 콰당, 넘어졌다. 청명은 통증을 느끼지 못한 듯 바로 일어나 비틀거리며 달렸다.

'죽으면 안 돼요, 운혜 사손……'

심장이 쿵쾅쿵쾅 뛰었다. 귀에 이명이 들리고 머릿속이 멍해지는 기분이 든다. 그리고 그와 동시에, 청명의 선기가 사기를 이겨내고 전신을 휘돌았다.

달려가던 청명의 몸이 픽, 꺼지듯 사라졌다.

"만두, 손녀를 부탁한다."

귀곡자가 딱딱하게 굳은 얼굴로 말했다. 그는 이를 뿌드득 갈며 손을 들어올렸다. 내공과 함께였다. 자신이 죽기 전에는 운혜를 상하게 할 수 없다. 비록 상대가 마선일지라도 그것은 마찬가지다. 자신이 잠시 시간을 버는 동안 추걸개가 운혜를 선인에게 데려간다면 어쩌면 살 수 있을 것이다.

귀곡자는 자신의 모든 내공을 끌어올렸다. 생명의 기운인 진원지기 또한 마찬가지였다.

준비를 마친 귀곡자가 마선을 노려보았다.

"……."

마선은 아무런 행동도 하지 않았다. 운혜를 한 번 일별한 후 차갑게 몸을 돌릴 뿐이었다. 그는 몸을 돌린 채로 중얼거렸다.

"시간이 되었구먼, 천선. 이제는 아무도 막을 수 없게 되었네."

마선은 쓸쓸한 미소를 지으며 앞으로 걸어나갔다. 그의 몸이 조금씩, 공중으로 떠올랐다. 마선은 느릿느릿 허공으로 솟아올라 가는가 싶더니 곧 생사평의 하늘로 사라졌다.

"무슨……."

귀곡자는 이해할 수 없는 상황에 당황했다. 마선은 운혜를 죽이지 않고 그냥 하늘로 날아가 버린 것이다. 당황한 탓에 그는 추걸개가 비명을 지르기 전까지 아무 행동도 취하지 못했다.

그래서 그는 바닥에 떨어져 있던 도 한 자루가 저 스스로 떠올라 전광석화 같은 속도로 운혜의 가슴을 찌르는 것을 보지 못했다.

"운, 운혜 도고!"

"……!"

추걸개의 비명에 마선을 주시하던 귀곡자의 눈이 부릅떠졌다. 귀곡자는 황급히 뒤를 돌아보았다.

"헉!"

귀곡자는 헛바람을 들이켰다. 운혜의 심장에 도가 박혀 있다.

추걸개는 운혜를 부축해 놓고 부들부들 떨리는 눈으로 심장에 박힌 도를 바라보았다.

"안 돼, 안 돼!"

추걸개가 고함을 질렀다. 그는 부들부들 떨리는 손으로 운혜의 가슴에 파고든 도를 쥐었다. 하지만 뽑지는 못했다. 뽑았다가는 어떻게 손쓸 시간도 없이 즉사한다.

"큭, 쿨럭……."

운혜가 기운없이 울컥거리며 피를 뱉어냈다. 목구멍에서 자연스레 피가 울컥거리며 뿜어졌다.

잠시 부르르 떨던 운혜의 몸이 천천히 멈추었다. 운혜의 눈동자가 흔들리지 않았다. 가슴이 뛰고 숨을 쉬어야 하는데 그런 기미도 보이지 않았다.

"아니야! 이럴 수는 없어!"

추걸개가 비명을 지를 때였다.

"운혜 사손!"

어디서 나타났던 것일까? 청명이 갑자기 모습을 드러냈다. 청명은 황급히 운혜에게 달려가 추걸개 대신 운혜를 품에 안았다.

그리고 운혜의 가슴을 멍하니 바라보았다. 여린 몸에 흉악한 도가 박혀 있다.

"운혜 사손?"

청명이 고개를 돌려 운혜를 불렀다. 운혜는 여전히 미동도 없었다.

"운혜 사손, 내가 왔어요……."

멍하니 중얼거린 청명이 운혜의 얼굴을 살포시 쓰다듬었다. 끈적한 피가 묻어났다.

"일어나요, 운혜 사손… 일어나요… 일어나요! 운혜 사손! 일어나요!"

목소리가 점점 격해졌다. 청명은 울먹거리며 운혜를 품에 안고 그 얼굴을 더듬었다. 청명의 손이 부들부들 떨렸다. 청명의 눈에서는 눈물이 비어져 나왔다.

"운혜 사손, 흑, 일어나요, 운혜 사손!"

운혜의 몸에서 묻어나는 온기가 청명의 손끝으로 전해졌다. 그리고 그와 동시에 청명의 마음속으로 운혜가 가지고 있던 소중한 마음이 파고들었다.

나는 사조님을 사랑해요.

"나, 나는……."

청명이 울먹거리며 운혜의 얼굴을 바라보았다. 피가 묻어 있었지만 운혜의 얼굴은 여전히 예뻤다. 그저 잠에 빠져든 듯, 얼굴에 옅은 미소까지 지어져 있었다. 그 미소 속에서 청명은 또 다른 마음을 읽을 수 있었다.

나는 사조님을 사랑해요. 사조님은 나를 사랑하나요?

"나는… 운혜 사손을……."
청명은 더듬더듬 중얼거렸다. 여전히 눈을 감고 죽음을 향해 가고 있는 운혜였지만 청명은 그녀가 자신에게 말을 걸고 있다고 느꼈다. 운혜는 온 마음으로 자신에게 말을 걸고 있었다.

나는 사조님께 마음을 주었어요. 사조님은 나에게 마음을 주었나요?

"나는… 운혜 사손을……."
간헐적으로 조금씩 떨리던 운혜의 몸이 멈추었다. 청명은 운혜의 얼굴을 부드럽게 어루만졌다. 그리고 그제야 자신의 마음을 자각했다.
예전부터 존재해 왔던 마음이었지만 그런 마음이 있는 줄 몰랐다. 예전부터 품어왔던 마음이었지만 자신은 그것을 돌아볼 여유를 품지 못했다.
왜 몰랐을까? 이토록 가까운 곳에 자신보다 소중한 사람이 있었는데. 그동안 왜 몰랐을까? 자신은 이미 운혜 사손에게 마음을 주었는데. 왜 몰랐을까…
청명은 마침내 자신의 마음을 똑바로 직시했다. 마음 한구석에서 따듯한 기운이 솟아올랐다.

"사랑… 해요."

청명은 눈을 감았다. 한줄기 눈물이 주루룩 볼로 내려왔다.

드드드드—

땅이 크게 울리며 진동이 일었다.

청명은 무심코 시선을 떼어 하늘을 올려다보았다. 하늘에 마선이 오롯이 떠 준엄하게 외치는 것이 보였다.

"한낱 명리를 쫓아 산 것을 죽이는 인위를 보다 못해 하늘이 벌을 내린다! 가진 것을 더 많게 하려 하는 그대들에게 하늘이 벌을 내린다! 자신의 힘을 믿고 다른 이를 상하게 한 그대들에게 하늘이 벌을 내린다! 그대들은 지금부터 하늘의 벌을 받으라!"

청명은 멍하니 그 모습을 보다가 다시 시선을 내려 운혜 사손의 얼굴을 바라보았다.

자신의 마음을 인정한 청명에게 한줄기 깨달음이 찾아왔다.

'인간지도.'

운혜 사손의 얼굴을 바라보며 청명은 송아지처럼 눈을 꿈뻑거렸다.

평범한 사람은 자신을 남에게 투영한다. 나를 나누어 상대에게 주고 상대가 건네준 마음을 자신의 마음속에 받아들여 간직한다.

나는 바람이 될 수 있지만 바람은 내가 될 수 없는 이유가 바로 그것이다. 나는 바람에 나를 투영할 수 있지만 바람은 내게 스스로를 투영하지 못한다.

'그랬구나……'

청명은 깨달음의 한가운데에서 멍하니 입을 벌렸다.

때때로 인간은 돈이나 물질에 자신을 투영하기도 한다. 그것은 도(道)

가 아니다. 때때로 인간은 원망이나 증오, 살의라는 이름으로 자신을 남에게 투영하기도 한다. 이것 역시 도가 아니다.

하지만 인간은 가장 숭고한 형태로 자신을 남에게 투영하기도 한다.

정(情).

'현무 사질은 운혜 사손을 위해 팔을 잘랐었지.'

청명이 생각했다.

현무 사질은 운혜 사손에게 양기를 불어넣어 주려 양팔을 버렸고, 내공이 모자라자 자신의 생명까지 깎아 운혜에게 부어 넣었다.

현무 사질은 왜 그랬을까?

'삼득 도우는 아들 대신 목숨을 바쳤어.'

성삼득은 아들에게 날아오는 검을 대신 막아섰다. 다행히 등을 베였을 뿐이지만 분명히 그는 자신의 목숨을 버리려 했었다.

'설 도우는 경 도우에게 목소리를 주었고.'

설수진은 자신의 목숨을 구할 약을 경추추에게 주었다. 그 결과로 그녀는 다시는 말을 할 수 없는 몸이 되었다.

그녀는 혹시 후회하고 있을까?

'소연 도우는 엄마를 위해 맹물을 떠왔지.'

그것이 맹물이 아니라는 것을 이제야 알 수 있을 것 같다. 그것은 진짜 소원의 샘물이었고 어머니를 살릴 영약이었다.

'호은 태사손은 호진 태사손에게 눈을 주었고.'

호은은 동생을 살리려다 자신의 눈을 잃었다. 호은은 눈이 보이지 않음을 한탄하고 있을까?

'그리고 나는……'

청명은 다시 시선을 내려 운혜를 바라보았다. 인간이 남에게 자신을

투영하는 방법 가운데 가장 숭고한 것이 사랑이고 정이다. 이제야 그
것을 알 것 같다.
　바로 그것이 극선(極善)이며 인간지도(人間之道)다.
　'나는…….'
　청명은 눈을 감았다.

　"소중한 사람에게는 가장 아끼는 것도 주는 법이래요."

　청명은 운혜 사손이 가르쳐 준 말을 기억해 내고는 빙긋 미소를 지
었다.
　"나는 나를 줄게요, 운혜."

7장

제7화 우화등선(羽化登仙)

생사평은 그야말로 난장판이었다. 무림맹과 마교의
혈투 때문이 아니었다. 그랬다면 인간의 힘으로 끝을 낼 수 있었으리
라. 무공과 무공의 대결이고 육신과 육신의 부딪침이라면 어느 쪽이
승리하든 결판이 날 테니까.

　하지만 지금은 인간의 힘으로 끝낼 수 없는 일들이 벌어지고 있었
다. 하늘에 떠오른 마선이란 자는 천벌을 논하며 땅에 지진을 불러일
으키고 있었고, 도망을 가려 해도 땅이 자신을 부여잡는 듯 다리가 떨
어지지 않았다.

　생사평의 고수들은 죽음을 기다리기 시작했다.

　그중에는 땅이 떨리든, 하늘이 뒤집히든 관심없는 사람들도 있었다.
추걸개와 귀곡자, 청명이 바로 그 사람들이었다. 땅이 미친 듯이 흔들

리고 있건만 그들은 조금도 신경 쓰지 않고 있었다.

"헤헷."

청명은 벙긋벙긋 웃으며 운혜의 얼굴을 내려다보았다. 운혜가 새삼 예뻐 보였기 때문이었다. 이제 자신의 마음을 인정하기로 했으니 거리낄 것이 없다.

"시, 신선, 지금 웃고 계신 게요?"

귀곡자는 신선을 죽이고 싶다는 생각을 했다. 눈에 넣어도 아프지 않을 외손녀가 죽었는데 그 앞에서 헤헷거리며 웃고 있다니 이런 상종하지 못할 경우가 또 어디 있겠는가!

곧 귀곡자를 충격 속으로 몰아넣은 두 번째 사건이 벌어졌다. 청명이 운혜의 가슴에 박힌 도를 거침없이 뽑아버린 것이다.

마침내 참지 못한 귀곡자가 청명을 욕하며 쌍장을 높이 쳐들었다.

"어디서 이런 무례한 짓을……!"

귀곡자의 목소리는 청명에게는 들리지도 않았다. 청명은 운혜의 가슴에 박힌 도를 뽑아 바닥에 버리고는 천천히 그 얼굴을 어루만졌다. 그리고 애정이 담긴 목소리로 속삭였다.

"이제 일어나요."

"무례한… 짓을… 하……."

귀곡자는 더 이상 말을 잇지 못했다. '일어나' 라니, 설마 운혜가 살아 있기라도 한 것인가?

청명은 부드러운 미소를 지으며 운혜를 바라보았다. 귀곡자는 그때서야 운혜의 가슴이 아물어가고 있음을 발견했다.

"운혜는 잠꾸러기예요. 얼른 일어나요, 운혜."

"으, 으음……."

죽었던 운혜가 마치 잠에서 깨어나는 것처럼 신음을 내뱉었다. 귀곡자의 얼굴이 멍하니 변해갔다. 손녀딸이 살아났다는 기쁨과 믿을 수 없다는 감정이 동시에 일어난 것이다.

청명은 재차 운혜를 깨웠다.

"나는 운혜에게 해주고 싶은 말이 있어요. 그러니까 얼른 일어나요."

"으, 으음……."

운혜는 몇 번이나 더 몸을 뒤척였다. 청명이 한 번 더 운혜의 몸을 흔들 무렵이었다.

"으음……."

"일어났군요, 운혜."

운혜가 천천히 눈을 떴다. 그리고는 멍하니 눈앞을 바라보았다. 자신을 안고 있는 사람을 확인한 것이다.

자신을 안고 있는 사조님은 세상에서 가장 따듯한 미소를 짓고 있었으며, 동시에 누구보다도 애정 어린 시선으로 자신을 바라보고 있었다.

운혜가 멍하니 중얼거렸다.

"사조님?"

"헤헷."

청명은 운혜의 얼굴을 보고는 속절없이 웃었다. 그리고는 운혜의 볼을 쿡 찔러보았다. 부드러운 살결에 손가락이 파고들었다가 다시 빠져나온다.

"나는요, 운혜에게 해주고 싶은 말이 있어요."

운혜는 뭐가 뭔지 모르겠다는 얼굴로 청명을 바라보았다. 실제로 뭐가 뭔지 모르고 있기도 했다.

가슴에 칼이 박혀 죽었는 줄 알았더니 다시 살아났고 신선이라 사랑을 모르는 줄 알았던 사조님이 애정을 품고 자신을 바라보고 계신다.

"무, 무슨 말인데요?"

하지만 상황을 알아보고 싶은 마음보다 사조님이 해주실 말이 더 궁금했다. 갑자기 가슴이 설레기도 하고 부끄럽기도 해 운혜는 청명의 시선을 피했다.

청명 사조님은 부드러운 미소를 짓고 자신을 바라볼 뿐 얼른 입을 열지 않으셨다. 그 시선에 운혜의 얼굴이 더욱 붉어졌다.

얼마 기다리지 않아 청명이 입을 열었다.

"나는 운혜를 사랑해요."

화악—

하얀 종이에 염료가 번지듯 운혜의 얼굴이 발갛게 물들었다. 그토록 기대해 왔던 말이기도 하고 그토록 듣고 싶은 말이기도 했다.

운혜는 문득 사조님이 자신을 '운혜' 라고만 했다는 것을 깨달았다. 예전에는 '운혜 사손' 이라고 불렀는데 지금은 '사손' 이라는 말이 어디론가 사라져 있다.

청명은 운혜의 대답을 기다리는 듯 그윽한 얼굴로 운혜의 얼굴을 바라보았다. 운혜는 자신도 무엇인가를 말해야 된다는 생각을 했지만 부끄러워 입을 떼지 못했다.

잠시 뒤, 운혜가 웅얼거리듯 말했다.

"…도요."

청명은 그 대답을 듣지 못했다. 전음도 듣는 귀를 가졌는데도 불구하고 듣지 못한 것을 보면 운혜가 얼마나 작게 웅얼거렸는지 알 수 있다.

“뭐라고 했나요, 운혜?”

“나… 도요.”

운혜가 얼굴을 붉히며 고개를 숙였다.

“알아요.”

청명은 부드러운 미소를 지으며 운혜를 천천히 땅에 내려놓았다. 세상에서 가장 소중한 것을 내려놓는 듯 조심스러웠다. 운혜는 땅이 흔들리고 있었다는 걸 그제야 알아채고는 깜짝 놀랐다.

“꺄아악!”

운혜가 청명의 품으로 파고들었다. 청명은 그런 운혜의 머리를 두어 번 쓰다듬어 주었다.

“걱정하지 말아요. 다 잘될 거예요.”

“아.”

운혜는 멍하니 청명을 바라보았다. 마선에게 당한 사조님이 얼마나 크게 다쳤는지 알고 있었기 때문이다. 청명은 안심하라는 듯 웃어 보이고는 마지막으로 운혜의 머리를 쓰다듬었다.

“그럼, 다녀올게요.”

“네?”

운혜는 청명의 말을 이해하지 못했다. 하지만 무슨 말인지 물어보기도 전에 사조님은 손을 놓고는 두세 걸음 뒷걸음질치셨다.

그리고 둥실, 하늘로 떠올랐다.

*   *   *

마선은 차가운 얼굴로 땅을 내려다보았다. 지진은 조금씩 더 심해지고 있었다. 이제 곧 밭을 갈아엎듯 땅이 뒤집힐 것이고, 땅 위에 있는 사람들은 땅 밑으로 자취를 감출 것이다.

"……."

마선은 자신들이 죽음을 맞게 될 거라는 것도 모른 채 공포에 질려 있는 사람들을 보며 한숨을 내쉬었다.

"허어."

이제 역천지계가 끝난다. 강호무림이 사라지고 그 위에 무위로 가득 찬 신세계가 열릴 것이다. 생사평의 고수들은 그 세계를 위한 밑거름 이 될 것이다.

그때였다.

"그만둬요."

"음?"

들릴 리 없으리라 생각했던 목소리가 들려왔다. 마선은 당황하여 뒤 를 돌아보았다. 공중에서 스르르 마선의 몸이 회전했다.

뒤에는 천선이 자신과 마찬가지로 둥실 떠 있었다.

마선은 그를 바라보며 미간을 찌푸렸다. 그리고는 슬쩍 손을 휘저어 예전 그의 몸에 심어두었던 사기를 불러일으켰다. 하지만 청명의 얼굴 표정에는 아무런 변화도 없었다.

"음?"

마선은 그제야 청명의 몸에서 사기가 사라졌음을 깨달았다.

"회복… 했소?"

청명은 고개를 두어 번 끄덕였다.

"네. 나는 그대의 사기를 몰아내었어요."

"허허헛!"

마선은 너털웃음을 터뜨렸다. 차분해 보이는 청명의 눈 때문이었다. 그 눈에는 흔들림이 없었다. 인간에 대해 몰라 허둥대던 눈이 차분하게 가라앉아 있다.

"깨달음이 있었나 보구려?"

마선은 그렇게 중얼거리며 손바닥을 하늘로 향하여 폈다. 그리고 슬쩍 손을 뒤집었다.

청명이 땅을 내려다보니, 드드드 울리던 땅이 솟구쳐 오르는 것이 보였다. 아련하게 들려오는 비명 소리와 함께였다.

땅은 어지간한 동산보다도 높이 솟아올랐다.

"그러지 말아요."

청명은 마선과 반대로 손바닥을 땅으로 향했다. 그리고 꾸욱 누르는 시늉을 해 보였다.

솟구쳐 오르던 땅이 거세게 흔들렸다. 마치 발악하듯 하늘로 솟구쳐 오르려던 땅이 천천히 가라앉았다.

지진을 가라앉힌 청명이 엄준한 얼굴로 마선을 노려보았다.

"나는 자연지도(自然之道)를 깨달아 천하 만물에게 정을 품으며 인간지도(人間之道)를 깨달아 인간에게 정을 품는 자."

"허, 허헛……."

하계와 선계가 열린 이후로 인간지도를 깨달았다 말한 자가 있었던가! 인중선, 적덕선이 되고자 한 이는 많았지만 진정한 인중선은 난 적이 없고 참된 적덕선은 본 적이 없다.

마선은 비웃듯이 중얼거렸다.

"그대가 적덕선이라고?"

"나는 인간을 해하려는 그대의 손속을 용납하지 않겠어요."

청명은 마선의 말을 무시한 채 중얼거렸다. 동문서답인 것처럼 보였지만 사실은 자신이 인중선이라고 수긍한 것이나 다름없다.

마선은 너털웃음을 터뜨렸다.

"허허헛! 허헛! 허허헛!"

웃음은 조금씩 커져 광소로 변했다.

"으하하하하핫!"

한동안 마선은 크게 웃기만 했다.

잠시 뒤, 그는 웃음을 거두고 재미있다는 얼굴로 청명을 바라보았다. 그리고 차분한 얼굴로 중얼거렸다.

"그렇다면 그대의 도(道)를 보여주시오."

*　　　*　　　*

추걸개는 바닥에 털푸덕 주저앉았다. 주저앉아 한숨을 푸욱 내쉬더니 급기야는 벌렁 드러눕기까지 했다.

"강호행도 이제 끝났구만."

편안히 누운 추걸개는 하늘에서 번쩍번쩍거리는 섬광이 일어나는 것을 구경했다. 추걸개 옆에 서 있던 귀곡자가 어처구니없다는 듯한 얼굴로 추걸개를 바라보았다.

"너는 긴장도 되지 않느냐?"

늙은 거지는 태평한 얼굴로 중얼거렸다.

"왜 긴장해야 되나?"

"지금 몰라서 묻느냐! 하늘에서 천선과 마선이 다투고 있지 않느냐! 마선이 만약 승리하기라도 하면……!"

“그럼 죽는 거지.”

천하에서 가장 태평한 자세로 누운 추걸개가 새끼손가락으로 귓구멍을 쑤셨다. 그리고는 손가락을 꺼내어 후우 분다.

“천선이 이기면 우린 사는 거고. 그가 이기지 못하면 우리 중에 마선을 대적할 자는 아무도 없어. 그러니 마음 편히 먹게.”

귀곡자가 떨떠름한 목소리로 반박했다.

“그거야 그렇지만… 하지만…….”

추걸개가 은근한 목소리로 귀곡자를 비웃었다.

“자네, 알고 보니 속이 참 좁구먼?”

“…….”

귀곡자는 뭔가가 평소와 다르게 흘러간다는 것을 깨달았다. 평소에는 자신이 추걸개를 타박했는데 이번엔 거꾸로 자신이 타박을 듣고 있다.

하지만 생각해 보니 추걸개의 말에도 일리가 있다.

“네 말도 맞구나, 만두. 이제 강호행도 끝났으니 천선이 승리하기만 바라야겠구먼.”

귀곡자가 씁쓸히 중얼거렸다. 하지만 아무리 그래도 저렇게 품위없이 아무 데나 앉고 싶지는 않다.

“뭐 해요, 귀곡자 노선배? 이쪽에 앉아요.”

운혜는 어느새 추걸개 옆에 털푸덕 앉아 있었다. 그녀는 편안한 미소를 지으며 귀곡자를 바라보았다.

“음?”

곧 귀곡자의 생각이 바뀌었다. 생각해 보면 저렇게 품위없이 아무 데나 앉는 것도 제법 운치가 있다. 그는 미소를 지으며 운혜에게로 걸어졌다.

“운혜 도고가 앉으라면 앉아야지.”

“자꾸 도고라고 할 거예요?”

운혜가 반문했다. 귀곡자의 얼굴이 딱딱하게 굳었다. ‘자꾸 도고라고 할 거예요?’ 라니. 혹시 운혜는 자신의 정체를 알고 있는 건가?

“그, 그게 무슨 소린가?”

떨리는 목소리로 질문하는 귀곡자를 바라보며 운혜가 푸웁 웃었다.

“제 외할아버지라면서요.”

“흠! 흠!”

갑자기 추걸개가 헛기침을 마구 해대며 몸을 뒤집었다. 귀곡자는 어찌 된 상황인지 짐작하고는 추걸개를 잡아먹을 듯 노려보기 시작했다.

“자네가 말했나?”

추걸개는 더욱 거세게 헛기침을 내뱉었다. 무언의 긍정이었다.

“흠! 흠!”

“자네를 믿느니 지나가는 개를 믿고 말지.”

추걸개는 귓가로 들려오는 전음을 애써 무시했다.

귀곡자는 초조한 기분을 느끼며 운혜를 바라보았다. 운혜의 얼굴은 평안해 보였지만, 저 속 어딘가에 자신에 대한 원망이 숨어 있을지도 모른다. 예전 호북성 평촌에서 서로 살기를 드러내며 싸운 적도 있잖은가!

하지만 운혜는 그럴 마음이 조금도 없었다. 그녀는 편안히 앉아 하늘을 주시할 뿐이었다.

귀곡자 노선배라고 부르던 예전과 조금도 다르지 않은 모습이었다.

“……”

운혜는 더 이상 자신을 바라보지 않았지만, 귀곡자의 마음은 조금이나마 편안해졌다. 그녀는 그냥 사실을 인정한 것뿐이다. 그 과정에서 원망이 있었는지, 없었는지는 모르겠지만 적어도 지금은 그런 것이 없다.

"허헛……."

귀곡자는 모처럼 마음 편히 웃을 수 있었다.

*　　　*　　　*

"나의 도는 인간에게 있으니 그대는 인간을 다시 돌아보아야 할 거예요."

청명이 중얼거렸다. 마선은 청명을 바라보며 얼굴을 굳혔다. 청명의 선기는 아예 느껴지지 않았다. 예전에는 선계에 갓 오른 신선답게 선기를 줄기줄기 흘리고 다녔는데 지금은 그런 것도 없다.

"그대는 정말 인간지도를 깨달았을지도 모르겠구려!"

"나는 정말로 깨달았어요."

청명이 답했다. 무심한 듯하면서도 따듯한 목소리였다.

마선은 손을 흔들었다. 그와 동시에, 사기(死氣)를 품은 거센 바람이 불어왔다. 바람은 거세기도 했거니와 칼날 같기도 했다. 만약 바람에 스치기라도 한다면 전신이 걸레 조각이 되고 말 것이다.

청명은 눈을 감고 바람을 마주했다. 머리카락과 옷자락이 거세게 흔들렸다.

바람의 힘은 청명에게 아무 지장도 주지 못했다. 청명은 자신의 육신을 보호하기 위해 사기만을 막았을 뿐, 바람에 맞서지는 않았다. 그는 눈을 감고 바람에 몸을 맡겼다.

핏—

가슴팍을 지나간 칼날 같은 바람이 도복을 찢어놓았다. 하지만 청명의 피부는 조금의 상처도 없이 멀쩡했다.

마선의 얼굴이 굳어졌다. 만약 다른 수를 써 바람을 막았다면 이처럼 놀라지는 않았을 것이다. 하지만 신선은 바람을 부드럽게 받아들였다. 역행이 아니라 순행하고 있었다.

"허허헛!"

어쩌면 자신이 밀릴 수도 있겠다. 천명이 누구에게 있는가를 가리려면 그 역시 최선을 다해야 할 것이다.

그때 마선의 머릿속에 재미있는 생각이 떠올랐다.

마선은 시선을 내려 땅을 바라보았다. 땅에는 아직 스물일곱 구의 생시폭이 있었다.

저것을 통해 생사평의 고수들을 공격한다면, 과연 그때에도 신선이 이렇듯 마음을 집중할 수 있을까?

"바람을 순행하시는 것을 보니 그 도가 높구려."

마선은 껄껄 웃고는 하늘을 흘끗 올려다보았다. 맑았던 하늘에 먹구름이 몰아치기 시작했다. 빠르게 몰려드는 먹구름은 믿을 수 없을 정도로 신기했다.

먹구름이 몰려드는 것을 지켜본 마선이 청명에게 질문했다.

"그래, 그대가 깨달은 인간지도가 무엇이오?"

"인간은 다른 이에게 자신을 투영한다는 것."

어느새 하늘에 가득 찬 먹구름에서 비가 내리기 시작했다. 쏴아아 쏟아지는 비가 아니라 보슬보슬 내리는 소나기였다.

하지만 빗방울 하나라도 맞았다가는 생명을 부지하지 못하리라. 빗방울 하나하나에는 감당하지 못할 사기가 숨어 있었는데 보통 인간이 맞았다가는 그 즉시 숨이 끊기게 된다.

마선은 내리는 비를 바라보며 중얼거렸다.

"그쯤은 나도 알고 있소. 그게 바로 인위지. 인간은 다른 이에게 자신을 투영하면서 자신을 섬기기 바라고 자신을 위해주길 바란다오. 즉, 욕망으로서 자신을 투영하는 것이오."

"그럴 때도 있지요."

청명도 내리는 비를 바라보았다. 내리는 비에는 감당 못할 사기가 들어 있었지만, 빗방울이 청명과 마선이 있는 허공을 지나 땅으로 내려올 때 즈음에는 사기가 사라지고 생기가 깃들어 있었다.

"그대의 말이 맞아요. 그것은 도가 아니에요. 인위지요."

청명은 마선의 말에 공감했다.

마선은 청명과의 대화가 길어진다는 것에 만족했다. 그는 뒷짐을 지듯 손을 뒤로 가져갔다. 곧 그의 마음이 땅에 흘러들었다.

청명이 거듭 중얼거렸다.

"하지만 그 속에 인간지도가 있답니다."

"그렇소이까?"

마선은 땅에 떨어진 빗방울을 바라보았다. 아니, 그 빗방울에 어린 생기를 바라보고 있었다. 자신의 사기는 생기에 묻혀 사라져 갔다. 마치 그것이 당연한 결과라는 듯 사기는 고요히 생기로 뒤바뀔 뿐이었다.

"으음."

천선이 깨달음을 얻었으니 어쩌면 자신이 감당할 수 없을지도 모른다.

마선은 생사평을 주욱 훑어보았다. 스물일곱 구의 생시폭이 부르르 떠는 것이 보인다.

마선은 사이한 웃음을 짓고는 청명의 시선을 떼어놓으려는 듯 하늘을 바라보았다.

이번에는 먹구름에서 번개가 내리쳤다.

콰콰쾅!

마선이 불러낸 번개는 정확히 청명의 머리 위로 내리 꽂혔다.

"인간에게도 도(道)가 있으니, 그것은 선계에도 없는 도예요."

번개는 청명을 지나지 못했다. 청명은 번개를 흡수하는 듯 온전히 번개를 맞고 있을 뿐이었다. 하지만 조금의 충격도 받지 않은 듯 입을 열어 말을 계속하고 있었다.

마선이 질문했다.

"그 도(道)가 무엇이오?"

"그것은… 음?"

청명이 무어라 대답하려 입을 열려 했다. 하지만 무언가 불길한 기척이 느껴졌다. 청명은 무심코 시선을 내려 땅을 확인했다.

땅에는 스물일곱 구의 시체가 걸어다니고 있었다. 그들의 몸은 부글부글 끓고 있었는데 마치 폭발하기 일보 직전인 듯 보였다.

"그대가… 결국……!"

시선을 돌려 마선을 바라본 청명이 분노한 얼굴로 중얼거렸다. 마선이 여유롭게 웃었다.

"내 힘으로 그대를 제압하기가 쉽지 않더구려. 그래서 따로 손을 써 두었소. 본래 내 목적이 생사평에 있는 무림인들을 말살하는 것이니."

"……"

청명은 그에게서 시선을 떼었다. 그는 마지막까지 자신의 도를 실행하려 하고 있었다. 청명은 손을 땅으로 뻗었다. 생사평에 있는 스물일곱 구의 시신이 공중으로 떠올랐다.

"흐읍!"

하지만 손을 끝까지 뻗을 수가 없었다. 마선이 칼날 같은 바람을 다시 불러낸 것이다. 그의 마음속에 숨겨진 사기가 또다시 바람과 함께 흘러왔다.

공중으로 떠오르던 스물일곱 구의 시신이 덜컥, 멈추었다.

"이이잇……!"

청명은 이를 앙다물었다.

만약 자신에게 육신이 없었다면 아무 문제 없었을 것이다. 죽을 육신이 없으면, 사기를 품은 바람은 아무런 영향도 주지 못한다. 사기는 살아 있는 것을 죽이는 힘일 뿐, 그 영(靈)을 죽이는 기운은 아니었으니까.

하지만 자신은 육신을 가지고 있었다.

"큭!"

청명은 칼날 같은 바람을 스쳐 보냈다. 하지만 그 속에 담긴 사기는 막아내어야 했다. 그리고 그와 동시에 공중에 떠오른 스물일곱 구의 시체를 수습해야 했다.

"그대가 신선이라 하나 나 역시 신선. 그대는 지금처럼 여유를 부리지 못할 것이오."

마선이 차가운 어조로 말하고는 바람 속에 사기를 더욱 짙게 실었다. 청명의 팔이 부르르 떨렸다. 그것을 확인한 마선이 미소를 지으며 하늘을 올려다보았다.

먹구름 가득한 하늘에서 내리던 비가 조금씩 멎는가 싶더니, 이내 한 알갱이의 우박이 떨어졌다. 우박은 조금씩 늘어났다.

이것은 마선은 우박을 불러냄으로써 두 가지 이득을 취할 수 있었다.

하나는 우박에 실린 사기를 천선이 막아내야 한다는 것이다. 사기를 천선이 막아내지 못하면, 땅에 있는 무인들은 우박에 맞는 즉시 사망하게 된다.

둘은 우박 자체가 마선의 암기가 될 수 있다는 것이다.

하늘에서 떨어지던 우박이 공중에 떠 있는 마선의 앞에서 멈추었다. 한 개, 두 개… 곧 수십 개의 우박 알갱이가 마선의 앞에서 바르르 떨었다.

그리고 수십 개의 우박 알갱이가 청명을 향해 쏘아졌다.

쐐애애액—!

화살이 날아가는 소리처럼 우박 알갱이들이 기성을 뿜어냈다.

너무 빠른 속도로 날아오기에 공기를 찢는 소리가 들려온 것이다.

"으아앗!"

깜짝 놀란 청명이 황급히 마선의 손을 피했다. 공중에 떠 있던 청명의 몸이 마치 미끄러지듯 뒤로 움직였다.

하지만 급작스레 신형을 뒤로 뺐었기 때문일까?

청명은 한 구의 시체를 놓치고 말았다.

＊　　　　＊　　　　＊

백련교도들 사이로 피해 있었던 교주는 하늘에서 벌어지고 있는 천선과 마선의 싸움을 바라보고 있었다. 공중에 떠오른 스물일곱 구의 시체 위로 천선과 마선이 결전을 벌이고 있는 것이다.

만약 천선이 마선을 제거한다면 자신은 은거에 들어갈 것이다. 만약 마선이 천선을 죽인다면…

'복수해야겠지.'

교주가 상념에 젖어 있을 때였다. 누군가가 크게 비명을 질렀다.

"떠, 떨어진다아!"

교주가 황급히 하늘을 올려다보았다. 하늘에서 한 구의 시신이 정확히 자신이 있는 곳을 향해 떨어지고 있었다.

저것이 땅에 떨어지면 얼마만큼의 피해가 나게 되는지 교주는 잘 알고 있었다. 그리고 굳이 이곳에 남아 폭발에 휘말릴 필요는 없다고 생각했다.

교주는 차가운 눈으로 그것을 일별하고는 몸을 돌렸다. 생시폭이 폭발하면 반경 삼, 사십 장이 폭발하니 그 거리만큼 피하면 될 뿐이다.

뒤에서 비명 소리가 들려오지만 않았더라도 교주는 자리를 피했을 것이다.

"으아아악!"

교주가 뒤를 바라보았다. 지옥이 현세에 재림한 모습이 보였다. 고수들은 재빨리 신형을 띄워 멀리 도망가고 있었지만, 아직 내공이 화후에 달하지 못해 도주할 수 없는 평교도들은 비명을 질러댔다. 수많은 사람들이 몰려 있으니 경공을 쓰기가 마땅찮았던 것이다. 평교도들은 먼저 도망가려 서로 거칠게 밀쳐 대고 있었다.

넘어진 사람이 짓밟히는 것을 발견한 교주는 걸음을 떼지 못했다.

"……."

마선은 그에게 감정을 죽이라 당부했다. 아니, 그것은 당부가 아니라 협박이었다. 그가 마음을 준 사람은 모두 죽음을 맞아야 했다. 부모님, 형제, 친구. 그리고 아내와 아들까지 목숨을 잃었다.

그 후부터는 아무에게도 마음을 줄 수 없었다. 그가 마음을 주는 대상은 모두 죽었으니까.

그런 자신에게 이런 마음이 있었던가. 인정하기는 싫었지만, 사람들의 죽음이 안타까웠다.

"비켜!"

교주는 차갑게 중얼거렸다. 생시폭이 떨어지는 가운데서도 차가운 목소리는 똑똑히 들렸다. 교도들은 생시폭이 떨어진다는 것도 잊고 교주를 바라보았다.

교주는 차가운 얼굴로 하늘을 올려다보고 있었다.

"……."

마침내 생시폭이 땅에 가까워졌다. 교주는 전신의 진기를 모두 끌어올렸다. 아마 이 자리에서 천선과 마선을 제외하고 가장 강한 사람을 고르라면 그것은 교주가 될 것이었다. 누가 뭐래도 그는 무림의 전설인 파천화련공을 극성까지 연마한 인물인 것이다.

인간의 한계까지 양기를 모은 데다 순음지기를 흡취하였으니 순수한 무공으로 겨루라면 교주를 능가할 사람이 없었다.

교주는 하늘에서 떨어지는 생시폭을 받아 들었다.

땅에 떨어지던 생시폭은 교주의 손과 맞닿자마자 폭발을 일으켰다.

콰아아앙—!

굉음이 들려왔다.

교주는 천근추의 수법으로 발을 굳게 디뎠다. 하지만 그 역시 충격의 여파를 해소하지는 못했는지, 뒤로 주우욱 밀려난 상태였다.

그는 쌍장을 앞으로 내어 밀고 있었는데, 그 앞에는 놀랍게도 반경 일 장은 넘을 듯한 커다란 구가 생겨나 있었다.

그는 내공으로 막을 만들어 폭발을 제어한 것이다. 끝을 알 수 없는 내공이 아니었다면 시도하지 못할 방법이었다.

"…크, 크윽!"

교주는 이를 악물었다.

폭발은 끊임없이 지속되고 있었다. 짧은 순간이었지만 교주에게는 억겁처럼만 느껴졌다. 끝을 알 수 없는 내공도 점점 더 소진되었다. 다행히 폭발로 인한 화력은 조금씩, 조금씩 줄어들어 갔다.

"흐읍……!"

교주는 마지막으로 진기를 끌어올렸다. 그리고는 내공으로 만든 막을 풀고 최대한의 힘으로 호신강기를 펼쳤다.

콰아앙—!

두 번째 폭발이 일어났다. 하지만 본래의 위력이 많이 반감되었는지, 폭발 반경은 이 장을 넘지 못했다.

섬광이 일어나고, 폭풍처럼 바람이 밀려들었다. 섬광은 교주의 몸을 뒤덮고 그 후방부까지 점령했다.

인간의 힘이 아닌 듯한 신기(神技)를 지켜보던 백련교도 한 명이 비명을 질렀다. 자신들을 위해 폭발을 막고 있던 교주가 빛 속으로 사라져 버려 깜짝 놀란 것이다.

"교주님!"

아무 대답이 없다.

사람들은 모두 그가 죽었으리라 생각했다. 하지만 왠지 모를 기대감에 폭발을 계속 바라보고 있었다. 교주라면… 어쩌면 살아 있을지도 모른다.

마침내 섬광이 사라지고 서서히 연기가 걷혔다.

백련교도들은 침을 꿀꺽 삼켰다.

"사… 살아… 있나?"

연기가 서서히 걷히자 검은 그림자가 모습을 드러내었다. 검은 그림자는 교주로 화했다.

"우와아아아!"

백련교도들이 함성을 질렀다. 자신들을 살려준 교주가 멀쩡하니 어찌 기분이 좋지 않겠는가!

폭발의 한가운데서 몸을 보호한 교주는 차가운 얼굴로 주위를 돌아보았다. 주위에서 고함을 지르는 것을 본 교주는 조금 떨떠름한 상태였다.

왜 저들이 소리를 지르는 것일까? 자신은 저들을 마선에 대한 복수의 도구로 이용했을 뿐이다. 심지어 방금 폭발한 생시폭을 만들라 지시한 것도 자신이었다.

교주는 하늘을 올려다보았다. 땅으로 떨어지던 비는 어느새 우박으로 바뀌어 있었다. 아마도 천선과 마선이 부른 천지조화였을 것이다. 교주는 천선이 있으리라 짐작되는 곳을 바라보았다. 귓가에는 아직도 함성이 들려오고 있었다.

교주는 낯선 함성 소리를 들으며 몸을 돌렸다. 염화궁에서 미륵제전이 있을 때면 늘 듣던 함성이었지만 이번만큼은 생소한 함성이었다.

등 뒤에는 지화당주 영진과 석마당주 조성욱이 서 있었다. 무거운 표정으로 자신을 바라보는 두 명의 당주를 본 교주가 얼굴을 굳혔다.

"……."

교주는 흘끗 그들을 일별하고는 걸음을 옮겼다. 더 이상 이 자리에 있고 싶지 않았다. 당주들의 얼굴은 더 더욱 보고 싶지 않았다.

지화당주 영진이 자신들을 스쳐 지나가는 교주를 불렀다.

"교주."

거침없이 앞으로 걸어나가던 교주의 몸이 정지했다. 그는 뒤를 돌아보지 않은 채로 말했다.

"고하라."

"앞으로 어찌하실 생각이십니까?"

지화당주 영진이 물었다. 그는 기묘한 감정을 느끼고 있었다. 마선의 제자라는 것을 알았을 때의 배신감과 교도들을 구하는 교주의 모습 사이에서 괴리감을 느끼고 있었던 것이다.

하지만 그런 감정과는 별개로 그의 앞날을 물어봐야만 할 것 같은 기분을 느꼈다. 그는 자유로워 보였고 또한 불안해 보였다.

교주는 차갑게 중얼거리고는 다시 걸음을 떼었다.

"천선이 이기는 것을 확인한 후 은거하겠다."

"으, 은거?"

교주는 대답하지 않고 걸음을 옮겼다.

지화당주 영진은 한 발, 한 발 걸어나가는 교주의 모습이 예전처럼 무거워 보이지 않는다고 생각했다. 어딘지 모르게 편안해 보이는 발걸음이었다.

*　　　*　　　*

청명은 눈을 감고는 부드럽게 선기를 떨쳤다. 선기는 청명의 앞으로
날아오는 수십 개의 우박 알갱이들을 막아섰다.

픽, 픽!

마치 보이지 않는 막이 청명의 앞에 펼쳐진 듯했다. 우박 알갱이들
이 무엇엔가 막힌 듯 정지한 것이다. 조금이라도 더 진입하려는 듯 바
들바들 떨리던 우박들은 이내 힘을 잃고는 땅에 떨어졌다.

잠깐의 여유를 얻은 청명은 땅에서 벌어진 일을 확인했다.

"휴우—"

청명은 안도의 한숨을 내쉬었다. 다행히 아무도 죽지 않았다. 교주
가 폭발을 막아낸 덕택에 다친 사람은 있어도 죽은 사람은 없었다.

청명은 마선을 바라보며 외쳤다.

"하늘의 뜻이 인간을 생하게 하는 데 있거늘 그대는 어찌하여 인간
을 죽이려 하는 건가요!"

"생도 사도 도(道)가 아니오이까?"

"그대는 죽음의 도를 깨달은 것이 아니라 살해의 도를 깨달았군요."

청명은 뾰로통한 음성으로 외치고는 자신의 아래에 놓인 스물여섯
구의 시체를 바라보았다.

그것은 마선도 마찬가지였다.

"무거워 보이는구려. 내 좀 도와드리리다."

쌔애애액—!

우박 알갱이들이 다시 청명을 향해 날아왔다. 청명은 우박 알갱이들
을 막아내어 땅으로 흘려보냈다.

마선의 앞에 정지한 우박 알갱이들이 청명을 향해 쏘아지고, 청명의
앞에서 다시 정지했다가 땅으로 떨어지기를 반복했다.

그때였다.

청명의 아래에 있던 시체 중에 한 구가 공중으로 떠올랐다. 우박을 막아내는 사이 마선이 한 구의 시체를 선기로 들어올린 것이다.

"흡!"

청명이 숨을 들이켰다. 마선은 사이한 미소를 지으며 한 구의 시체를 청명에게 날렸다. 청명은 맑은 두 눈으로 자신에게 날아오는 시체를 바라보았다.

곧 시체는 선기에 가려진 우박처럼 보이지 않는 막에 걸려 정지했다. 청명의 눈에 정지한 시체가 부글부글 끓어오르는 것이 보였다. 폭발하려는 것이다.

"⋯⋯."

청명은 원을 그리듯 손을 휘젓더니 이내 한줄기 순풍을 불러내었다. 부드러운 바람이 한 구의 시체를 둘러싸고 춤추듯 날아올랐다.

콰아아앙―!

청명과 마선이 떠 있는 곳보다 더 높은 하늘에서 생시폭이 폭발했다. 섬광이 일어나고, 뜨거운 화염이 붉은 구체를 이루었다.

마선은 껄껄 웃으며 오른손으로 구체를 가리켰다. 구체에서 불의 줄기가 화룡처럼 기어나왔다. 세 줄기의 화룡은 허리를 꼬아대며 청명에게 날아들었다.

청명이 왼팔로 크게 원을 그렸다. 주위에 있는 우박들이 청명의 손 가까이로 다가들었다.

손의 궤적을 따라 흐르는 우박들은 마치 시냇물처럼 보였다. 우박들은 청명의 손을 따라 완벽한 원을 그렸다.

청명은 노기 어린 눈으로 마선을 바라보았다.

"그대가 끝까지 사람들을 죽이려 한다면 나도 가만히 있지 않겠어
요."

이대로 있다가 자칫 실수라도 하게 된다면 많은 사람들이 죽거나 다
치게 될 것이다. 그런 미래를 보는 것보다는 차라리 자신도 공격을 하
는 것이 낫다.

"할 수 있다면 그렇게 해보시오."

마선이 마침내 화염으로 이루어진 불의 줄기들로 하여금 청명을 공
격하게 했다.

세 줄기의 화룡이 꿈틀거리며 서로 꼬아져 나가며 청명의 우박과 부
딪쳤다.

"흡!"

우박이 그리고 있던 원은 화룡들을 포용할 만큼 범위를 넓혔다. 널
찍해진 원의 중앙으로 화룡이 파고들었다.

화룡의 목을 죄려는 듯 원이 좁혀들었다. 원의 의도를 알았음인가!
화룡들이 꿈틀꿈틀대며 발악했다.

마선은 사이한 웃음을 지었다.

"이건 어떻소?"

생시폭이 폭발하며 일으킨 화염구에서 한 줄기 화룡이 더 생겨났다.
마선이 손을 가볍게 털자 화룡이 청명의 아래에 있던 스물다섯 구의
시체에게 날아갔다.

"정히 그러신다면 나는 그대를 공격하겠어요."

시체들을 흘끗 바라본 청명이 냉정한 얼굴로 중얼거렸다. 이제껏 지
어본 적이 없는 표정이었다. 그는 지금까지 한 번도 마선을 공격하지
않았다. 오직 그의 공격을 방어했을 뿐이다. 하지만 더 이상 그랬다가

는 많은 사람들이 죽게 된다는 것을 깨달았다. 마선을 죽이려는 마음은 없지만 그를 공격하는 것은 더 이상 늦출 수 없는 것이다.

"더 이상은 안 돼요."

"막아보라고 했지 않소이까?"

날아오던 화룡이 빠르게 쇄도해 스물다섯 구의 시체에 박혔다. 마선은 시체들에게서 시선을 떼어 청명을 바라보며 희열에 찬 미소를 지었다.

이 정도라면 천선을 죽이지는 못하겠지만 생사평의 고수들을 죽이는 데는 모자람이 없을 것이다. 그것만으로도 그의 목적은 승리한 것이나 다름없다.

쾅, 쾅, 쾅아아앙―!

아니나 다를까. 지금까지의 폭발과는 비교도 되지 않는 큰 폭발이 있었다. 폭발은 연쇄적으로 이루어졌다. 화염이 화염을 불러내었고 폭발로 인한 바람이 바람을 불렀다.

땅에서 청명을 지켜보던 사람들이 모두 비명을 지르며 땅에 엎어졌다.

"으아악!"

"살려줘!"

청명은 땅을 내려보았다. 거대한 화염의 구가 생성되어 있었고, 그 아래에는 사람들이 불똥을 피해 미친 듯이 달리고 있었다.

생사평의 고수들이 죽음의 위협에 처하자 청명이 다급히 손을 부드럽게 털었다. 그러자 화염이 그 상태로 하늘로 솟구쳤다.

쾅쾅쾅쾅―!

하늘로 흐르는 불의 강이 생성되었다. 마치 거대한 불기둥이 생성된 듯했다.

불의 강을 일으킨 청명은 차가운 눈으로 마선을 노려보았다. 그리고
는 오른쪽으로 흔들었던 손을 마선에게로 가져갔다

불의 강이 서서히 회전했다. 하늘로 솟구쳤던 불의 강이 짜여지듯
비틀리는가 싶더니, 용권풍의 형상으로 회전했다. 하지만 땅의 사람들
이 다치지 않게, 화염의 폭풍은 공중에 떠올라 있을 뿐이었다.

"흡!"

마선의 눈이 부릅떠졌다. 청명은 한 번 더 손을 흔들었다. 세 줄기의
화룡을 묶어두었던 우박의 원이 분해되듯 퍼져 마선에게로 날아갔다.

쐐애액―!

청명이 쏘아 보낸 우박은 바람을 찢는 소리를 불러일으키며 마선에
게로 쇄도했다.

"…크윽!"

마선은 신음을 흘리며 빠르게 뒤로 물러났다. 화염의 폭풍과 동시에
우박의 비가 내리는 것이다.

그는 눈을 감고 정신을 집중하더니 일 수를 앞으로 뻗어 화염의 폭
풍을 가리켰다. 그의 손이 부들부들 떨렸다. 청명의 선기를 막아내기
엔 그의 선기가 모자랐던 것이다.

"크아아악!"

마선이 볼품없는 비명을 지르며 몸에 깃든 선기를 끌어올렸다.

마침내 화염의 폭풍이 반으로 갈라졌다. 화염의 폭풍 사이에 난 길
로 마선의 육신이 빠르게 이동했다.

청명은 별다른 기색 없는 무표정한 눈으로 손을 한 번 슬쩍 흔들었
다. 그러자 화염의 폭풍은 바람에 흩날려 사라졌다. 더 이상 지속되면

생사평의 고수들이 위험해지니 청명이 그를 막은 것이다.

마선은 밤하늘에 떠 있는 별처럼 많은 우박을 바라보았다.

"과연 대단하군."

짧게 중얼거린 마선이 공중을 휘젓듯 손을 흔들었다. 손에서 산들바람처럼 미약한 바람이 불더니 이내 광풍이 되어 우박들을 쓸어왔다.

"이제… 그만 해요."

청명의 차가웠던 눈에 천천히 온기가 어렸다. 마선 역시 도에 다다른 자. 가는 길이 다르다지만 목표는 같다. 인위를 버리고 무위에 들자는 것.

그렇다면 굳이 그를 죽일 필요는 없는 것이 아닌가!

바람을 뚫고 마선에게로 날아가던 우박이 찬찬히 멈추었다. 청명이 선기를 거둬가 버린 것이다. 청명은 마음의 갈등을 느끼고 있었다.

하지만 마선은 마음의 갈등을 조금도 느끼지 않았다. 그는 사기를 휘돌렸다. 그와 동시에 마지막까지 남아 있던 한 마리의 화룡이 청명의 몸으로 화살처럼 날아왔다.

"……."

청명은 양손을 벌려 화룡을 품에 껴안았다. 화룡은 기괴한 소리를 내며 청명의 가슴팍으로 꽂히듯 들어왔다. 하지만 청명의 몸을 꿰뚫지는 못했다. 불태우는 것은 더 더욱 불가능했다.

청명은 그저 화룡을 끌어안고 부드럽게 미소 지었다. 화룡은 마치 청명의 몸으로 흡수되듯이 꿈틀거리며 사라졌다. 청명의 몸과 마주쳐 화기를 잃어버린 것이다.

마침내 화룡이 그 모습을 감추었다. 청명의 머리카락이 바람에 펄럭였다. 하지만 바람에 흔들리는 머리카락 안의 눈은 차분했다.

청명은 신비로운 눈으로 마선을 바라보았다.

"그대는 아무것도 모르고 있어요. 인간은 당신이 생각하는 것과 같지 않아요."

청명이 서글픈 어조로 말했다.

마선은 불타는 듯한 눈으로 청명을 노려보았다.

"…인간은 분명히 그러하오!"

"어쩌면 그대의 말이 맞을지도 몰라요. 인간은 스스로를 위하여 인위를 추구하지요. 하지만요, 때때로 인간은 인위 속에서도 극선을 행하고는 해요. 그들의 도가 그것을 가능하게 하니, 그것은……."

"그것은……?"

"정(情)이에요."

청명이 부드러운 미소를 지으며 말했다.

청명의 대답을 들은 마선의 얼굴이 부들부들 떨렸다. 그럴 리 없다. 정이 인간의 도일 리가 없다.

"그럴 리 없소!"

마선은 수염을 부들부들 떨며 청명을 노려보았다.

"한낱 정 따위가 어찌 도가 될 수 있겠소! 그 정이… 그 정이……."

한동안 흥분하여 떨던 마선은 땅을 내려다보았다. 땅에는 아직도 수많은 무림인들이 옹기종기 하늘을 올려다보고 있었다.

"그럴 리… 없소."

"내가 깨달은 도가 그러하니 어쩔 수 없지요."

마선은 청명을 돌아보았다. 더 이상 해보아야 무용한 소모전일 뿐이다. 선인을 직접 공격하는 것은 의미가 없다. 조금 전까지 행하던 방식으로는 어떤 식으로 해도 천선을 능가할 수가 없다.

"그 도가 어긋난 도임을 알게 해주겠소."

"…끝내 인간을 죽이려 하는군요."

청명이 우울한 어조로 중얼거렸다. 마선은 웃음을 터뜨렸다.

"크하핫, 그들이 나를 죽임으로서 나에게 도를 알려주었으니 내 어찌 보답하지 않을 수 있겠소!"

마선은 가지고 있던 모든 선기를 끌어올렸다. 그는 신선이 되고자 하지 않아 반선이 되었다. 반선으로서 가진 모든 선기를 끌어올린 그는 이제 반선이 아니라 진선이 되어야 함을 깨달았다.

즉, 죽음이 가까워 왔음을 깨달은 것이다.

"내가 선계에 오를지, 아니면 명부에 이름을 적을지는 아무도 모를 것이오. 하나 그렇더라도 나는 그대의 도를 인정할 수 없소."

육신을 가진 반선은 하계에 개입할 수 있다. 그러나 육신이 사라지면 그 순간부터는 하계에 개입하지 못하는 것은 물론이거니와 그보다 더 큰 세계의 규칙에 편입되게 된다.

즉, 육신을 잃는다면 그는 하계가 아닌 선계의 뜻에 따라 움직이게 되는 것이다.

하지만 그렇더라도 지금 하는 행동을 멈추고 싶진 않았다.

"으하핫, 나는 이제 가야겠소!"

마선은 가지고 있는 모든 선기를 풀어 땅에 쏟았다. 청명은 그의 의도를 짐작하지 못해 멍하니 그를 바라보았다.

하지만 곧 그의 의도를 깨닫고 깜짝 놀라 비명을 질렀다.

"아, 안 돼요!"

하지만 마선은 모든 일을 끝내놓고 난 뒤였다. 그는 청명을 바라보며 너털웃음을 터뜨렸다. 아무렇지도 않다는 듯 웃어 보이고 있었지만,

그의 몸은 어느새 스르르 흩어지고 있었다. 다리부터 시작해서 허리, 몸통이 천천히 안개로 화하여 흩어졌다.

흩어지던 마선이 청명에게 말했다.

"그대를 일찌감치 죽였더라면 어떠했을까?"

청명이 고개를 저었다.

"천명이 내게 있었으니 죽일 수 없었을 거예요."

마선은 고개를 끄덕였다. 맞는 말이었다. 이제 더 생각해 볼 겨를이 없다는 것이 아쉬웠지만.

"허헛, 그래. 아마 그랬을 것이오."

그는 무엇을 깨달은 것인지 고개를 주억거렸다. 그것을 마지막으로 마선의 육신이 안개가 되어 사라졌다.

청명은 마선의 최후를 보다 시선을 돌려 땅을 내려다보았다.

"……."

땅으로 마선의 선기가 흘러가고 있었다. 그의 육신은 무로 돌아갔지만 그의 마음이 고스란히 남아 있는 것이다.

청명은 눈을 감고 호흡을 길게 들이마셨다.

땅으로, 땅으로 내려가던 선기가 다시 하늘로 솟구쳤다. 마선이 남겨두었던 선기는 서서히 청명에게로 다가왔다.

청명은 눈을 감은 채 편안한 미소를 지으며 그것을 받아들였다.

스르륵—

부드럽게 사기가 청명의 몸에 침투했다.

"큭!"

청명은 격렬한 통증을 느꼈다. 이를 악물어보았지만 고통은 점점 더 심해지기만 했다. 머지않아 청명은 고통을 느끼지 못했다.

꿈틀─

　마선의 사기가 준동했다. 청명의 하얀 피부가 곧 거무스름하게 물들어갔다. 마치 독에 중독된 것처럼 청명의 몸이 바르르 떨렸다. 청명의 육신이 천천히 죽음으로 달려갔다.

　바람이 불었다. 바람은 청명의 머리카락을 훑고 하늘로 펄럭였다. 청명의 육신은 편안한 미소를 지은 채 바람에 몸을 맡기고 있었다.

*　　　*　　　*

　청명이 눈을 떴을 때는 어둠 속이었다.

　청명은 어둠 속에 무엇이 있는지 확인하려는 듯, 주위를 두리번거리며 둘러보았다.

　잠시 뒤, 어둠은 곧 하얀 빛으로 물들더니, 곧 여러 가지 영상을 보여주었다. 마귀들을 토벌하는 천상의 신장들의 모습이 첫 번째였다. 그리고 아름다운 선녀들이 두 번째로 보였다.

　세 번째는 구름을 타고 앉은 신선들이 바둑을 두는 것이었다. 그들이 함께 바둑을 두자며 손짓할 때, 비로소 청명은 이곳이 어딘지 짐작할 수 있었다.

　그리고 마지막으로 궁궐이 보였다.

　청명은 부드러운 미소를 지으며 궁궐과 대전을 바라보았다. 예전, 바로 이곳에서 꿀밤을 맞았었다.

　그때 갑자기 누군가가 불쑥 나타나더니 또다시 청명의 머리를 쥐어박았다.

　"아얏!"

"이 녀석아! 천선이 된 녀석이 육신을 두고 오면 어찌하느냐?"

청명은 머리를 감싸 쥐고 대단히 억울한 표정으로 노인을 바라보았다. '누구세요?' 라고 묻는 듯한 시선이었다. 노인은 고개를 설레설레 저으며 중얼거렸다.

"네 사부가 너를 잘못 키웠구나. 적덕선을 키웠구나, 했더니 제 육신 하나 간수하지 못하는 얼빠진 녀석을 키운 거였어."

"누, 누구……."

"에라, 이 녀석아! 선계에서 얼마나 기다렸는지 아느냐? 너무 늦게 올라왔어. 네 할 일이 많으니, 얼른 가서 육신이나 챙겨 들고 다시 올라오너라."

"아……."

청명은 그제야 꿀밤을 때린 노인이 누군지 알 수 있었다.

"원시천존님."

청명이 반가운 얼굴로 원시천존을 바라보았다. 자연지도를 깨달아 선계에 올랐지만 원시천존님의 명을 받고 하계에 내려왔었다. 그리고 하계에서의 강호행 끝에, 마침내 인간지도를 얻은 것이다.

"서둘러 올라오너라."

얼굴에 화색이 깃든 청명을 원시천존이 씁쓸한 얼굴로 바라보았다. 청명은 원시천존이 왜 저런 눈으로 보는지 궁금했다. 그의 눈을 계속 주시하자, 마침내 원시천존의 의도가 무엇인지 깨달을 수 있었다.

선계에 머물러야 한다. 인간지도를 깨달았으니 이제 등선해야 한다. 원시천존은 그를 필요로 하고 있었다.

청명은 천천히 고개를 저었다.

"저는… 저는……."

자연지도와 인간지도를 깨달았지만 청명은 하계에 머무르고 싶었다. 도를 깨달았으나 선계에 오르고 싶지 않았다.

이유는 간단했다. 하계에는 인간이 살고 있었으므로. 그가 사랑하는 사람들이 살고 있었으므로.

그리고 운혜가 살고 있었으므로.

"등선할 수 없어요."

이제껏 장난스런 노인 같았던 원시천존의 얼굴이 딱딱히 굳었다.

"아니 된다. 올라와야만 하느니."

청명은 고개를 저었다. 그럴 수는 없다. 하계에 운혜만 남겨놓고 선계에 머무를 수 없다. 운혜는 그가 사랑하는 사람. 자신이 인간을 사랑하게 해준 사람이었다. 그녀가 바로 자신의 도였다.

"저는 운혜를 사랑해요."

뜬금없이 들리는 한마디였지만 원시천존은 그 말의 뜻을 알아듣고는 고개를 저었다.

"아니 된다."

"……."

마침내 청명은 원시천존의 명을 거역하기로 했다. 흔들림없는 곧은 눈으로 청명이 원시천존을 바라보았다.

"그렇게 말씀하신다 하셔도 하계로 내려가겠습니다."

"뭣이!"

원시천존의 얼굴에 노기가 어렸다. 그는 눈을 부라리며 청명을 노려보았지만 청명의 얼굴은 바뀌지 않았다.

노기 어린 얼굴로 잠시 무언가를 생각하던 원시천존이 미소를 지은 채로 중얼거렸다.

"이렇게 하면 어떻겠느냐? 네가 선계에 잠시 머무르고 나서……."

*　　　*　　　*

운혜는 하늘을 올려다보고 있었다.

하늘 한가운데 서서 천지조화를 부리던 두 신선 중에 하나가 공기 중으로 흩어지고 남은 하나가 공중에 떠서 움직이지 않는 것을 운혜는 똑똑히 지켜보고 있었다. 전투가 시작될 때까지만 해도 편했던 마음은 사조님이 움직이지 않자 서서히 불안감으로 바뀌어갔다.

"오, 저기 화산 장문인께서 오시는구만!"

속 모르는 추걸개가 반가운 듯 말했다. 생사평의 구석에는 이제 많은 사람들이 모여 있었다.

귀곡자와 운풍자.

무당의 장문인과 그 사제 현성 진인, 운형자와 황우자, 운향자 허진무와 호은, 호진.

마교의 장로인 경추추, 곽여휘와 양태승, 당가의 소가주 당유성.

마지막으로 화산의 장문인과 매화검수가 도착했다.

허원 진인 권재후가 하늘을 바라보며 중얼거렸다. 추걸개의 말에는 답하지도 않았고 심지어 무당의 장문인과는 인사치레조차 없었지만 아무도 그것을 이상하게 생각하지 않았다.

"아직도 저대로 계시는가?"

"으흠, 그렇다네. 걱정이로구먼."

걱정스러운 얼굴을 한 추걸개가 하늘을 보며 중얼거렸다.

그때였다. 가만히 하늘에 떠 있던 신선이 천천히 몸을 움직였다. 추걸개는 자신이 잘못 보았나 싶어 안력을 돋웠다. 그가 잘못 본 것이 아니었다. 추걸개는 마구 호들갑을 떨었다.

"움직이네! 움직여!"

"다, 다행이구나!"

추걸개와 비슷한 시기에 사조님이 움직이는 것을 확인한 현평 진인이 저도 모르게 탄성을 내뱉었다.

하늘에서 하나의 인영이 내려오자 운혜는 황급히 몸을 일으켰다. 멀찍이서 보이는 얼굴은 운혜가 익히 알고 있는 얼굴이었다. 운혜는 그 얼굴을 확인하고 안도의 한숨을 내쉬었다.

"사조님……."

다행이다. 죽지 않으리라 믿고 있었지만, 정말 다행이다. 고개를 푹 숙이고 떨리던 마음을 가라앉힌 운혜가 고개를 들었다.

이번에는 흥분으로 마음이 떨려오기 시작했다. 운혜가 하늘에 대고 목청껏 소리를 질렀다.

"사조니임!"

하늘에 떠 있던 인영이 날아오는 것을 보며 운혜는 한 번 더 고함을 질렀다.

"사조니임!"

하늘에 떠 있던 인영이 자신에게로 날아온다. 운혜는 그 모습을 바라보며 웃음을 터뜨렸다.

머지않아 하늘에 떠 있던 인영이 땅에 내려왔다. 소년의 모습을 한 신선의 모습이었다.

운혜는 재빨리 청명에게로 달려갔다. 반가운 마음에 운혜는 눈물을 흘릴 뻔했다.

청명은 두 팔을 활짝 벌려 달려드는 운혜를 품에 안았다.

"다녀왔어요."

"……."

운혜는 청명의 가슴에 얼굴을 묻고 한숨을 내쉬었다. 안도의 한숨이었다.

이제 정말로 모든 일이 끝났다. 강호를 횡행했던 추억들을 하나하나 떠올리던 운혜는 미소를 지었다.

그리고는 고개를 쏙하니 들고 청명의 가슴을 확 밀쳐 버렸다.

"어?"

청명이 멍하니 운혜를 바라보았다. 운혜 사손이 갑자기 왜 저러는가 싶어서였다.

운혜는 한 발자국 뒤로 물러서서 눈을 샐쭉하니 감고 혀를 길게 빼 물었다.

"돼― 지."

"네?"

운혜의 행동을 이해하지 못한 청명은 송아지 같은 눈을 꿈뻑거리기만 하다가 마침내는 울상을 지었다.

울상이 된 얼굴은 곧 뾰로통한 얼굴로 바뀌었다.

"난 돼지 아닌데!"

"하핫!"

운혜는 까르르 웃음을 지어 보였다. 운혜가 웃자 청명도 웃었다.

한동안 말없이 둘은 웃으며 서로를 마주 보았다.

잠시 뒤, 따듯하게 청명을 바라보던 운혜가 입을 열었다.

"이제 우리의 강호행이 끝났군요! 강호행이 끝난 소감이 어떠세요?"

청명은 곰곰이 생각하는 얼굴이 되었다. 그리고는 한숨을 내쉬며 말했다.

"음, 힘들었어요."

무당산에서는 재미있었는데 무당산을 나와 농사를 짓는 것은 너무 힘들었다. 운남에서는 무공을 연구하느라 힘들었고, 사천에서는 점소이 일을 하느라 힘들었다.

그 다음에는 여기저기 다치기만 했으니 단순히 힘들었다는 말로는 그간의 고생을 설명할 수 없을 지경이다.

"즐겁지는 않으셨어요?"

운혜가 섭섭한 얼굴로 청명을 돌아보았다. 청명은 운혜의 얼굴을 바라보며 헤죽 웃었다.

어떻게 생각하면 즐거웠던 일도 많았다. 운혜의 얼굴을 보니 즐거웠던 기억들이 새록새록 떠올랐다. 운혜와 함께 했던 시간들이었다.

청명이 웃음을 지으며 즐거웠다고 고백을 하려던 찰나였다.

추걸개는 둘 사이의 대화가 끊긴 지금이 바로 신선께 아는 척을 할 적기라고 생각했다. 그는 잠시 지금까지 신선께 아는 척을 하지 않은 자신을 대견스럽게 생각한 다음 재빨리 입을 열었다.

"저, 신선. 저도 강호행이 무지하게 힘들었습니다. 이리 치이고 저리 치이고 다 늙어서 뭔 고생인지 몰랐지요! 신선께서는 백오십 세가 되셨어도 소년의 몸을 가지고 계셨으니 괜찮겠지만……."

"돼지."

"저는 돼지라 너무나도 힘들… 음?"

추걸개는 무심코 청명의 말을 따라 중얼거리고는 화들짝 놀랐다. 선인의 얼굴을 보니 뾰로통한 표정으로 자신을 노려보고 있는 것이 아닌가! 무언가 섬뜩한 기분이 든다.

"아, 저는 그럼 이만."

이럴 때는 빨리 빠져나가는 것이 상수다. 추걸개는 얼른 꽁무니를 빼었다.

추걸개의 뒤쪽에는 많은 사람들이 모여 있었다.

그들 모두 추걸개를 한심하다는 얼굴로 보고 있었다.

추걸개는 멋쩍은 얼굴로 그들에게 웃어 보이고는 타박을 피하기 위해 최대한 귀곡자와 멀리 떨어진 곳으로 걸어갔다.

그것을 발견한 귀곡자가 추걸개를 타박하러 다가오는 사이, 청명이 다시 즐거웠노라고 고백했다.

"운혜 때문에 즐거웠어요."

추걸개를 못마땅한 얼굴로 노려보던 운혜는 청명의 말을 듣고는 까르르 웃었다. 그리고는 예전부터 생각해 왔던 계획을 주워섬겼다.

"예전에는요, 이 일이 끝나면 무당에 들어가 다시는 나오지 않으려 했는데 막상 끝나고 보니까 마음이 바뀌었어요. 우리 한 번 더 강호행을 하는 것은 어때요? 그때는 못 가본 소주, 항주도 가보고요. 그리고 서장의 고원도 가봐요. 장강을 따라 뱃놀이도 해보고요……."

운혜의 재잘거림을 듣던 청명의 얼굴이 어두워졌다. 청명은 우울한 얼굴로 운혜를 불렀다.

"운혜."

"네?"

재잘거리던 운혜는 멍하니 청명을 바라보았다. 그리고 어두워진 청명의 얼굴을 바라보고는 고개를 갸웃했다. 사조님의 얼굴이 굳어져 있는 것을 발견하지 못한 운혜가 계속 재잘거렸다.

"저 멀리 해동으로도 가봐요. 동이족들의 활솜씨는 신궁의 경지에 다다라 있대요. 그 너머 섬나라도 가봐요."

"운혜."

운혜는 사조님의 얼굴이 이상하다고 생각했다. 사조님은 안타까운 얼굴로 자신을 바라보고 계셨다.

슬픈 생각이 떠오른 것은 그때였다.

운혜의 가슴이 철렁 내려앉았다. 운혜는 청명의 눈에서 시선을 떼지 못했다.

왜 생각하지 못했을까?

사조님께서는 신선이시다. 인간지도를 배워오라고 원시천존께서 하계로 내려 보내셨지만 엄연히 신선이시다.

그러니 인간지도를 배운 지금은…

운혜는 청명의 눈을 바라보며 멍하니 중얼거렸다.

"그, 그리고 저 멀리 청해에 바다를… 보러 가요. 바다는 한 번도 보지 못했거든요……."

청명은 아무런 말도 없이 운혜의 눈을 바라보았다. 그 눈에서 느껴지는 빛깔로 운혜는 모든 것을 알아들을 수 있었다.

하지만 운혜는 멍하니 말을 이어나갔다.

"그리고… 그리고 내가 가고 싶은 곳은……."

구국, 국, 구국—

운혜의 말을 끊은 것은 새가 구국거리는 소리였다. 운혜는 고개를 돌리지 않았다. 어떤 새가 울고 있는지 보지 않아도 알 수 있었다.

천년학(千年鶴).

전설 속의 신선이 타고 다닌다는 바로 그 학일 것이다.

“…내가… 혹, 내가 가고 싶은… 곳은……..”

“운혜.”

청명이 안타까운 눈으로 운혜를 바라보았다. 운혜는 청명의 시선을 억지로 피했다.

“나는 가야 해요.”

“…….”

운혜의 얼굴을 바라보려 청명은 고개를 숙였다. 하지만 도관 사이로 흘러나온 운혜의 흑단 같은 머리 때문에 그 눈을 볼 수는 없었다.

“선계에… 오를 때가 되었어요.”

청명이 재차 중얼거렸다. 그는 안타까운 눈으로 이별을 고하고 있었다. 청명은 차마 떨어지지 않는 입을 떼어 말했다.

“나는 운혜를… 사랑하지만……..”

“가지 마세요.”

“…….”

울음이 가득 섞인 운혜의 목소리에 청명의 말이 끊겼다. 청명은 아무런 말도 못하고 운혜를 바라보았다.

“가지 말아요.”

운혜가 고개를 들고 애원하듯 말했다. 눈에 고인 맑은 눈물이 청명의 마음을 아프게 찔렀다.

“사조님은 가시면 안 돼요. 가지 말아요. 이제 모두 끝났잖아요. 천하를 마침내 지켜냈잖아요. 다 끝내놓고 가는 게 어디 있어요.”

말하는 운혜도 알고 있었다. 모두 끝났다. 강호행뿐만이 아니라 사조님의 여정도 끝이 났다. 인간지도를 깨달으셨으니 이제 선계로 등선하리라.

"가지 마세요."

이번에는 청명이 그 시선을 피해야 했다.

"나는… 가야 해요."

"……."

운혜는 조용히 고개를 숙였다.

청명은 한동안 그 모습을 바라보다가 시선을 돌려 다른 사람들을 바라보았다. 이별의 순간이 찾아왔음을 깨달은 그들의 얼굴도 굳어 있었다.

청명은 먼저 무당의 장문인에게 시립했다.

"무당의 제자 청명이 장문인께 인사를 올립니다."

강호의 예법을 차린 인사말이었다. 과분한 예에 당황한 현평 진인이 서둘러 맞서 시립하여 머리를 조아렸다.

"사숙께서는 이제……."

"네. 저는 선계에 올라요."

현평 진인은 당혹스런 얼굴로 청명을 주시했다. 무당에서 난 도사가 도를 깨달아 선계에 올랐으니 이 얼마나 자랑스러운 일인가! 하지만 한편으로 아쉬운 마음을 숨길 수 없었다.

"등선하시는 게로군요."

"장문인께서 늘 평안하시길 빌게요."

청명이 아쉬운 눈으로 말했다. 현평 진인은 침을 꿀꺽 삼키고는 예전부터 하고 싶었던 감사 인사를 올렸다.

"사숙을 모심으로 인해 무당이 부끄럽지 않은 모습을 보일 수 있었습니다."

현평 진인은 무당에서 운혜를 죽일 뻔했었던 이야기를 하고 있었다.

그때 일이 잘못되어 운혜가 죽었더라면 어찌 되었을까! 아마 무당은
평생 얼굴을 들고 다니지 못했을 것이었다.

청명은 부드러운 미소를 지어 보였다.

"무량수불. 장문인의 마음이 그토록 선하니, 하늘은 반드시 무당에
보답할 거예요."

"……."

선인이 하는 말이니 틀림이 없으리라. 현평 진인은 아쉬운 가운데서
도 웃음을 터뜨렸다.

다음은 무당의 제자들이었다. 청명은 무당의 제자들의 얼굴을 하나
하나 둘러보았다. 제일 먼저 운형자와 황우자가 보였다.

사숙과 사질 간이었지만 마치 형제처럼 닮은 그들은 서로 비슷한 얼
굴로 쿨쩍거리며 울고 있었다.

운형자가 먼저 울음 섞인 목소리로 말했다.

"제, 흑, 제자 운형이 사조님을 뵈옵, 훌쩍."

"…고마워요, 운형 사손."

청명이 부드러운 미소를 지으며 운형자의 예를 받았다. 황우자는 자
신도 인사를 해야 한다고 생각했는지 목이 메이는 것을 참아내며 소매
로 눈가를 훔쳤다.

"제, 제, 동생에게 선인의 선인 됨을 보여주신다더니, 흑, 이렇게 가
시는군요."

"하핫, 저는 약속을 지켰답니다."

청명은 까르르 웃음을 터뜨렸다. 사천의 진령표국에 황우 태사손의
동생이 있었다. 황우 태사손의 동생은 꼽추에게 내려진 천선의 준엄한
꾸짖음을 구경하고는 자연스레 신선에게 경외의 감정을 품게 되었다.

그쯤이면 약속을 어긴 것은 아닐 것이다.

그 다음으로 청명이 바라본 것은 황목자 호은과 황검자 호진, 그리고 운향자 허진무였다.

허진무는 부드럽게 웃으며 머리를 숙였다.

"선인을 뵈었으니 평생 떠들고 다녀도 될 만큼의 자랑거리가 생겼습니다."

청명은 허진무에게 부드럽게 고개를 끄덕여 주었다. 허진무는 그것으로 만족한 듯 뒤로 물러섰다. 청명은 호은과 호진을 바라보았다.

동생에게 눈을 준 형과 그런 형을 평생 동안 이끌어줄 동생의 모습이 보였다. 저들이야말로 인간지도를 깨달은 자이며 자신에게 도를 가르쳐 준 스승이었다.

청명은 호은과 호진에게 머리를 숙였다.

호은은 앞을 보지 못해 상황을 모르고 멀뚱멀뚱 서 있었고, 호진은 큰 사부 할아버지가 왜 그러는지 몰라 눈을 꿈뻑거리며 서 있기만 했다.

하지만 호은과 호진의 뒤에 있던 무당파의 제자들은 깜짝 놀라 오체투지했다. 감히 신선의 예를 서서 받을 사람은 없다. 뒤에서 허진무가 조용히 전음을 보내자 그제야 호은과 호진도 땅에 엎드렸다.

"제자 황목자가 과분한 예를 받았습니다."

"고맙습니다."

청명은 진심 어린 목소리로 감사를 표했다. 호진이 섭섭한 목소리로 중얼거렸다.

"큰 사부 할아버지야, 어디 가?"

"네. 저는 멀리 떠나요."

호진의 말에 웃어준 청명이 대답했다. 호진이 울상이 된 얼굴로 '그럼 언제 와?'라고 물었지만 청명은 대답하지 않았다.

화산의 장문인이 청명에게 시립했다. 청명도 정중히 마주 시립했다. 장문인은 그에게 받은 은혜에 대해 감사를 표하려 했지만, 막막한 기분이 들어 몇 번 입을 주절거리려다가 그만 포기하고 말았다. 장문인 권재후가 주저하는 순간 청명이 먼저 입을 열었다.

"머지않아 선계에 매화검으로 등선한 선인이 노닐 거예요."

"아아!"

이보다 더한 축원이 어디 있겠는가! 권재후는 감격한 얼굴로 몸을 떨었다.

그가 청명을 돌아보았지만 청명은 이미 마교의 장로들과 인사를 나누고 있었다.

"검을 다시 나눠보고 싶었는데 등선하시는구려."

"곽 도우에게는 저보다 더 좋은 검우가 생길 거예요."

곽여휘는 강호의 예에 맞게 정중히 포권했다. 양태승은 씨익 웃으며 손을 흔들었다. 청명은 아무 말도 하지 않고 마주 손을 흔들어주었다.

경추추는 도가의 예를 어찌 알았는지 바른 자세로 시립하여 머리를 조아렸다.

"뵙자마자 헤어지니 아쉽기 그지없습니다."

"저도 그래요, 경 도우. 설 도우를 보았다면 좋았을걸."

청명은 경추추를 바라보았다. 그리고 언젠가 그에게 좋은 인연이 찾아들 것이라는 것을 짐작할 수 있었다. 그의 아내는 선연으로 인해 목소리를 되찾으리라. 하지만 굳이 말해줄 필요는 없을 듯해 청명은 고개를 돌렸다.

추걸개는 그 주름진 얼굴과 흰 수염에 어울리는 체통은 전혀 지니지 못한 듯 콧물을 쿨쩍이며 청명을 바라보았다.

청명은 부드러운 미소를 지어 보였다.

"못된 거지."

끝까지 못된 거지란다. 추걸개의 얼굴이 참담해졌다.

"큭, 쿨쩍, 큭… 저, 저는 선인과 교분을 나누고 싶었는데… 큭, 쿨쩍."

"저는 추걸개 막 도우가 싫지 않아요."

추걸개는 콧물을 쿨쩍이며 청명을 주시했다. 그리고 몇 번 보지 못했던 청명의 환한 미소를 발견하고는 감동에 젖었다.

"항상 웃음을 나누는 그대이니, 생이 끝날 때까지 좋은 일만 생길 거예요."

추걸개가 몇 번이나 고개를 주억거렸다. 선인을 만난 것은 평촌에서 만두를 구걸할 때였다. 그때는 며칠 동안이나 굶주려 괴롭고 힘들었지만 지금 생각해 보면 그때 자신이 최고의 행운을 잡았다는 사실을 알 수 있다.

추걸개는 새삼 떠오르는 청명과의 옛일들을 떠올리며 감동에 젖었다.

청명은 귀곡자를 바라보았다.

"귀곡 도우도… 잘 있어요."

"선계에 가면 나랑 운혜에게 복이나 실컷 퍼주시구려."

귀곡자는 고개를 돌린 채 퉁명스레 중얼거렸다. 그는 모든 게 못마땅했다. 자신의 외손녀를 놓고 사라지는 선인은 특별히 못마땅했다. 그는 아쉬운 마음과 억울한 마음을 동시에 가지고 있었다. 그래서 그들의 인사는 그렇게 끝나 버리고 말았다.

마지막은 운풍자였다. 운풍자는 무릎을 꿇고 오체투지했다. 청명은 운풍자를 바라보며 놀리듯 중얼거렸다.

"처음엔 의심하는 마음을 품었었지요?"

청명이 부드럽게 웃으며 말했다. 운풍자는 아무런 말도 하지 못했다. 그리고 얼굴색이 붉어졌다.

무당의 제자들은 모두 헛바람을 들이켰다. 죽을 때도 무표정한 얼굴로 죽을 줄 알았던 운풍 사숙이 귓불까지 빨개진 얼굴로 주저주저하는 것이다.

"지금은 어떤가요?"

청명은 운풍자에게 농담을 건네고 있었다. 더 보지 않아도 알 수 있다. 운풍 사손의 마음에서 의심은 사라졌다.

"의심하지 않습니다."

청명은 운풍자를 생각했다.

운풍 사손이 없었다면 자신이 인간지도를 깨달을 수 있었을까? 그는 일행의 앞길을 인도하는 인도자였고 쉴 곳을 찾아준 보호자였다. 모두가 쉬고 있을 때 그는 다음 여로를 생각하느라 잠을 이룰 수 없었고 모두가 웃을 때 그는 근심해야 했다.

'운풍 사손이 없었더라면······.'

잠시 생각하던 청명이 짐짓 자세를 취하고는 멋스럽게 말했다. 그동안 봐오던 대로 한껏 자세를 잡아보았지만 어설프기 짝이 없었다.

그래도 청명은 준엄하게 말했다.

"무당의 제자 운풍은 들으라."

운풍은 오체투지한 자세에서 일어나 조용히 시립했다. 어설픈 청명의 자세와 달리 정중한 자세였다.

"제자 운풍이 뜻을 받드옵니다."

근엄한 모습으로 더 말하고 싶었지만 뭐라고 말해야 할지 잘 모르겠다.

청명은 평소처럼 돌아가 헤죽 웃었다.

"이거 줄게요."

"……."

청명은 자신이 쥐고 있던 검을 운풍자에게 건넸다. 운풍자는 양손으로 공손히 검, 운혜를 받아 들었다.

청명은 검을 받아 든 운풍자에게 부드럽게 웃어 보였다.

"고마웠어요, 운풍 사손."

"……."

운풍자의 무표정한 얼굴은 과연 이번에도 변하지 않았다. 그는 무표정한 얼굴로 고개를 끄덕일 뿐이었다. 하지만 목덜미까지 빨개진 얼굴은 그대로였다. 그는 무어라 더 입을 열려는지 입술을 달싹거렸다.

"저는… 저는……."

무당의 제자들은 이 광경을 잊지 않기 위해 눈을 부릅떴다. 평생에 한 번 가도 볼 수 없는 구경거리였다. 운풍자의 눈에 조그마한 이슬이 매달려 있는 것을 알았다면 더 놀랐을 테지만 그 눈물은 오직 청명의 눈에만 보일 뿐이었다.

"…소손에게는 과분한 인사입니다."

운풍자는 그렇게 말하고는 고개를 숙였다. 왜였을까? 운풍자는 그 후로 숙인 고개를 오래도록 들지 않았다.

청명은 다시 운혜에게 돌아갔다. 운혜는 여전히 땅만 바라보고 있었다.

“…운혜.”

“네, 흑, 네, 사조님.”

청명은 운혜를 바라보며 생긋 웃었다. 청명은 운혜의 어깨를 부드럽게 잡고 끌어안았다.

“이제 가야 할 때가 왔어요.”

운혜는 청명의 품에 얼굴을 묻었다. 그리고는 참아왔던 눈물을 쏟아냈다.

“흐흑, 흑, 가, 가지 말아요…….”

청명은 운혜의 등을 부드럽게 쓸어 만졌다.

그것은 말 없는 위로였다. 운혜의 울음이 진정될 때까지 청명은 운혜의 등을 쓸어 만져 주었다.

“보내기 싫어요. 이제야 내 마음을 알았는데… 흑, 이제… 흑, 이제 다 끝났는데… 정말 보내기 싫은데…….”

청명이 슬픈 얼굴로 운혜를 바라보았다.

그 시선에 운혜는 이제 자신이 더 이상 청명을 잡지 못할 것이라는 걸 깨달았다. 보낼 때가 왔다. 죽기보다 싫지만 보낼 때가 왔다.

운혜는 울먹이며 마음을 추슬렀다.

“운혜, 나는 운혜에게 나를 주기로 했어요. 그러니 앞으로 나를 잘 보살펴 줘요.”

운혜는 목이 메는지 제대로 대답을 하지 못했다. 울먹이는 소리로 그저 고개를 몇 번 주억거릴 뿐이었다.

“네… 흑, 흑… 네.”

청명은 운혜의 머리를 한 번 쓰다듬더니, 천천히 몸을 떼었다. 운혜의 몸이 조금씩, 아주 조금씩 떨어졌다.

운혜가 아쉬운 마음에 청명의 소매를 꼬옥 부여잡았다. 하지만 더 이상 붙잡을 수 없다는 것을 아는지, 손에서 힘이 점점 사라졌다.

청명은 환한 미소를 지어 보였다. 운혜는 그 미소가 뭔가 이상하다고 생각했다.

착각이었을까? 청명의 눈은 이별을 고하는 눈이 아닌 듯했다. 운혜는 청명의 눈에서 시선을 떼지 못했다.

국, 구국, 국.

늑장 부리지 말라는 듯 학이 울어댔다. 운혜에게서 천천히 몸을 돌린 청명이 조용히 학에게 걸어가 그 위에 올라탔다.

푸드덕, 푸득—

새는 제자리에서 날갯짓을 하며 자세를 잡더니 곧 두둥실 떠올랐다. 그리고 서서히 공중으로 떠올랐다.

"아……."

운혜는 청명을 잡아보려는 듯 손을 뻗었다. 하지만 청명은 하늘로 올라갈 뿐이었다. 손을 뻗은 채 멍하니 서 있던 운혜가 조금씩 멀어졌다.

그리고 십 년의 세월이 흘렀다.

終

십년 후.

섬서성 진령표국의 금지옥엽 임진아는 입술을 비죽거리며 투덜대고 있었다. 그의 앞에 앉아 있던 진령표국주 임승준은 엄준한 얼굴로 고개를 저었다.

"그럼, 사천까지만."

"아니 된다."

"그럼 섬서는 안 벗어날게."

진아는 애교 섞인 얼굴로 임승준을 바라보았다. 하지만 임승준은 여전히 고개를 저을 뿐이었다.

"강호행은 안 된다니까!"

"아버지, 저도 이제 아이가 아닌 강호의 여인인데 이처럼 장중보옥으로 키우시면 아니 됩니다."

終 263

“아직 애다, 너?”

정색을 하고 말해보았지만 통하지 않았다. 진아는 방법을 바꾸기로 했다.

“아빠아— 천음여협 운혜 도고는 열일곱에 강호 출도를 했다잖아. 난 그것보다는 어릴 때 출도해야 이름을 날릴 거 아냐!”

“천음여협께서는 무당제일검과 세류소선을 일행으로 삼아 강호행을 하셨다, 이 녀석아. 너처럼 혼자 나간 게 아니란 말이다!”

“난 천음여협보다 더 멋진 여협이 될 거라니까!”

임승준은 고개 한 번 돌리지 않았다.

“그래, 그래. 네가 신선을 데려오면 강호행을 시켜주마.”

“쳇!”

임진아는 화가 나서는 콧방귀를 뀌었다. 그리고는 불타는 듯한 눈으로 임승준을 노려보았다.

반 각이 지나도록 진아는 움직이지 않았다.

임승준은 한숨을 내쉬고픈 심정이 되었다.

‘아무래도 표행에 한 번 데려가야겠구만.’

“그래, 내가 졌다. 다음 표행은 함께 가자꾸나.”

“진짜? 진짜지!”

임승준은 고개를 끄덕였다. 진아는 이제 하늘을 날 것 같은 기분에 사로잡혔다.

“어디로 가는데? 호북으로 갈 때 데려가 줘, 아빠! 천음여협을 뵙게!”

“…너 천음여협을 본 적이 있는데 기억이 안 나니?”

임승준은 눈을 동그랗게 뜨고 임진아를 바라보았다. 진아는 분명히 천음여협과 세류소선, 그리고 무당제일검을 본 적이 있다.

진아가 어렸을 때 천음여협이 진령표국에 방문한 적이 있었던 것이다.

"진짜?"

"그래. 네가 다섯 살 때던가? 세류소선과 무당제일검, 천음여협이 진령표국을 방문하신 적이 있었단다. 그때는 화산의 검황 노선배님도 함께셨지."

진아는 눈을 둥그렇게 떴다. 다섯 살 때의 일이라서 그럴까? 기억이 잘 나지 않는다.

"다섯 살 때… 어떤 거지 할아버지가 와서 내 전병을 다 훔쳐 가고 그랬었던 거 기억나."

"그래! 그분이 바로 신선을 봉행했던 추걸개 막 노선배시다. 세류소선께 드리려고 네 전병을 가져가신 적이 있었지."

"근데 천음여협이랑 신선님은 기억이 안 나는데?"

본래 어린 시절의 기억이란, 가장 강렬한 기억이 남는 법이다. 늙은 할아버지가 채신머리없이 전병을 훔쳐 갈 줄은 몰랐던 진아는 그 기억을 가장 강렬한 기억으로 가지고 있었던 것이다.

임승준은 자랑스레 말했다.

"그래, 내 말해주지. 진령표국에 마교도들의 서신이 왔을 때 말이다……."

*　　　*　　　*

사천의 성도에서 가장 유명한 객잔을 말하라면 선경루가 될 것이었

다. 선경루는 한때 세류소선이 점소이로 일했다는 점 때문에 유명해졌
는데, 그때는 하도 재미있는 볼거리가 많아 만상객잔이라 불렸다고 한
다.

십 년의 세월이 지났지만 선경루의 인기는 조금도 떨어지지 않았다.
만상객잔이라는 별명도 여전히 붙어 있었다.

선경루의 주인 부부 때문이었다. 강호인들이 이 이야기를 들으면 재
미있는 농담을 들었다며 껄껄 웃겠지만, 사실 선경루의 주인은 당가의
가주 당유성이었다.

당가를 비우고 선경루에 있을 때가 더 많다는 그는 직접 주방에서
요리를 하기도 하고, 점소이 대신 접시를 나르기도 했다.

그 모든 것이 선경루의 여주인 때문이라면 강호인들이 과연 믿을까?

운혜는 믿었다.

천음여협 운혜는 정겨운 얼굴로 객잔을 둘러보았다. 객잔의 배치는
하나도 바뀌지 않았다. 십 년 전, 자신이 배치했던 바로 그 순서에 따
라 찬위가 놓여져 있었다.

삼여 년 만에 들려보는 선경루가 예전 그대로인 것은 또 다른 정취
를 불러일으켰다. 운풍 사형은 저기 보이는 주방 뒤 후원에서 장작을
패 날랐었다. 자신은 주방에서 보조 숙수의 역할을 했었고, 사조님
은……

운혜의 얼굴이 어두워졌다.

사조님은 점소이의 일을 했는데, 그릇을 잘못 배달하거나 주문을 외
지 못했다. 혹은 손님이 고기를 준다면 앞에서 침을 꿀꺽꿀꺽 삼키며
기다리곤 했었다.

“호호홋.”

운혜는 저도 모르게 웃으며 주방 앞에 있는 조그마한 턱을 바라보았
다. 저기에 사조님이 자주 걸려 넘어지곤 했었다. 생각을 이어나가던
운혜의 얼굴에서 웃음이 사라졌다. 사조님을 넘어뜨리던 턱은 그대로
남아 있는데 오직 사조님만이 세상에 없다.

“바보…….”

운혜가 그렇게 중얼거릴 때였다. 익히 얼굴을 아는 점소이 하나가
또박또박 걸어와 머리를 숙였다. 제법 훤칠한 미남이었다.

“오랜만입니다, 도고.”

“반가워요. 오랜만이죠?”

“예. 최근엔 통 찾아주시질 않더군요.”

점소이가 친근하게 웃었다.

“사정이 있어서요. 그런데 가연 언니가 없네요? 갑자기 와서 깜짝
놀래켜 주려 했더니.”

“오늘은 주인 어른께서 당가에 가시는 날이라… 기별을 넣을까요?”

십 년 전과 지금을 비교했을 때 달라진 점이 있다면 그것은 이 점소
이뿐이었다. 당가의 마나님 자리를 꿰어차고도 여전히 억척스럽게 사
는 가연의 등쌀에 보름이 멀다 하고 점소이가 바뀌곤 했었는데, 이 점
소이는 무려 칠 년째 이곳에서 버티고 있는 것이다. 사실 그 이유는 따
로 있었다.

“아니요, 간단한 소채나 하나 부탁드릴게요.”

“예. 잠시만 기다리세요.”

점소이가 싱긋 웃어주고는 자리를 비웠다. 운혜는 다시 옛 추억에
잠겨 객잔을 둘러보기 시작했다.

운혜가 추억에 잠겨들던 때였다.

건강해 보이는 사내아이가 객잔문을 박차고 들어왔다. 꼬마의 얼굴을 본 운혜가 눈을 몇 번 꿈뻑였다. 어디선가 본 듯한 얼굴이다.

“랄랄라—! 호규 형아야! 이거 봐라! 우리 누나 속곳이다!”

운혜는 의아함을 가득 품고 점소이를 바라보았다. 호규는 선경루 점소이의 이름이다.

“너, 너… 그, 그런 걸…….”

점소이의 얼굴이 발갛게 물들었다. 소년은 가슴 가리개를 깃발 흔들 듯이 흔들었다.

“우리 누나 몰래 빼왔지!”

“그, 그거 치워라, 이 녀석아.”

점소이가 붉어진 얼굴로 고개를 돌리는 것이 보였다. 운혜는 왠지 저 꼬마를 알 것 같다는 느낌이 들었다.

객잔의 문이 한 번 더 세게 열렸다.

“당승조! 이 못된 녀석!”

거칠게 문을 열고 들어온 것은 이제 예전의 운혜만큼 자란 소연이었다. 소연은 붉어진 얼굴로 꼬마 아이를 잡으러 뛰었다.

“이리 안 와! 너, 죽어!”

“호규 형아! 이거 받아라!”

당승조라 불린 꼬마 아이가 재빨리 속곳을 점소이에게 던졌다. 점소이는 엉겁결에 그것을 받아 들고는 얼굴을 빨갛게 붉혔다.

“까아악!”

소연, 이제는 당유성의 성을 물려받아 당씨가 된 당소연이 비명을 질렀다. 남모르게 흠모하던 오라버니한테 가슴 속곳을 들키고 말았다.

소연은 필사적으로 경공을 펼쳐 호규에게 달려가 그것을 빼앗았다. 그리고 오늘에야말로 동생이라는 이름을 단 원수 당승조의 목숨을 빼앗겠다 결심했다.

"너 잡히기만 해봐라!"

"으아악!"

꼬마는 열심히 도망치다가 운혜를 발견하고는 운혜 뒤에 숨었다. 꼬마를 잡아서 몹시 아프게 해주려던 소연은 멍한 표정으로 운혜를 바라보았다.

"어… 어……."

"오랜만이구나, 소연아."

"운혜 도고?"

소연이 멍하니 운혜를 바라보았다.

천음여협 운혜가 방문했다는 소리에 당가에 있던 당유성과 가연은 득달같이 객잔으로 달려왔다. 본래 오늘은 당가에서 회의가 있을 예정이었는데, 그 회의마저 미룬 것을 보면 당유성과 가연이 운혜를 어떻게 생각하는지 알 수 있었다.

당유성은 오랜만에 운혜를 보자 반가운지 미소를 지었다.

"오랜만이오, 운혜 도고!"

"예. 잘 지내셨는지요, 가주."

운혜가 예를 차려 당유성에게 머리를 숙였다.

"그렇지요. 나야 잘 지냈지요. 한데, 주위의 이목이 없으니……."

운혜를 보고 부드럽게 미소를 짓던 당유성은 갑자기 표정을 바꾸었다. 그는 은근한 표정으로 운혜를 바라보았다.

"오랜만이구나, 혜운아."

"그 별명 좀 부르지 말아요. 그때는 별수가 없었다니까요."

"하핫, 그래도 그때가 재미있었어. 참, 우리 둘째 녀석은 보았나?"

"예. 활발한 아이더군요."

활발이 조금 지나쳐 말썽꾸러기이긴 했다. 속곳을 이리저리 흔들던 당승조는 소연에게 호되게 얻어맞고는 울먹거리며 제 엄마인 가연에게 안겨 있었다.

"그 나이 때야 본래 그렇지. 난 그때 폐관 수련을 한 게 아직도 아쉬워. 그러나 저러나 이놈의 점소이는 뭘 하는 거야?"

당유성의 얼굴이 딱딱하게 굳었다. 안주를 준비해 내오라고 분명히 명령했거늘 점소이 녀석이 게으름을 부리는지 주방에서 나올 생각을 하지 않는다.

생각해 보면 저 호규라는 점소이 녀석은 못마땅하기 짝이 없다. 어떻게 생각해 보면 성실하게 일을 하는 것도 같은데, 가끔 보면 이유도 없이 한 대 후려치고 싶다.

그런 당유성을 보며 가연이 중얼거렸다.

"시킨 지 일다경도 안 지났어요."

"그런가?"

당유성은 멋쩍은 표정을 지으며 고개를 돌렸다. 그리고 곰곰이 무언가를 생각하는 듯하더니 가연을 보며 미심쩍다는 듯 물었다.

"그런데 저 점소이 녀석 말이야, 가끔 음흉하게 소연이를 보는 것 같지 않아? 독을 확 먹여 버릴까?"

사실 음흉하게 보는 쪽은 점소이가 아니라 소연이다. 그녀는 음흉한 시선으로 늘 호규를 훔쳐보고는 했다.

“신경 꺼요. 소연이도 애가 아니니까.”

운혜는 두 부부의 대화를 보며 웃음을 터뜨릴 뻔했다. 당유성이 왜 호규라는 점소이를 미워하는지 가연도 알고 소연도 알고 이제 운혜도 알게 되었다.

자신이 왜 화가 나는지 모르는 당유성은 입술을 비죽거리며 투덜댔다.

“언젠가 꼭 혼을 내줄 테다.”

세월이 지났는데도 어떻게 보면 아직도 아이 같은 당유성이었다. 그것을 따듯하게 지켜본 가연은 빙긋 미소를 지으며 운혜를 바라보았다.

“잘 지냈니?”

“예, 언니.”

운혜는 가연의 얼굴을 안쓰럽게 바라보았다. 당가의 안주인이 되었으니 예전보다는 고생을 하지 않고 사는 것 같다. 하지만 그녀는 어딘가 시들어 보이는 느낌이었다.

“몸은… 괜찮으세요?”

“응? 내 몸?”

“…네.”

“괜찮아, 괜찮아. 매일 보약을 먹어서 힘이 넘친단다.”

가연은 대수롭지 않게 웃어 보였지만, 운혜의 마음은 더 더욱 아리게 변해갔다.

순음지체였던 가연은 마교주에게 음기를 모두 빼앗긴 적이 있었다. 순음지체의 특성상 가연의 몸의 팔 할은 음기로 이루어져 있었는데, 마교주가 그 음기를 모두 가져가 버렸으니 예전보다 훨씬 병약해진 것이다.

그것을 잘 알고 있던 당유성도 최근 온갖 영약을 구해다 복용시키고 있었지만 쉽게 차도를 보이지 않았다.

"…미안해요, 언니."

"응? 네가 뭘 미안해."

사실 그것은 자신이 겪었어야 했을 일이었다. 그 책임을 모두 가연에게 넘겨 버린 것 같아 운혜의 마음이 무거워졌다.

"네 걱정이나 잘하렴. 나는 돈 많은 남편이 있으니 괜찮단다."

가연은 까르륵, 웃어 보이고는 안고 있던 당승조를 추슬렀다.

"나는 애 좀 재우고 올게. 너는 언제 무당산으로 돌아가니?"

"내일 출발하려고요."

당유성이 서운한 얼굴로 말했다.

"음? 더 있지 않고서."

"급한 사정이 있거든요."

당유성은 아무런 말도 하지 않았다. 사 년 전, 운혜에게 큰일이 있었던 것은 잘 기억하고 있다. 운혜의 사부인 현무 진인의 진기가 쇠한 것이다. 운혜는 그때부터 바쁘게 강호를 떠돌아다니고 있었다.

"그럼 당가에서 좋은 말을 내어줄 테니 타고 가."

"…고마워요."

운혜는 부드러운 미소를 지으며 머리를 숙였다. 당유성은 껄껄 웃으며 점소이를 불렀다.

"호규야! 너는 가서 술을 한 동이 내오너라! 오랜만에 옛이야기를 할 참이니, 넉넉히 가져와야 할 것이니라!"

"아, 저는 술을……."

"설마 내가 도사에게 술을 권하겠나. 홀로 마실 터이니 걱정하지 말게.”

당유성이 흥겨운 목소리로 말했다. 운혜의 기분이 우울해 보이니 조금 달래줄 참이다. 천음여협 운혜 도고의 내일 여로가 조금 피곤해지겠지만 적어도 오늘은 편히 웃다 갈 수 있을 것이다.

다음날.

운혜는 빠르게 말을 달려 사천에서 남하하고 있었다. 보통 사천에서 호북으로 가는 길은 두 가지가 있는데, 북쪽으로 올라갔다가 남하하여 호북으로 가는 것이 첫 번째였고 남하하여 중경을 지나는 것이 두 번째였다.

편하기로 따지자면 전자가 편하겠지만, 빠르기로 말하자면 두 번째가 빠르다. 게다가 가는 길에 평촌에도 들러야 하니 남하하는 것이 배는 이득이다.

‘이젠 강호에 나오지 않을 거야.’

운혜는 차분한 얼굴로 생각했다. 이걸로 모든 일이 끝난다. 청명 사조님을 만나 강호에 나오기 직전, 순음지체가 발동했다. 사부님은 모든 내공을 자신에게 주었고 생명까지 나눠주셨다.

사부님의 생명을 되찾아 드리는 건 그녀 스스로 원하는 일이기도 했지만 사조님과 만난 후 벌어졌던 일을 수습하는 의미기도 했다. 이것이 끝나야 비로소 십 년 전에 시작했던 강호행이 끝난다고 할 수 있다. 진정한 의미의 끝은 바로 사부를 치료하는 일인 것이다.

운혜는 더 이상 강호로 나서지 않을 계획이었다.

생각을 접은 운혜는 빠르게 달려갔다. 잠이 필요하면 관도에서 노숙을 했고, 식사가 필요할 땐 말린 건량으로 대신했다.

육 일 뒤.

운혜는 의창을 넘어 평촌에 도착할 수 있었다.

평촌의 시전거리를 지나 외곽으로 계속 달려나가면 자그마한 농가를 발견할 수 있다. 외진 곳에 있어 지리적으로 불편하지만 대신 고즈넉하고 고요한 일과를 보낼 수 있었다.

깻잎과 생강을 주로 기르는 농가였는데 올해로 십 년째 참패를 맛보고 있는 농가기도 했다.

운혜는 평촌 구석에 있는 농가로 천천히 말을 몰았다. 농가로 가는 길목에 생강 밭이 보였다.

"호호호."

운혜는 저도 모르게 웃음을 터뜨렸다. 저곳에서 농사를 지어본 적이 있다. 물론 힘들기는 엄청 힘들었고 고의는 아니었지만 생강 밭도 엉망으로 만들어놓았었다.

생각의 끝에서 함께 농사를 짓던 사조님을 떠올린 운혜의 얼굴이 무거워졌다.

사조님은 저곳에서 토지신을 불렀었다. 그것을 보고 얼마나 놀랐는지 모른다.

토지신을 불러 농사를 망쳤다고 한바탕 투정을 부렸을 때 사조님이 겁먹은 눈으로 자신을 바라보던 것이 떠올랐다.

아마도 사조님은 그때부터 자신을 좋아했던 것 같다. 화를 풀지 않자 그토록 실망했던 것을 보면 어쩌면 그럴지도 모른다.

생각해 보면 자신도 그랬다. 그때 사조님의 얼굴을 보고 처음으로 가슴이 두근거렸다.

"…흑."

운혜는 새어 오르는 눈물을 억지로 삼켰다. 사랑하지 않았어야 될 사람을 사랑했지만 후회는 없었다.

그저 아쉬움만이 남아 있을 뿐이었다. 왜 그때 좀 더 잘해주지 못했을까? 왜 좀 더 자신의 마음을 빨리 알아채지 못했을까.

운혜는 바람에 흔들리는 생강 잎을 바라보며 흘러내리던 한줄기 눈물을 닦아내었다.

운혜는 떠오르는 추억을 억지로 지운 다음 십 년이 지났는데도 불구하고 예전의 자신과 다를 바가 없는 농사 기술을 가진 불쌍한 농부들을 바라보았다.

촌로 하나가 허리를 두드리며 몸을 주욱 폈다. 통통해 보이는 몸을 한 노인은 다름 아닌 약선독제 양태승이었다.

그는 농사를 짓는 족족 실패하고서는 특기를 살려 농업용 비료와 식물에 어울리는 약을 개발했다.

그리고 그것도 하는 족족 실패했다.

"힘들어 죽겠구려."

"시끄럽소, 양 형. 이 모든 게 그대가 개발한 약 때문이잖소."

"경 형도 말이 너무 심하구려."

경추추가 투덜투덜대며 허리를 폈다.

"차라리 예전처럼 맨몸으로 부딪쳤어야 했소. 곽 형이 밭을 잘 갈아주었건만, 그대의 약으로 인해 모두 망쳐 버리고 말았잖소."

"미, 미안하다니까 그러시오……."

양태승은 멋쩍은 얼굴로 고개를 돌리다가 환한 웃음을 짓고 있는 무당파의 여도사를 발견했다.

"어? 운혜 도고?"

"음? 운혜 도고가 왔소?"

경추추는 아픈 허리를 두드리던 외중에 운혜라는 소리를 듣고 재빨리 허리를 폈다. 통증은 느껴지지도 않는다.

"오, 정말이로군. 사 년 만인데?"

운혜가 말에서 폴짝 뛰어내렸다. 그리고는 조심스럽게 밭을 건너 경추추 앞으로 다가왔다. 그리고는 조용히 시립했다.

"무당의 운혜가 노선배들을 뵙습니다."

"허허헛, 잘 왔네."

경추추가 부드럽게 웃으며 운혜의 어깨를 두드렸다. 양태승 역시 반가운 기색이 완연한 얼굴이었다.

경추추는 못마땅한 얼굴로 밭을 한번 쭈욱 둘러보더니 고개를 절레절레 젓고는 양태승을 불러들였다.

"올해도 농사는 망치게 생겼구먼. 쯧쯧… 이왕 이리된 거 오늘은 여기까지만 하세. 운혜 도고가 왔으니 우리 내자가 오랜만에 실력 발휘를 하겠는걸?"

운혜보다 양태승이 먼저 입맛을 다셨다. 양태승은 곧 먹을 맛있는 식사를 상상하다가 무엇인가가 떠올랐는지 고개를 돌려 운혜를 바라보았다.

"참, 무당파의 제자들 둘이 여기에 와 있다네. 황목자와 황검자라던데."

"아, 사질들이 와 있어요?"

"그래. 곽 장로와 검을 나누고 있다네. 얼른 가보세나."

경추추가 길을 안내했다.

황검자 호진은 안간힘을 다해 검을 밀어 넣고 있었다. 하지만 상대의 검막을 뚫지는 못했다.

호진은 부드럽게 검을 움직여 상대의 종아리를 노렸다.

챙—!

곽여휘는 한 걸음도 움직이지 않았다. 황검자 호진이 어떻게 애를 써도 굳건한 바위처럼 그 자리 그대로 있을 뿐이었다.

그것이 불만스러워 호진은 이를 앙다물었다.

“으아아, 불공평해!”

“허허헛, 젊은 검객이 왜 그리 쉽게 좌절하는가. 본로는 육십 년이 지나서야 비로소 검로가 무엇인지 알았으니, 나를 이기려면 자네도 육십 년은 수련하고 오게.”

“운풍 사숙이 나는 천재랬는데!”

칼날 같던 곽여휘의 기도는 많이 부드러워져 있었다. 그의 검도 이제 날카롭기보다는 무디어지고 있었는데, 경추추는 그 경지를 일컬어 검에 인생을 담았다 말하곤 했다.

곽여휘가 은근슬쩍 웃으며 칭찬을 남겼다.

“스무 살에 그 정도면 대단하지.”

“스물두 살이야!”

턱수룩한 수염이 가득한 호진이 불만 가득한 얼굴로 외쳤다. 말수 적기로 유명한 운풍 사숙이 재능이 뛰어나다며 칭찬한 적이 있었다. 그 이후로 자신이 멍청하다고 생각했던 호진은 정반대로 바뀌었다. 자신이 천재라고 굳게 믿고 살아가게 된 것이다.

황목자 호은이 천천히 몸을 일으켜 말했다.

“황검은 예를 갖추거라!”

“…흥!”

“예를 갖추라지 않았더냐!”

규율에 엄하다는 운풍자의 칭호는 이제 호은에게로 넘어갔다. 호은은 무당파 내에서도 꼬장꼬장하기로 유명했는데 운풍자와는 달리 부드러울 때가 많아 다행히 무섭다는 소리는 듣지 않았다.

황검자 호진은 주눅이 든 얼굴로 곽여휘에게 머리를 조아렸다.

“죄송합니다, 곽 사부.”

“허허헛, 별일도 아닌 것을.”

곽여휘는 싱글벙글 웃음을 지었다. 예전, 선인이 등선하시기 전에 좋은 검우가 생길 거라더니 과연 그러했다. 아직 나이도 어리거니와 검의 조예도 낮지만 황검자 호진의 검은 너무나 즐거웠다. 장난치고 노니는 듯한 검은 누구보다 순수했다.

그때 어디선가 고운 목소리가 새어 들어왔다. 친숙한 목소리가 호진을 놀리듯이 울려 퍼졌다.

“사질들은 여전하구나?”

“운혜 사고!”

운혜의 얼굴을 확인한 황검자 호진이 싱글벙글 웃었다. 신이 나 헤죽거리며 운혜에게 달려오는 것을 보니 꼭 안길 듯한 기세다.

운혜는 손을 절레절레 저었다.

“으이그, 이 녀석아. 땀을 흘렸으면 좀 씻고나 와야지.”

“아, 냄새나?”

“죄송합니다, 라고 해야지! 제자 황목이 운혜 사고를 뵙습니다.”

엄준한 얼굴로 호진을 꾸중한 호은이 운혜를 향해 정확히 고개를 돌리고는 머리를 조아렸다.

눈이 멀었지만 그간 열어둔 천월로 어지간한 사람보다 더 정확히 움직이는 호은이었다.

"너무 꾸중하지 마. 그러나저러나 여기는 웬일이야?"

"운풍 사숙께서 곽 사부와 실전 대련을 하라고 했어, 사고. 근데 나는 한 번도 못 이겼어."

대단히 실망한 얼굴로 호진이 말했다. 운혜는 호진의 어깨를 툭툭 두드렸다. 당연한 것이다. 이제 고작 십 년 검을 배운 사람이 육십 년간 고련한, 그것도 한때 검귀라는 이름으로 불렸던 사람을 이길 수는 없는 노릇이다.

"괜찮아. 조금만 더 지나면 이길 수 있을 거야."

하지만 사실 그대로 말해주기에는 아이가 너무 순수하다. 운혜는 통속적인 위로의 말을 남겼다.

호진은 그 말을 그대로 믿고는 헤죽헤죽 웃었다.

"그런데 설 노선배는 어디 계시니?"

"예. 지금 주방에 계십니다."

주방은 이제 어지간한 객점 저리 가라 할 정도로 큼지막했다. 요리를 좋아하는 설수진을 위해 경추추가 특별히 개조한 주방이었다.

설수진은 조막만 한 손으로 불을 다루고 있었다. 제법 무거운 철과를 자유자재로 돌려대는 모습이 일류숙수 못지않다.

"설 노선배."

자신을 부르는 목소리에 설수진이 무심코 고개를 돌렸다가 깜짝 놀랐다. 설수진은 멍하니 입을 벌린 채로 손을 마구 휘저었다.

운혜 도고! 오랜만이로군요!

"예. 오랜만이에요."

그동안 소식 한 번 없이 어디를 그렇게 돌아다닌 건가요?

"사부님이 조금 편찮으셔서 어찌할 수가 없었어요."

조금만 기다려요. 금방 맛있는 철화요과를 해줄게요.

"아니요. 저는 바로 출발할 예정이에요. 여기에 들른 건 설 노선배를 뵙기 위해서였어요."

무슨 일인가요?

설수진이 맑은 눈으로 운혜를 바라보았다. 운혜는 생긋 웃으며 소매를 뒤지더니, 자그마한 주머니를 내려놓았다.

"저 나가거든 열어보세요. 참, 저는 이 길로 출발할 거예요. 다른 어른들에게 말씀 잘해주세요."

왜, 왜 그렇게 급히……

"사정이 있어서요. 그럼, 다음에 또 뵙겠습니다."

운혜는 머리를 깊게 숙이고는 몸을 돌려 주방 밖으로 빠져나갔다. 바람처럼 왔다가 바람처럼 사라져 가는 운혜 덕택에 잠시 멍해져 있던 설수진은 눈을 꿈뻑꿈뻑거리며 주머니를 내려다보았다.

설수진은 손을 뻗어 주머니를 열어보았다.

그 속에는 찬란히 빛나는 붉은 구슬이 들어 있었다.

설수진의 눈에 눈물이 어렸다. 그것은 아주 오래전, 자신의 생명을 구할 영약이라 불리던 화령지단이었다.

자신은 그것을 경 가가에게 주었었다.

주머니 속에는 작은 서신이 들어 있었다. 설수진은 눈에 고인 눈물을 닦고 서신을 펼쳐 보았다.

사부님의 약을 구하다 우연히 화령지단을 얻었어요. 설 노선배 생각에 따로 챙겨두었다가 선물로 드립니다. 독제 노선배께서 계시니 복용하시는 데는 문제가 없을 거예요. 다음번에는 부디 목소리를 들려주시기 바랍니다.

설수진은 얼른 주방 밖으로 달려다가 주위를 둘러보았다. 하지만 운혜의 모습은 보이지 않았다.

*   *   *

평촌에서 무당산까지는 이틀도 채 걸리지 않았다.

평촌을 떠난 지 하루 반나절. 운혜는 무당산 아래의 장령촌에 들어섰다. 장령촌까지는 말을 타고 들어설 수 있지만 장령촌을 넘어서부터는 오로지 직접 걸어서만 올라설 수 있다.

장령촌을 지나던 운혜는 멀찍이서 물동이를 져 나르는 청년을 보고는 미소를 지었다.

그리고는 말에서 내린 다음, 조심스럽게 다가가 청년의 어깨를 톡 건드렸다.

"으헉!"

물동이를 져 나르던 청년, 성효원이 깜짝 놀라 뒤를 돌아보았다. 그리고는 운혜의 얼굴을 확인하고는 다행이라는 듯 한숨을 포옥 내쉬더니, 곧이어 반가운 얼굴을 했다.

"운혜 도고!"

“그래. 오랜만이다, 효원 도우.”

“도, 돌아오신 거예요? 서장까지 다녀오신다더니!”

“그래. 돌아왔어.”

“하, 하핫!”

효원이 반가운 듯 웃었다. 그리고는 운혜의 손을 잡고는 황급히 객잔으로 안내하려 들었다.

“운혜 도고가 없는 사이 형이 마침내 객잔을 인수했어요. 저희 형의 꿈대로 객잔 주인이 되었다고요. 객잔을 열면 운혜 도고와 운풍 도장님을 꼭 모시려 했는데…….”

“잠깐, 효원아.”

효원은 문득 걸음을 멈추고 운혜를 바라보았다. 운혜는 쓸쓸히 웃으며 고개를 저었다.

“사부님의 몸이 안 좋으시니 빨리 올라가 봐야 해.”

“아… 그러셨지요.”

“그래. 일단 본산에 들었다가 내려올게.”

효원은 어쩔 수 없다는 듯 어깨를 으쓱했다. 그리고는 운혜를 보며 싱긋 웃었다.

“그럼 다음에 올 때는 운풍 도장님도 데려오세요. 한번 오시라 기별은 넣었는데 아직도 안 내려오시네요. 다음번에 올 때는 미리 기별하고 내려오시면 제가 아예 꿩을 사냥하던가 해서 정말 멋지게… 아, 도사님이니까 고기를 못 드시죠? 그럼 제가 약초를 캐서라도 맛있는 무침을 해드릴게요.”

효원이 이렇게 말이 많은 인물이었던가! 운혜는 옛 기억을 더듬어보고는 고개를 저었다. 분명히 이렇게 말이 많은 사람은 아니었다.

운혜는 효원에게 이런 악영향을 끼친 사람이 누구인지 알 듯해 한숨을 내쉬었다.

"추걸개 막 선배는 잘 계시니?"

"사부님은 잘 계시… 헙!"

효원의 눈이 동그랗게 뜨여졌다. 효원은 입을 다급히 막았지만 이미 운혜의 귀에 이야기는 모두 들어간 후다.

"너 과거는 어쩌고……?"

"…휴우."

효원은 한숨을 크게 내쉬었다. 이미 들켰으니 별다른 수가 없다.

"과거는 포기할까 봐서요. 제가 글재주가 뛰어난 줄 알았는데 알고 보니 그렇게 문재(文才)는 아니더라고요."

효원은 무당산에서 직접 글을 가르침 받았었다. 그리고 자신만만하게 과거를 보러 갔지만 번번히 낙방하기 일쑤였다.

그 즈음에 효원의 말을 두 배로 많게 만든 장본인이 장령촌의 객잔에 눌러앉았는데, 그는 싫다는 효원을 붙들고 무공을 몇 수 가르쳐 주었다.

"…추걸개 노 선배한테 좀 따져야겠구나."

"지금은 무당산에 계세요. 참, 귀곡 어르신도 저희 객잔에서 묵으시는데, 같이 무당에 올라가셨어요."

"휴우."

운혜는 이야기를 끊고 한숨을 내쉬었다. 사천의 우화등선이 끝난 후 강호 유람을 다니던 두 사람―거기에 재미있겠다는 이유로 현중 진인이 끼어들었다―이었는데 언제부터인가 유람은 집어치우더니 무당산에 눌러앉고 말았다.

"하여간 문제로구나. 일단 나는 올라가 볼게. 다음번에 내려올 테니 잘 지내고 있으렴."

"예, 운혜 도고."

말 잘 듣는 아이처럼 효원이 머리를 조아렸다. 운혜는 한 번 더 웃어 주고는 무당산 위로 올랐다. 운혜의 뒷모습을 보던 효원은 고개를 두어 번 절레절레 젓고는 몸을 돌렸다.

고개를 들어보니 멀찍이서 삼득과 경일이 걸어오는 것이 보인다. 경일은 효원을 발견하고는 눈을 부릅떴다.

"야, 이 녀석아! 네가 여기 있으면 어떻게 해! 네가 없는 사이 점소이 녀석이 무슨 짓을 하기라도 하면……."

경일은 제법 훌륭히 객잔을 경영했다. 문제는 너무 소심하여 남을 쉽게 믿지 못한다는 점이었다. 그는 모든 일을 스스로 다 하려 했고, 때문에 매일 밤이면 삭신이 쑤시는 것을 느끼며 괴로워해야 했었다.

효원은 한숨을 내어 쉬며 말했다.

"형도 걱정이 너무 많아. 여기는 무당산이라고. 설마 점소이가 돈이라도 들고 튀겠어?"

"나쁜 마음 먹으면 염라대왕도 속일 수 있는 법이야!"

경일이 얼굴을 붉히며 반발했다. 경일과 함께 걸어온 삼득이 감자가 가득한 바구니를 추스르고는 경일의 머리를 쥐어박았다. 아버지를 도우러 화전에 다녀온 경일은 칭찬은커녕 꿀밤을 얻어맞아야 했다.

"네 동생의 말이 맞느니라, 녀석아. 때때로 마음을 편히 놓아야 할 때도 있느니라. 거, 도사님들이 그러시지 않던. 의심하는 마음을 품으면 도에서 멀어지게 된다고."

영기 어린 산에서 지냈기 때문일까? 아니면 도사들과 가까이 지냈기

때문일까? 삼득은 어딘지 모르게 탈속적이었다. 반은 도사가 된 듯했
다.

경일을 꾸중한 삼득은 멀뚱한 얼굴로 효원을 바라보았다.

"그런데, 효원이 너는 글을 읽지 않고 또 형을 도왔더냐?"

"아, 아니, 그게……."

글공부를 포기할 마음을 먹은 효원이 멋쩍은 듯 뒷머리를 긁적거렸
다. 삼득이 표정을 딱딱히 굳히며 외쳤다.

"얼른 다시 가서 글을 읽거라!"

"알겠습니다, 아버지."

효원은 정신없이 머리를 조아렸다. 그리고는 몸을 돌려 객잔으로 달
려다가가 시선을 돌리고 말했다.

"참, 아버지. 운혜 도고가 돌아오셨어요."

삼득의 얼굴이 환해졌다.

"그래? 어이쿠, 어떻게 지내시더냐?"

"잘 지내시는 것 같아요. 얼굴 표정도 밝고."

"그렇다면 내가 이렇게 있을 때가 아니지. 마침 화전에서 감자 농사
가 제법 잘됐으니 그것이나 조금 가져다 드려야겠다."

삼득은 등에 진 바구니를 흘끗 바라보았다. 이 중에 알이 굵고 실한
놈으로 골라다가 운혜 도고에게 가져다주어야겠다.

무당산의 공기는 맑았다. 때때로 강호에 나가 있다 보면 무당산의
맑고 청량한 공기가 그리워지곤 했다. 무당산의 영기 넘치는 모습이
그리워 잠을 설칠 때가 얼마나 많았던가!

속세가 변하고 또 소란을 피우는 사이에도 산은 그대로 있었다. 과

終　285

거에 그러했듯 미래에도 그럴 것이다.

무당산은 한결같은 모습으로 자신에게 돌아오는 무당의 딸을 품어주었다.

운현궁으로 오르는 운혜의 발걸음이 가벼워졌다. 무려 사 년 만의 귀환에 설레는 마음이 전신을 지배했다.

운혜는 운현궁으로 가는 돌 계단을 나는 듯이 달려갔다.

'정말 돌아왔구나.'

시선을 돌려보니 푸르른 소나무와 웅장한 도관들이 눈에 들어온다. 운혜는 반가운 마음에 미소를 지었다.

하지만 저 멀찍이 보이는 운형궁에 누군가가 서 있는 것을 발견하자 걸음이 멈추어졌다.

그곳에 서 있는 것은 노인이었다. 노인의 소매는 안에 아무것도 없는 듯 그저 깃발처럼 나부끼고 있을 뿐이었다.

곧 노인이 크게 기침하는 것이 보였다. 입을 막을 손이 없는 노인은 상체를 숙이고 격렬하게 기침을 했다.

운혜는 멍하니 그것을 바라보았다. 눈에 눈물이 차올랐다.

"왜… 나와 있는 거야, 바보같이."

따듯한 슬픔이 느껴져 운혜는 입을 틀어막았다.

왜 나와 있는지는 잘 알고 있다. 아마도 자신을 기다리고 있는 것일 것이다.

운혜는 울컥거리는 눈물을 참았다.

'내가 언제 올 줄 알고.'

참을 새도 없이 눈물이 떨어졌다.

사부는 무당산을 오르는 어떤 인영을 보고 혹시 제자일까 싶어 목을 주욱 빼어 관찰하고 있었던 것이다.

'내가 언제 어느 때에 올 줄 알고.'

사부는 무당산이 한눈에 보이는 저 자리에 매일같이 서서 자신을 기다렸을 것이다.

언제 올지 모르는 제자를 맞아주려고. 오면 따듯하게 웃어주려고. 수고했다, 힘들었지, 말해주려고 매일 저곳에 서 계신 것이다.

운혜는 호흡을 정리하고 눈시울을 닦았다. 사부 앞에서 눈물을 흘릴 수는 없는 노릇이다.

마음을 추스른 운혜는 한 걸음, 한 걸음을 여유롭게 디뎠다. 천천히 걸음을 옮기던 운혜는 마침내 운현궁에 도착했다.

저 멀찍이서 자신을 발견한 양팔이 없는 늙은 노인이 빠른 속도로 걸어오는 것이 보였다. 하지만 달린다고 달리는 속도가 너무 느렸다. 기력이 쇠한 노인네가 온갖 힘을 다해 달려오는 모습을 바라보며 운혜는 새어 오르는 눈물을 참아냈다. 그리고 억지로 웃어 보였다.

그녀는 서둘러 사부에게로 달려갔다.

"사부! 나 돌아왔어요!"

"운혜야! 하하핫!"

흰 수염만큼은 그대로였다. 현무 진인은 너털웃음을 터뜨리며 운혜를 안았다. 안아줄 팔이 없어 그저 가슴을 내밀었을 뿐이지만, 그것으로 충분했다. 운혜가 더욱 힘을 주어 현무 진인을 꼬옥 안았으니까.

"거 녀석, 바람같이도 돌아왔구나. 쿨럭, 쿨럭. 강호에 나갔으니 더 노닐다 올 일이지."

운혜가 떨어지자 현무 진인이 농을 던졌다. 얼굴색이 검은 현무 진인은 때때로 기침을 내뱉곤 했다. 그것은 진기가 손상당한 채로 여러

해를 지냈기 때문에 생긴 병이었다.

청명 사조님이 사부의 진원지기를 되찾아주었지만 기운은 어디로 새어나가는지 빠르게 소진되곤 했다. 장문인께서는 그것이 냉기에 손상당한 혈맥과 단전 탓이라고 했다.

결국 사부를 이렇게 만든 것은 자신이었다. 자신을 구하려고 사부는 평생의 고통을 감수한 것이었다.

하지만 사부는 단 한 번도 그것을 원망하지 않았다. 오히려 자신이 죄책감을 느낄까 앞에서는 눈치를 보며 기침도 자제했다.

"신나게 놀다 왔네요, 벌써. 중경에 다녀오느라고 늦었어요, 사부."

운혜가 마음에도 없는 말을 지어내었다. 보통 이렇게 말하면 섭섭한 표정을 지을 텐데, 현무 진인은 오히려 더욱 기쁜 기색을 띠었다.

자신이 마음에 걸려 제자가 하고픈 대로 하지 못한다면 그것은 그것 나름대로 한이 될 것이었다. 제자는 행복한 삶을 보내야만 한다.

"기껏 간 데가 중경이냐? 내가 네 나이 때는 말이다, 일단 소주와 항주가 아니면 가지를 않았어. 소주의 미주(美酒)가 얼마나 단지 네가 맛봐야 하는데."

"도사가요?"

"곡차 조금 마시는 건데 무얼."

현무 진인이 멋쩍은 얼굴로 고개를 돌렸다. 운혜는 살포시 웃으며 현무 진인을 바라보았다. 그리고는 주섬주섬 소매를 뒤졌다.

"참, 나 보약 한 채 해왔어요, 사부."

"오, 그러냐?"

현무 진인이 웃음을 터뜨렸다. 제자를 잘못 키우지는 않았나 보다. 제자가 사부의 몸을 걱정해 보약을 챙겨왔으니 이보다 기쁜 일이 어디 있으랴!

"무슨 보약이냐? 사부가 기운이 달리니 정력제 같은 걸 좀 사 왔으면 원이 없겠구나."

"무령환 세 알 해왔어요, 사부."

"……."

현무 진인의 얼굴이 싸늘하게 굳었다. 현무 진인은 운혜를 바라보며 눈을 무섭게 치떴다. 하늘 높은 줄 모르고 제자가 이렇게 돌아다니니 마음을 편히 먹고살 수가 없는 것이다. 무령환은 포달랍궁의 무가지보. 손상된 진기를 회복하는 데에는 자소단이나 대환단보다 낫다는 요상단이었다.

무서운 얼굴로 현무 진인이 말했다.

"서장에 다녀왔느냐?"

"네."

"너, 너가 포달랍궁에 가서 무령환을 얻어왔다고?"

"네."

운혜는 현무 진인을 바라보며 고개를 끄덕였다. 현무 진인이 앓는 소리를 내었다.

"호, 혹시 다친 데는……?"

"대화로 곱게 얻어온 거예요, 사부. 내가 무슨 왈패인가. 만날 싸우게."

현무 진인이 얼굴을 붉혔다.

"거기가 어디라고 가고 그러느냐! 목숨이 아깝지도 않은 게야? 강호의 한순간 한순간이 죽음과 가깝거늘 네가 그것을 알지 못하고 몸을 함부로 굴리는구나! 안 되겠다, 안 되겠어! 내 장문인께 말하여 네게 금제를 취해야겠다!"

현무 진인이 분노한 얼굴로 외쳤다. 운혜는 그 말을 대충 무시해 버리고는 태청관으로 걸음을 옮겼다.

걸음을 옮기는 운혜의 마음속에 묘한 감정이 깃들었다. 이제야 모든 짓이 끝났다는 기분이 든 것이나. 사부님을 나지게 하고 술발했으니, 사부님을 치료하는 것이 진정한 귀환일 것이다.

이제 그것도 모두 끝났다.

"우, 운혜야. 왜 그러느냐? 사부가 뭐라 그랬다고 우는 게야?"

운혜는 저도 모르게 눈물을 흘리고 있었다. 현무 진인이 당황해 뭐라고 주워섬기는 소리가 들려왔지만 운혜는 듣지 못했다.

이제는 자신이 강호에서 해야 할 일은 없다. 남은 것은 사조님과의 추억을 소중히 간직하는 일뿐이었다.

그렇게 생각하던 운혜는 고개를 돌려 무당산의 전경을 훑어보았다. 바람에 흔들리는 나무들과 부드럽게 산을 감싼 안개가 보였다.

잠시 산을 훑어보던 운혜는 고운 입술을 꼬옥 깨물었다.

'끝이… 아니야.'

무당산은 예전과 같이 서 있었다. 조금도 변하지 않고 그대로 서 있는 모습에 운혜는 이것이 끝이 아니라는 것을 깨달았다.

자신이 잘못 생각했다. 시작은 있을지 몰라도 끝은 없다. 한줄기 그리움을 마음에 품고 사는 한 앞으로 영원히 끝나지 않을 이야기였다.

'사조님……'

운혜는 충족되지 않은 그리움에 눈물 흘렸다.

현무 진인의 방 안은 언젠가 보았던 것처럼 따스했다.

둘 사이에 어색한 침묵이 감돌았다. 평소였다면 운혜가 겪은 강호에서의 모험담을 즐거이 웃으며 들었을 것이다. 하지만 지금은 그러고 싶지 않다. 포달랍궁에서 얼마나 고통을 겪었을꼬! 언젠가는 물어봐야겠지만, 피곤한 아이에게 물어볼 수야 없었다.

현무 진인은 무언가를 곰곰이 생각하다가 운혜를 바라보았다. 운혜도 무언가를 생각하는 눈치였다.

그녀는 어딘가 서글퍼 보이는 미소를 짓고 있었다.

그 얼굴을 본 현무 진인은 그제야 운혜가 무엇을 생각하는지 알 수 있었다.

"아직도… 잊지 못하였느냐?"

운혜는 미소를 지으며 고개를 숙였다. 조금은 멋쩍은 듯, 조금은 아파하는 듯한 미소였다.

현무 진인의 마음 한구석도 저려왔다. 어떻게든 해주고 싶은데 자신이 할 수 있는 것이 없다. 만약 사숙님께서 앞에 계셨다면 화를 내며 고래고래 고함이라도 질러주었을 텐데.

"사숙님도 참 무심하시구나. 그렇게 등선할 것을……. 에이, 다 네 잘못이다! 애초에 마음을 주지 말지 그랬냐! 너만 속 썩고 이게 뭐야."

사조님이 욕을 먹는 것이 싫어 운혜는 고개를 저었다.

"그러지 마요."

"그래도 그렇지. 이 모든 게 사숙님도 참 못됐어."

현무 진인의 화는 여전히 풀리지 않았다. 운혜는 오히려 사부를 위로했다.

"저는 괜찮으니 걱정 마세요."

운혜의 얼굴은 정말로 평안해 보였다. 아쉬움과 슬픔이 어린 얼굴이었지만 그 얼굴은 모든 것을 인정하고 받아들인 성숙한 모습이었다. 아픔을 받아들인 얼굴을 보자 현무 진인은 아무런 말도 하지 못했다.

"운혜야."

현무 진인이 무어라 말하려는 시점이었다. 운혜가 먼저 입을 떼었다.

"이만 주무세요. 피곤하시죠?"

안 그래도 이어갈 말이 없었던 현무 진인이 얼른 고개를 끄덕였다.

"그, 그래. 운혜야."

"그럼, 제자는 이만 나가보겠습니다."

운혜가 조용히 몸을 일으켜 시립했다. 현무 진인은 고개를 끄덕여주었다. 그리고는 천천히 입을 떼었다.

"그래, 운혜야. 나가보아라. 추울 테니 옷 따듯하게 입고."

현무 진인이 따듯하게 말했다.

"네."

운혜는 고개를 끄덕이고는 태청관을 나섰다.

다음날.

무당산의 아침은 쾌활했다. 사 년 만에 돌아온 운혜는 모처럼 편안히 잠에 들었다가 이른 오전에 눈을 떴다.

탁— 탁—

도사들의 기상을 알리는 타판 소리가 들려왔다. 운혜는 사 년 만에 듣게 된 타판 소리에 졸린 눈을 비볐다.

잠에서 깨어난 운혜는 짧게 소세하고 의복을 정제했다. 그리고 수많은 도사들과 섞여 일과를 행했다.

도사들은 선망의 눈길로 운혜를 바라보고 있었다.

삼 년 전, 운혜는 서장으로 가는 길에 마무혈존을 베었다. 사조님처럼 그를 용서하고 살리려 했으나 그는 자존심을 참지 못하고 자결해버렸다. 그 일로 운혜는 천음여협이라는 별호를 얻을 수 있었다.

운혜는 그들의 시선을 모른 체 도사들의 일과를 따라 삼궤구고를 읽고, 그리고 조만공과경을 읽었다.

그리고 식사까지 모두 마친 운혜가 강호행의 결과를 보고하려 태화궁으로 걸음을 옮겼다.

태청관에서 운형궁을 지나 태화궁으로 가는 길목에는 작은 공터가 있다. 작은 공터는 때때로 무당파의 도사들이 일과를 피해 잠깐의 휴식을 취하는 곳이기도 했다.

운혜는 휴식을 취할 생각이 없었기에 무덤덤히 걸음을 옮겨 태화궁으로 향했다. 누군가의 목소리가 들리지 않았다면 운혜는 걸음을 멈추지 않았으리라.

"아아, 왜 나는 하산을 금지당했던 걸까."

황우자의 탄식이었다. 그는 십여 년 동안 강호행은 물론이요, 무당산의 도관 아래로 내려갈 수조차 없었다. 결국 황목자 호은 사제와 황검자 호진 사제가 무당이괴로 강호에 이름을 날리는 동안 황우자는 본의 아니게 은거 기인 흉내를 내야 했었다.

그것은 운향자 허진무도 마찬가지였다.

"그러게 누가 장문인의 명을 거역하라던? 어쩐지 예전 천월을 열었을 때 네 이름만 없다 했다. 본래대로라면 무당삼괴로 불려야 되었는데 네 녀석만 빠지고 무당이괴가 되어버렸어."

"그건 사부도 마찬가지잖아요."

허진무도 장문인의 명을 어긴 것은 마찬가지였다. 십 년 전 생사평에서 명을 어기고 전장으로 몸을 던졌으니 말이다.

그 벌로 장문인은 십오 년간 무당산을 벗어나지 말 것을 명했다.

"그보다 사숙은 또 강호에 나가신다고요?"

황우자의 질문에 운형자가 어깨를 으쓱했다. 크게 자랑을 하려는 것이다.

"그렇지? 부럽지? 이번에 무림맹에서 큰 대회가 열린다더라. 아마 구파일방은 물론 강호세가들 모두 나오게 될 거야."

거기에 참석하게 된다는 사실이 몹시 자랑스러워 운형자가 웃었다. 이제 자신도 제대로 된 후기지수 취급을 받아보는 것이다. 제법 무공에 틀이 박혔으니 강호행을 허가한다는 장문인의 말씀에 얼마나 기뻤는지 모른다.

옆에서 늙수그레한 목소리가 들려왔다.

"…나도 나가볼까?"

수염을 긁적거리며 중얼거린 것은 추걸개였다. 추걸개는 진심으로 고민하고 있었다. 강호 유람을 그렇게 해놓고 또 세상을 보고 싶었던 것이다.

하지만 다 늙어 뼈마디가 굳은 귀곡자는 더 이상의 고생은 피하고 싶었다.

"다 늙어서 주책이다, 만두. 무당산에 머물거나 아니면 거지 소굴로 돌아가 버려."

거지 소굴이라는 말에 추걸개가 분노했다.

"이 빌어먹을 놈이!"

“빌어먹는 것은 내가 아니라 자네지. 내가 아니라 자네가 거지잖
나.”

귀곡자는 느물느물 말을 받아넘겼다. 두 노고수의 천진난만한 말다
툼을 바라보던 운형자는 고개를 절레절레 젓고는 중얼거렸다.

“그러나저러나 운혜 사손은 괜찮을까요?”

“그러게요. 벌써 사 년이나 보이지 않는군요.”

황우자가 걱정스러운 듯 중얼거렸다. 놀랍게도 같이 걱정해야 할 귀
곡자가 고개를 저었다.

“괜찮을 걸세. 내 외손녀는 마무혈존을 꺾은 고수니까. 혈존의 무공
이 우리보다 낮지는 않을 터. 그만하면 운혜를 죽일 사람은 전 강호에
서도 손에 꼽을걸?”

귀곡자의 얼굴에서 언뜻 자랑스러워하는 기색이 엿보였다. 추걸개
는 그 말에 전적으로 동감했다.

“으으음… 다음에 볼 때는 잘 보여야겠구만. 장난이라도 한번 잘못
치면 밥숟갈 놓겠어.”

사조님을 모시고 강호를 횡행할 때에, 추걸개 막 노선배가 가장 많
이 중얼거린 소리가 바로 저것이었다. 하지만 밥숟갈 놓겠다는 말을
들을 때마다 일행은 목숨을 건졌다.

운혜는 그런 생각을 하고는 싱긋 웃으며 태화궁에 올랐다.

“제자 운혜가 무당으로 돌아왔음을 고합니다, 장문 진인.”

현평 진인은 운혜를 바라보며 따뜻한 미소를 지었다.

“그래, 수고했느니라. 도착한 지 얼마 되지 않았을 터이니 자세한 것
은 내일 보고하려므나. 무령환은 얻었느냐?”

운혜는 현평 진인을 바라보았다. 현평 진인은 어느새 많이 늙어 있었지만 현무 진인과도 비교도 되지 않게 젊어 보인다. 그것이 못내 부러워 운혜는 한숨을 내쉬었다.

"에휴……."

"어, 얻지 못했느냐?"

현평 진인이 떨리는 목소리로 물었다. 운혜는 이번엔 생긋 웃어 보였다.

"구했어요."

"수고했느니라."

현평 진인이 안심한 얼굴로 안도의 한숨을 내쉬었다. 그리고는 운혜를 바라보며 고개를 끄덕였다. 언제까지 아이일 줄로만 알았더니 어느샌가 강호의 여협이 되어 그 이름이 무당에 울려 퍼지기까지 한다.

대견스러운 마음에 현평 진인은 운혜의 머리를 쓰다듬어 주었다.

예전의 버릇대로였는데, 오랜만에 행하여 보니 키가 비슷해 그림이 안 좋아 보인다.

현평 진인은 헛기침을 두어 번 내뱉고는 손사래를 쳐 운혜를 쫓아내었다.

"이만 나가보거라."

"예, 장문 진인."

운혜가 머리를 조아리고는 밖으로 빠져나갔다. 뒷걸음질을 몇 번 친 운혜는 몸을 돌리고는 태화궁을 나서는 문을 열었다. 그리고 깜짝 놀라 걸음을 멈추었다.

"어머!"

"운혜 사매."

문을 열자 태화궁으로 들어오려던 운풍자가 보였다. 운풍자는 부드러운 얼굴로 그녀를 바라보고 있었다.

"사 년 만이구나, 사매. 그동안 잘 지냈느냐."

칠 년 전에 무당제일검의 칭호를 물려받은 운풍자의 얼굴에는 미소가 떠올라 있었다. 어떤 변화가 있었음일까? 사조님이 우화등선하시고 난 다음부터 운풍자의 얼굴에 표정이 떠오르기 시작했다. 언젠가부터 그는 웃음을 지었고, 화난 표정을 지었으며 아쉬운 표정을 지었다.

덕분에 현평 진인은 이제 슬슬 그에게 장문인 직을 물려주어도 무리가 없으리라고 판단할 수 있었다.

운혜는 부드럽게 웃으며 머리를 숙였다.

"그럼요. 운풍 사형은 잘 지내셨어요?"

"나야 늘 그대로지."

"그랬군요."

운혜가 조그맣게 중얼거렸다. 운풍자는 따듯한 웃음을 지어주고는 운혜의 머리를 쓰다듬었다. 마치 오라비가 누이에게 하듯 부드러운 손놀림이었다.

"피곤할 텐데 내려가 쉬거라."

"네."

운혜는 희미한 미소를 지었다. 그리고는 고개를 한 번 더 숙여 목례하고 몸을 돌려 태화궁을 빠져나갔다.

그때였다. 뒤에서 운풍자의 목소리가 들렸다. 걱정이 가득 깃든 목소리였다.

"사매."

"네?"

"괜찮으냐?"

운혜는 운풍 사형이 무엇을 묻는 것인지 알 수 있었다. 살짝 떨리는 목소리 속에는 그동안 괴로워하는 자신을 보며 씁쓸했을 운풍 사형의 마음이 숨어 있었다.

"네. 저는… 괜찮아요."

운혜는 조그맣게 속삭이고는 걸음을 옮겼다. 운풍자가 뒤에서 무엇인가를 더 말해보려 했지만 아무런 말도 하지 못했다.

운혜가 사라질 때까지 운풍자는 움직이지 않고 그 뒷모습을 바라보았다.

운혜는 청명을 생각했다. 사조님이 웃던 모습, 울먹이던 모습. 그리고 뾰로통한 모습까지 모두 떠올랐다.

운풍 사형에게는 괜찮다고 말했지만 사실은 하나도 괜찮지 않았다.

너무나 그리웠다. 누가 사조님의 얼굴을 한 번만 더 볼 수 있게 해준다면. 그렇게 된다면 자신의 모든 것이라도 줄 텐데.

운혜는 태화궁을 내려오다가 우진궁의 뒤편을 보고는 걸음을 멈추었다.

우진궁의 뒤편에는 죽림이 하나 있었다. 무당산에서 운혜가 가장 좋아하는 곳이 바로 이곳이었다.

운혜는 무심코 걸음을 옮겨 죽림의 앞에 섰다.

사부작, 사부작―

바람에 댓잎이 흔들리는 소리가 생경하게 들려왔다. 맑고 청량한 소리에 운혜는 눈을 감았다.

“많이 졸려요?”

이곳에서 댓잎이 사부작거리는 소리를 듣다 보면 때때로 과거 생각이 나곤 한다. 참을 수 없는 졸음에 이곳에 숨어들어 낮잠을 잤던 시간. 그리고 들려온 목소리.

“많이 졸려요? 아까부터 쭉 잤죠?”

맑은 목소리가 자신을 깨우는 소리.
그때 사조님을 만난 건 행운이었다. 그로 인해 목숨을 구원받았고, 그로 인해 사랑이라는 것을 해봤다. 비록 그리움으로 끝나 버렸지만 후회는 없었다.
만약 다시 돌아간대도 지금처럼 사랑할 것이고 사랑받을 것이다. 그 것만으로도 운혜는 만족할 수 있었다.
하지만 물밀듯이 밀려오는 그리움을 참지는 못했다.
운혜는 처음 만났던 그날처럼 자리에 누웠다. 구름 한 점 없는 맑은 하늘이 눈에 보였다.
바로 이곳에서 잠을 자다 자신을 깨우는 사조님을 만났다. 그리고 강호에 나가 농사를 짓고, 점소이의 일도 했다.
문득 당과를 사달라고 조르던 사조님의 얼굴이 떠올랐다.
“호호홋.”
운혜는 짧게 웃음을 지었다. 사주지 않으면 볼을 있는 힘껏 부풀리고 고개를 홱 돌려 버린다. 그때가 되면 천하의 운풍 사형도 당과를 사주지 않고는 배기지 못했다.

"……."

운혜는 멍하니 하늘을 보았다. 하늘을 구경하다 보니 문득 졸음이 쏟아지는 것이 느껴졌다.

운혜는 모처럼 편안한 마음으로 눈을 감았다.

국, 구국, 국.

얼마나 지났을까?

어디선가 새가 우는 소리가 들려왔다. 무당산을 오가는 새는 한두 마리가 아니었지만 이 새는 어딘가 사람을 귀찮게 하는 울음소리를 가지고 있었다.

운혜는 살포시 인상을 찌푸렸다. 모처럼 마음 편히 자는데 굳기 깨고 싶지가 않았다. 운혜는 억지로 잠을 청했다.

사부작—

부드러운, 하지만 강한 바람이 불면서 댓잎이 다시 사부작거렸다. 그것은 운혜를 향해 걸어오는 발걸음 소리를 묻어버릴 만큼 큰 소리였다.

운혜는 잠결에 발걸음 소리를 들었다고 생각했다. 그리고 그 발걸음 소리는 누군가를 떠올리게 했다.

누군가의 목소리마저도.

"운혜, 자요?"

환청일까?

"운혜는 잠꾸러기예요. 매일 잠만 자고."

환청이 아닐지도 모른다. 예전과 하나도 변하지 않은 목소리. 어쩌면 환청이 아닐지도 몰랐다.

“일어나요, 운혜.”

감은 두 눈에서 영롱한 이슬이 또르르 굴러갔다. 운혜의 가슴이 쿵쾅거렸다. 너무나 그리웠던 그 목소리가 자신의 이름을 부르고 있었다.

“나는 운혜가 안 자는 거 아는데. 정말 안 일어날 거예요?”

일어날 수가 없었다. 운혜는 눈을 뜰 수가 없었다. 곁에서 느껴지는 인기척이 꿈일까 봐, 자신을 깨우는 이 목소리가 꿈일까 봐.

만약 꿈이라면 깨고 싶지 않았다.

“꿈이 아니에요. 그러니 걱정 말고 일어나요.”

운혜는 아주 천천히, 천천히 눈을 떴다. 눈물이 시야를 가려 부옇게만 보인다. 눈앞에 누가 서 있는 것은 분명한데 누군지 모르겠다. 그 목소리는 익히 알고 있던 것이었지만, 운혜는 그 얼굴을 확인해야 마음을 놓을 수 있을 것 같았다. 운혜는 눈을 몇 번 꿈뻑여 눈물을 덜어냈다.

그리고 다시 자신의 앞에 선 사람을 바라보았다. 찬란한 햇살 속에 서 있는 그는 너무나 눈부셨다. 그는 그 햇살보다도 따듯한 눈으로 자신을 바라보고 있었다.

“다녀왔어요.”

세상을 가득 채우는 맑은 목소리에 운혜는 미소를 지었다.

『우화등선』 完.

안녕하세요, '우화등선' 의 글쓴이 촌부라고 합니다.

계절의 흐름을 보는 것은 즐겁습니다. 차가웠던 겨울은 어느새 물러나고, 봄의 따듯한 기운이 꽃을 피웁니다. 여름에는 밝은 태양이 빛을 뿌리고, 그리고 마침내 가을에는 서늘한 바람이 여름을 나느라 뜨거워진 마음을 식혀줍니다.

차가운 바람이 불 때에 시작했던 '우화등선' 이라는 작은 글도 가을을 품은 서늘한 바람 속에서 끝이 났습니다.

더 좋은 글을 만들 수도 있었는데, 또 더 따듯한 글을 만들 수 있었는데 하는 후회가 남습니다. 부족한 솜씨로 재주를 부려보려 노력한 것이 헛된 과욕이 아니었나 걱정이 되기도 합니다.

그저 '우화등선' 이라는 글이 독자 여러분의 얼굴에 약한 미소라도 줄 수 있기를, 조금만이라도 마음을 따듯하게 덥힐 수 있기를 소망해 볼 뿐입니다.

부족한 문재(文才)를 마음으로 품어주신 김율 실장님과 힘들 때마다 격려해 주시고 힘이 되어주신 오태철 실장님께 감사 인사를 올립니다.

부족한 솜씨로 고생하는 것을 지켜봐 주신 여러 작가 선배님들과 후배님들, 항상 미소로써 응원해 주신 한성재 작가님과 제 좋은 친구인 신우 작가님, 그리고 전선규 작가님께 감사 인사를 올립니다.

　글을 재미있다 읽어주시며 모자란 점을 지적해 주신 이경선님, 한재선님, 기경식님께 감사 인사를 올립니다.

　매번 늦는 원고를 기다리시느라 속이 타셨을 이재권 대리님께는 감사 인사와 함께 심심한 사과를 올립니다.

　무엇보다, 부족한 글을 어여삐 봐주시고 이렇게 독자 분들과 만날 기회를 주신 서경석 사장님께 이 자리를 빌어 감사 인사를 올립니다.

　마지막으로 많이 모자라고 많이 미거한 글인데도 끝까지 읽어주신 독자 여러분께 진심으로 감사드립니다.

촌부 배상.